中国留学生

王 为——著

沈阳出版发行集团
沈阳出版社

图书在版编目（CIP）数据

中国留学生 / 王为著. --沈阳：沈阳出版社，
2024. 11. -- ISBN 978-7-5716-4539-7

Ⅰ. I247.5

中国国家版本馆CIP数据核字第20247WR519号

出版发行：	沈阳出版发行集团 ｜ 沈阳出版社
	（地址：沈阳市沈河区南翰林路10号　邮编：110011）
网　　址：	http://www.sycbs.com
印　　刷：	三河市国新印装有限公司
幅面尺寸：	170 mm × 240 mm
印　　张：	17
字　　数：	210千字
出版时间：	2024年11月第1版
印刷时间：	2024年11月第1次印刷
责任编辑：	赵秀霞
封面设计：	明翊书业
版式设计：	赵　星
责任校对：	郭亚利
责任监印：	杨　旭
书　　号：	ISBN 978-7-5716-4539-7
定　　价：	65.00元

联系电话：024-62564911　24112447
E-m a i l：sy24112447@163.com

本书若有印装质量问题，影响阅读，请与出版社联系调换。

楔 子

2001年,世界并没有因为进入新纪元而跃入新的文明,反而更不太平,形势复杂多变,战争冲突频发。"9·11"恐怖袭击,导致美国本土近3000人死亡,愤怒的美国随后发起了阿富汗战争,战火绵延数年。全球政治、经济和社会因此产生了深远的影响。而在这种表现背后,对应的是全球经济的放缓和地缘政治格局的变动。当此之时,以中国为代表的新兴大国快速崛起。这一年,中国有两件大事:加入WTO(世界贸易组织)和北京申奥成功。中国敞开大门,拥抱世界,开启了飞速发展的黄金年代。经济的飞速发展离不开大量的人才。同年,人事部、教育部、科技部、公安部、财政部印发《关于鼓励海外留学人员以多种形式为国服务的若干意见》,在大量留洋人才回国建设的同时,亦有大量青年出国深造,时代的浪潮倏然而起,而我们的主人公张成就身处这场浪潮之中。

1

张成来自抚顺,抚顺市位于辽宁省东北部,是辽宁省重要的工业基地和沈阳经济区副中心城市。抚顺历史悠久,是清王朝的发祥地,也是雷锋的第二故乡。抚顺曾是中国十大工业基地之一,拥有丰富的煤炭资源和先进的采煤技术,被誉为"煤都",抚顺的工业成就极其之高,新中国的第一吨铝、第一吨镁、第一吨硅、第一吨特种钢、第一台机械式挖掘机全部是在抚顺生产的,创造了数不胜数的工业奇迹,巅峰时期,甚至被列为直辖市。不过,这都是曾经,是辉煌的过去。曾经抚顺有多辉煌,现在就有多落魄,抚顺的资源逐渐枯竭,工业也随之衰落,抚顺市也渐渐沦落为一座寂寂无闻的城市。不过经济的萧条并没有改变东北人的性格,张成和大多数东北男孩一样,讲义气,重感情,热爱体育,每天除了学习就是踢球,生活得无忧无虑。

2002年张成高考之后,爸爸做了一个重大的决定:送张成去加拿大蒙特利尔读大学。张爸考虑的因素有很多:一是响应国家号召,让张成能人如其名,学有所成,将来乘上经济高速发展的顺风,能有一番大的作为;二是离开抚顺,让孩子去更广阔的天地闯荡一番;三是自己师傅的女儿小丹在蒙特利尔读大学，有认识的人在那里照应儿子，自己便不会太担心。但是去不去蒙特利尔，还得张成自己决定。其实张爸并不知道，张成心里早就埋下了去蒙特利尔的种子。这事还要从去年12月说起。

去年12月，小丹回国度假，正好与张成一家吃了顿饭，张成对国外非常好奇，一直追着小丹问东问西。小丹告诉张成，蒙特利尔是双语城市，是除了巴黎之外的世界第二大法语城市。她在大学读的是double E（Electrical and Electronic Engineering）专业，中文名字叫作电子电气工程。电子工程的主要研究领域为电路与系统、通信、电磁场与微波技术以及数字信号处理等；电气工程则是与电气工程有关的系统运行、自动控制、电力电子技术、信息处理、试验分析、研制开发、经济管理以及电子与计算机技术应用等领域。这个专业在国外是非常热门的专业。以后无论在国内还是国外求职，都是各大公司争相抢要的人才。张爸正是听了小丹的讲述，才下决心送张成出国。而张成想出国的原因却和爸爸不一样。他问小丹国外怎么样。小丹说她每天听着小鸟的叫声起床，整座城市自由而又松弛，浪漫而又宁静。那段时间，电视里总在播放北京和其他申奥城市的宣传片，多伦多也是当时的申奥城市之一。银幕上，多伦多的建筑群和安大略湖交相辉映，融于一体，白色的海鸥在天际翱翔，张成的内心向往极了。想去加拿大的种子就是在那个时候埋下的。

所以当张爸提出送张成出国留学的建议时，父子俩一拍即合。

小丹在蒙特利尔康考迪亚大学的语言学校给张成报了名，学校给张成发了封offer，张爸的朋友介绍了一个温哥华移民，那个移民就用这封offer帮张成在北京的加拿大使馆申请留学签证，收了2万多元服务费。

与此同时，张成还要备战高考，他可不敢松懈，因为他的同桌牛威龙已经两次申请加拿大留学，可都被拒签了。所以，张成高考还得好好考，如果被拒签，还能在国内上大学。除此之外，还有一个特殊的原因，千禧年初有种说法，出国自费留学的孩子都是在国内考不上大学的小孩儿，张成爸妈可是要面子的，他们让张成一定要考个本科，免得被人说三道四。张成自己也争气，高考成绩还不错，被东北石油大学录取。

7月份，张成去北京参加新东方托福学习班，一边学习，一边等签证消息。班里美女挺多，有去英国和爱尔兰的，有去澳大利亚和新西兰的，还有就是像张成这样要去美国或者加拿大的。8月初，签证终于下来了，张成心里的石头总算落地，他和小姑一起去加拿大大使馆取得签证。张成计划先回抚顺，28号再从抚顺坐火车到北京，做好前往加拿大的准备，于31号从北京飞温哥华。

8月正是离别的季节，拿到签证后，张成没有在北京逗留，第二天就返回了抚顺，他要跟自己的哥们儿吃顿饭，好好告别。

"大家举起酒杯吧，我自己也没有想到，签证这么顺利就办下来了。我去加拿大了，大家也要各奔东西，我相信不管到哪儿，咱们兄弟的情谊不变。"

"真会转词啊。"

"我说真的呀。"

"那我也祝你到加拿大前程似锦。"

"泡个洋妞。"不知道谁插了一嘴。

大家哄笑。

"张成，你去国外，可千万别给咱中国人丢脸啊！"班长说道。

"怎么会呢，放心吧！"

牛威龙感叹道:"我办了两次加拿大签证,都被拒签了。第二次都改名了,也没行。没想到你去成了。"

"我也想你和我一起去啊,但是你现在不也挺好,咱班状元啊。"

"你俩别吹了行吗?这酒还喝不喝啦。"班长说道。

"来,祝张成早日学成归来,大家一起干了。"

28号晚上,张成从小学到高中的8个哥们儿都去火车站送他。有个哥们儿和他女朋友来晚了,跳进火车站送行,还和车站管理人员吵了一架。

火车渐行渐远,站台渐渐隐于夜色之中,张成一夜未眠。

2

全家人这次都随着张成一起来北京给他送行。

由于是第一次出国,准备的行李特别多,锅、菜刀、被子、枕头、衣服、笔、针线,五花八门,什么都有。两个行李箱塞得满满当当,快130斤了,用打包带勒好。其实这些东西在加拿大都可以买到。

收拾妥当后,全家在酒店门口的"太熟悉家常菜"餐馆聚餐。按照惯例,用餐前由爷爷发表讲话。

"今天,我们一家人欢聚一堂,送我们老张家二孙子张成去加拿大求学。希望张成要秉承着我们家吃苦耐劳、不怕困难的精神,在国外认真学习。不要辜负爷爷奶奶、爸爸妈妈,还有长辈们对你的期待。自己一个人,在那边要做好克服困难的准备。今年2月,你表哥张锐已经先去德国学习。德语可是很难学的,张锐打电话回来,说他很努力。你也要像他一样,刻苦努力。"

"少说两句,一会儿菜凉了。"奶奶在旁边嘀咕。

"别打断我。你去了那边要多往国内打电话。不要报喜不报忧,有什么困难，要跟家里讲。你从小体育就很好，爷爷相信你有能力战胜困难。还有，明天我跟车去机场，我得去看看T2航站楼修得怎么样。大家可以动筷子了。"

张成点头道："好的，爷爷，我一定遵从您的教诲。"心里却想：赶紧开饭吧。

席间，小姑父坐到张成旁边低声跟他说道："成成，姑父跟你说啊，你出国，有两样东西千万不能碰。"

"姑父，您说。"张成对神神秘秘的姑父感到十分有趣。

"一个是赌，一个是毒。"

"咱家成成怎么可能呢？你少在那瞎掰。"小姑埋怨道。

"你不知道，我身边有好几个朋友的孩子出国了，国外不像北京，乱着呢，所以，成成啊，你只要把握住姑父说的这两点，准没错。"

"姑父，放心吧。"

8月31日，正好赶上暑假结束的最后一天，到处都是旅游回家或者是去外地上学的学生，T2航站楼简直是人山人海。出国留学的学生也有很多，国际航班区域，随处可见妈妈和孩子抱在一起哭的。张成与妈妈、爸爸、爷爷告了别，径直走进海关通道，通道里的很多孩子，一边哭一边回头看亲人，张成也回头望了望，张爸在挥手告别，张成招了招手，转过头就往前走，一点儿也没有想哭的感觉。他当时真不知道未来是什么样的生活，会遇到什么样的困难，用东北话讲，他这孩子有点虎。

他走到安检口，穿过安全门，两个和张成年龄相仿的女安检员要搜他的身，她们在张成身上摸了摸，摸到了他身上装的现金，那是15000美金。

其中一个姑娘问他:"你这是带了多少钱啊?"

张成当时还挺害怕的,有点怕她们把他的钱没收了,张成对那姑娘笑了笑:"这是我交学费的钱。"

那姑娘笑了笑,说道:"行了,过去吧。"

海关看了看护照,例行公事地问了张成几个who、when、where之类的问题,就让他上了飞机。

张成找好座位坐下后,飞机上开始播放广播,他完全听不懂说的是什么,原来最先播报的语言是法语。张成这才想起小丹当时跟他说过,加拿大是个双语国家。张成以前一直以为加拿大是说英文的国家,其实加拿大的官方语言是英法两种语言,加拿大的议员都会说两种语言,不然是当不了官儿的。

空姐隆重登场,张成想象中的金发碧眼的年轻空姐没有出现,出现的是40岁到50岁的"空婶"。加拿大的职场文化是大部分人都做一件工作做到退休,空姐这种工作在他们那边并不走亚洲航空公司那种年轻漂亮的风格,这也从侧面反映出加拿大职场的高稳定性。

飞机飞了3个小时就进入黑夜。从中国飞加拿大是背着太阳飞,会穿过大约6个小时的黑夜区域。从加拿大飞中国是追着太阳飞,整个航程没有黑夜,全是白天。

经过11小时的飞行,飞机降落在温哥华机场,张成先从北京飞往温哥华,然后从温哥华转机飞蒙特利尔,所有中国来的旅客都必须在温哥华入境。张成取了行李后准备出关。排队出关时,张成看见一排加拿大边境警察坐在那里,心中默然生畏。他看到前面有些人被开了行李,查出好多中国香烟,心情忐忑。他也害怕说英文,怕自己蹩脚的英语惹人笑话。也不知过了多长时间,张成走到海关警察面前,把护照递给他,警察问道:"What's your name?"张成心里小高兴了一下,因为听懂了,后面就再没听懂了。警察和张成就这么僵着了,张成心里又开始紧张,他难受极了,担心无法和警察交流,会不会被遣送回去。过了一会儿,来了两个官员,有一位讲香港味儿普通话的女官员把张成带到了移民局办公室,小屋里都是像他这样说不了两句英文的中国学生在排队。

  移民官问张成去哪里上学,有没有亲戚在加拿大,带了多少钱之类的问题,发了张 study permit(加拿大学习许可证)给张成,张成终于成功出关。夜幕降临,他再一次托运行李,搭上了飞往蒙特利尔的飞机。

3

经过5个小时的飞行，飞机抵达蒙特利尔机场。下了飞机已经是半夜12点，张成取了行李出了机场，小丹的朋友圆圆已经在等他了。

蒙特利尔机场距离市中心大概30公里，打车大概40加元，折合人民币200多元。但华人一般不在机场打车，因为北美很多城市都有许多华人移民在干机场接送的工作。他们一般都是买一辆Van（7座面包车），收取大概30加元的接送费。到了月末，还做小型搬家的生意。

圆圆帮张成找了个临时的住处，是一个青岛人租下的洋房，他再把房间分租给其他华人。因为张成是临时住几天，所以青岛人按照每天10加元收取房费。放下行李后，张成感觉疲惫极了，算了一下，他已经离开北京20多个小时。于是，他跟房东借了电话给还在北京的家人打电话报平安后，就倒在床上呼呼大睡。

张成睡得很沉，早上睁开双眼的时候，还以为在自己家里呢。当看到陌生的天花板时，他才意识到这不是家，爸爸妈妈不在身边，他们在地球的另一端。一阵恐慌涌上心头，心跳加快了。这种远离故土的离别和不安总是后知后觉。这种恐惧感断断续续持续了一个多月。

小丹要过两天才回蒙特利尔，圆圆要去唐人街的面包房打工，所以今天没人理张成。张成因为说不出太多英文，不太敢出门。另外就是他带着15000美金，他这辈子第一次身上带了这么多钱，他得看着。如果钱丢了，天就塌了。

张成就在自己的小屋子里待着，但待到下午就有些待不住了，他打算拿着从国内带过来的足球出去转转。一出门，张成深吸一口气，空气的确清新，是大自然树木的芳香。附近是居民区，街边都是连排的三层高的房子。行人过道是水泥地，每个房子前面都是大片的草坪，这些草坪都是被打理过的，高度一致，小马路中央竟然有松鼠穿过，松鼠的个头明显比国内的大了许多。让张成惊叹的是，每家每户房子前面都停了私家车，2002年的时候，国内二三线城市家庭一般都没有私家车，只有做生意的商人才有钱买得起车。

9月2日，圆圆带张成坐公交车去downtown（市中心）开银行账户。加拿大的公交车到达每一站的时间都是精确到分钟的。车站站台会有公交车到达本站的时间表，比较人性化。两人先去了蒙特利尔银行，但是前台说得预约时间。于是二人又转头去了TD银行。TD银行正好有业务人员有空，于是给张成开了户。在加拿大开户一般需要两张ID（identification）做身份识别，至少一张政府ID。加拿大没有身份证制度，最常用的政府ID就是驾照。驾照上有个人的照片、姓名、身高、住址等信息。张成只用护照和加拿大海关发的学习许可证就开了户。张妈还让张成办了个银行保险箱，把护照和一些重要文件放在里面，保险箱年费30加元，不贵。当年有部电影叫《碟中谍》，里面有汤姆·克鲁斯用眼睛扫描开保险箱的镜头。张成印象里的加拿大是发达国家，他认为开保险箱至少得是指纹识别之类的方式。当银行给他一把钥匙的时候,张成还有点失落。他一直很纠结发达国家这种叫法,英文里发展中国家是developing country,发达国家是developed country,直译过来应该是发展完了的国家。中国一直是发展中国家,但其实感觉好多发达国家在某些方面并不发达,比如说张成刚到加拿大的时候发现商店里卖的手机真的没有国内的款式多,有些还是国内已经淘汰的款式。

出了银行,圆圆说道:"旁边就是你们康大了,我先带你去溜达一圈吧。"

康考迪亚大学(Concordia University)是一所综合型大学,有很多中国留学生和移民前来求学,这所大学的热门专业是商学院的商科专业和工学院的计算机专业。大部分前来求学的中国学生都是奔着这两个专业去的。张成去的是市中心校区,国内的大学都是封闭式的,有个校门。而康大的主校区就是市中心的一栋大楼,临街就是蒙特利尔市中心有名的酒吧一条街。夏天,蒙特利尔举办F1方程式赛车时,这里会举办许多活动。还会有大量的法拉利跑车出没。

这天,大学门口聚集了许多人,发出巨大且嘈杂的声音。张成和圆圆逐渐走近,他们发现好像是几百个外国人分成两帮在打架,双方一边大声喊叫一边推搡对方,防暴警察在中间排成一排将双方隔开。这些外国人不是张成印象中的金发碧眼,而是浓眉大眼黑头发胡子拉碴的人。少年时,张家人总教导他没事不要看热闹。于是他和圆圆就赶快离开了。张成心里想:国外原来这么乱啊,以后看来真的要注意安全。

"圆圆姐,我这个大学这么乱啊?"

"平时也不这样,今天是阿拉伯人闹事。"

"他们为什么闹事啊?"

"听说是以色列前总理内塔尼亚胡来康大演讲。"

"内塔尼亚胡?"张成在国内每天晚上都看央视的国际新闻,对他有所耳闻。

"对,按理说来蒙特利尔应该去麦吉尔大学演讲啊,怎么来康大呢?"

"麦吉尔大学怎么了,比康大好吗?"

"那当然了,麦吉尔大学是加拿大最好的大学。"

"是吗?我都不知道。圆圆姐,这些人是恐怖分子吗?"

"不是,大部分都是学生,不过也不一定。咱还是快撤吧。此地不宜久留。"

"好。"

这次冲突是当年加拿大发生的一起重要事件,加拿大媒体做了详尽的报道。事情起因是以色列前总理内塔尼亚胡来康大做讲演。犹太人来支持,而大量的阿拉伯人前来示威,双方对峙并引起了冲突。

因为语言学校还没开学,张成那两天就在街上逛了逛。当时有个巨大的问题困扰着他,就是他不敢进饭店,因为他说不出成句的英文。有一天在街上实在饿得不行,张成看见一家麦当劳,鼓起勇气走了进去。大家都在排队。等了5分钟,轮到了张成。他想就点1号巨无霸套餐吧。1号他会说,但套餐他不会说。服务张成的收银员是个年轻女黑人。她张口说了句话,张成一个词都没听懂。他就指着墙上的图片说:"Number one。"

然后女人说:"What do you drink?"

张成还是没听懂,她说了好几遍张成都没听懂。然后她拿起个杯子比画。张成明白了,于是想了想可乐该怎么说。正确的说法应该是coke就好了,他假装英文腔调,快速地把可口可乐这4个字说了一遍。

还好她听懂了。因为张成反反复复交流得很慢，后面排队的老外等得有些着急了，嘴里嘀嘀咕咕的。不一会儿，他的汉堡薯条和可乐都准备好了。张成发现没给番茄酱啊，那薯条怎么吃呀？他想了想番茄酱英文怎么说来着，番茄是 potato 还是 tomato？这两个词高中时背得就有些混乱，酱是 jam。

于是他说道："tomato jam。"

这时收银员晕了，她肯定在想这个中国人说的什么呀？张成的汗都要流下来了。后面的一个白人喊道："他说的应该是 kitchup。"后面排队的人都恍然大悟。这就是张成在加拿大第一次吃麦当劳的经历。由于他比较内向，觉得太尴尬了，所以之后半年他都没再进那家麦当劳。

4

小丹从国内放假回来后帮张成联系了一家homestay（寄宿家庭）。好多中国学生来到加拿大都会选择住一段寄宿家庭。因为这样可以迅速提高英文的口语能力。张成住的这个寄宿家庭位于皇家山北边的Snowden地铁站附近。那天，小丹打了辆出租车送他去homestay。出租车选择从市中心开上皇家山再从北面下山，车里的广播放的是爵士乐，当车行驶到半山腰的时候，张成看见马路的一边是一座欧洲古堡一样的建筑，这座建筑还被一面巨大而平整的石头砖墙保护着。这一刻他感受到强烈的异国情调，是之前20年从来没有过的感觉。不一会儿，他就到达了目的地。这是一栋2层白色别墅，别墅前后都有院子。后院放着一个白色太阳摇椅，贴近房子的墙壁处放着一个BBQ烧烤炉。院子里面的草坪修剪得很整齐，而且有自动浇水系统。张成的第一感觉是在这儿的生活一定很惬意。

房子的女主人叫Linda，是一个50多岁的女人。她给张成介绍了房子的格局和家里的规矩。一层是客厅，二层是两间卧室。一间Linda的，另一间住着一位墨西哥女孩儿。而张成被安排到半地下的一间卧室。虽然是夏末，但是半地下的卧室却很凉爽，夜间甚至有些冷。晚上睡觉的时候张成会在床头放一杯水，因为每天睡到一半的时候都会感到非常口干。张成另外一个有点水土不服的状况就是在到达蒙特利尔后的前三个月他每过几天都会流一次鼻血。在张成的印象中，住地下室是件坏事，所以心里会有些不高兴。但是由于语言不通而且他性格有些内向，也不想再麻烦小丹帮他跑来跑去，就住了下来。

  Linda是一家医院的护士，白天会去医院上班。她在第二天就教张成回家开门时如何解除安全报警系统，其实就是用钥匙打开两扇门后要在15秒内输入数字解除警报，同时也要解除车库门的警报。她说了一遍，张成听懂了就做了一遍。Linda非常吃惊，张成只听她说了一遍，竟然就明白怎么操作。之前来她家住的外国孩子都得至少学3次才会操作成功。张成听到别人夸自己，心里喜悦了一下，但是中国文化教育的熏陶使他条件反射般地表达谦虚的态度，然后还假惺惺地说道："我不聪明。"其实这个时候他只要说一句"thank you"就足够了。

  其实张成住下来就有一个疑问，就是Linda是一个人生活。她有没有老公呢？她都50多岁了，有没有孩子呢？但是他早在国内就一直听说西方人特别注重隐私。张成如果问她这些事情，显然不太合适。况且刚刚住到她家，害怕会遭到人家的反感。但没过几天，她在聊天的时候就主动跟张成说了是怎么回事，让张成震惊不已。她曾经有过三任丈夫。两个是加拿大人，一个是丹麦人。但是不幸的是这三位都相继离开了人世。前两任丈夫是病死的，第三任丹麦丈夫是车祸遇难。Linda讲她妈妈对她说："If someone wanna marry you, you have to tell him, You may die if we are married."（如果有人想嫁给你，你必须告诉他，如果我们结婚，你可能会死。）这句笑谈在张成心里刮起了瑟瑟寒风。

没几天，张成就熟悉了寄宿家庭的生活。为了练习英文他每天看报看电视。张成发现报纸上有预报每个频道的电视节目。有一天他发现报纸上有个频道晚上12点的节目是Sex and City。对一个懵懂少年来说这几个单词太具有诱惑力了。于是他那天一直坚持到夜里12点，就为了等那个节目，结果片子播放出来的是海边的咖啡馆饭店之类的，里面人物说什么他也全听不懂，根本就没有他所期待的东西。于是他便失望地睡觉了。后来张成才知道这是一部经典美剧《欲望都市》，并不是他期望的大尺度电影。

在homestay住了几天后，张成的英文口语水平有了惊人的提高。虽然还不能流利地说出完整的句子，但是终于能把意思表达清楚一些了，这和Linda每天下班后都陪张成聊天有关。张成每天上大街终于不用战战兢兢地害怕和别人交流啦。有一天中午，他顺着地图的指引登上了皇家山，半路上在一个小卖店里买了一块Muffin（松饼）。1个Muffin 5毛钱，上面还有坚果和葡萄干。张成付了1元硬币，找回50分。加拿大的硬币很奇怪，2元之内的加元都是硬币，分为2元、1元、2毛5分、1毛、5分和1分。而且加拿大的1毛硬币比5分硬币小，这不太符合中国人面值越大个头越大的逻辑。

2002年的时候，中国的汇率实行的是和美元挂钩的固定汇率，一直都是1美元兑换8.31人民币。一直到2005年，我国迫于WTO和美国的压力才实行货币改革，变成了浮动汇率，逐渐升值。2002年，美元和加元的汇率是1美元兑换1.56加元。但是随着美国经济之后十年的逐渐疲软，美元已经相对加元贬值了三分之一，变成了1∶1，甚至还出现过1美金换不到1加元的情况。由于当年国内的大部分人出国之前只能换到美元，所以大家都是带着美金出国，到达目的地后再换成当地货币。

张成第一次登上了皇家山。蒙特利尔是被圣劳伦斯河包围的一个岛。圣劳伦斯河流到蒙特利尔西边的时候分了叉，然后各自流到蒙特利尔东部又合拢到一起，所以说蒙特利尔是个岛，这个岛上的最高点就是皇家山。蒙特利尔人在皇家山上建了座有人工湖的公园，并且在东边和南面分别建了观景台。站在南观景台，蒙特利尔城市中心的风景一览无余。值得一提的是，皇家山公园的总设计师和纽约中央公园的设计师是同一个人。那天张成一个人走了上去，在草坪上坐了整个下午，看着一群高中生踢足球。看他们玩得开心，张成突然想起了自己在国内的伙伴们，他们肯定已经在国内不同地方的大学上课啦。张成好想念小伙伴们，在加拿大，他终于感到有些孤单了。

9月7日，张成去康大语言学校参加入学考试，写了篇作文。语言学校一共分8级，张成报名上7级，学校把他分到了5级。令张成印象深刻的是，参加考试那天在他前面排队的两个日本女生。她俩显然是好朋友，都染了很黄的头发，有说有笑。个子高一些的皮肤晒得很黑；个子矮的，很胖，长得也不好看。张成心想可别和她俩分到一个班啊。张成没想到自己一语成谶了。

第一天去上学，张成的心情既兴奋又紧张。他早早就起了床，语言学校早上9点上课，所以对于国内习惯了早上7点就要到达学校的学生来说，加拿大真心是天堂，9点上学就意味着很难有机会迟到了。张成吃完早饭出门，先坐橙线地铁然后转乘绿线地铁，20多分钟就到了学校。

张成来到自己被分到的班级，整个班一共20个学生左右，中国学生是占最大比重的，有7个。剩下的有来自墨西哥、哥伦比亚、阿拉伯世界的，还有就是来自越南、韩国和日本的留学生。最让张成惊讶的就是之前看到的那个胖胖的黄头发日本女生Eriko居然也分到了这个班级，看来真是有缘。

中国留学生为什么要上语言学校？当时要上康大的话，有三种方式可以被大学录取。第一种就是在语言学校读满8级，比如说张成被分到了5级，那么把5到8级都读完，并通过8级的考试，就可以上大学啦。第二种方式是考托福，比较难。一般来留学的同学很少能达到这个标准。大家主要都是通过第三种方式进入大学学习。康大有一个类似托福的英文入学考试，叫CELT考试，是美国密歇根大学主导的考试。100道选择题包含语法、阅读、听力、词汇，500分满分。然后还要写篇作文，5分满分。只要选择题达到350分，作文拿到2分，就达到了康大的入学要求。所以好多同学都是一边上语言学校，一边准备CELT考试。

进入语言学校后张成认识了许多国内来的同学，尽管大家都来自中国，但是英文水平真的是参差不齐。这不只是个人的问题，而且反映出国内各地的英文教育水平的高低。张成感觉来自上海的同学英文最好，特别是口语方面，其次是北京的。东北一带、中原一带三线城市的同学英文普遍很烂。

张成第一天在学校结识了一个朋友，是来自本溪的Steven。Steven瘦瘦的，瘦到两侧的脸颊都凹陷进去，张成觉得Steven不像辽宁人，反倒有点像电影里的越南人。但是Steven很幽默，他经常玩谐音梗，说张成是Snoopy（史努比）的弟弟Stupid（蠢货）。上午的课上到12点，下午的课从1点上到3点。一天下来，张成感觉很轻松。

下午回到家，Linda问了张成第一天上学的情况。张成在homestay每周交大概170加元，包三顿晚饭，Linda给张成和墨西哥女孩儿做的晚饭——土豆和西兰花一起熬的汤，还有股奶味，味道真的令人不适应，张成差点吐了，出于礼貌，他还是强忍着把Linda做的东西吃完。张成和Linda相处了一段时间后，感觉她这个人好像有些怪，甚至有些神经质，也可能是张成对对方的文化不了解。比如说每个周末的报纸都会有电视节目的预告，Linda看到张成也在看这报纸，就会问张成要不要和她一起平摊报纸钱，1元每份，她的意思是让张成出5毛，张成心里有些不爽，心想每个月都交700多元钱了，这5毛钱的报纸也跟他计较。由于没有良好的沟通，俩人埋下了之后矛盾的种子。

在语言学校上了几天课后，张成认识的人也多了。中国留学生大部分还是和中国留学生在一起，毕竟人以群分。国内的家长都希望孩子多和外国人接触，少和中国孩子接触，这样可以练习英文。但这只是个愿望而已。语言学校的外国学生也是来这学习英文的，他们平时都是说自己的语言，拉丁语、阿拉伯语、韩语、日语、越南语，不同国别之间的交流谈何容易啊。

不久后，张成就发现，中国留学生里也是分帮分派的。国内有几个中介专门做蒙特利尔留学，所以来蒙特利尔的留学生主要来自上海、北京、天津和大连这4个城市。上海来的同学在一起的时候会说上海话，而且他们英文都还不错，所以难免给别人一种瞧不起人的感觉。而来自北京的同学都比较能聊，但骨子里也透露出一种皇城根儿下孩子的傲气。天津同学圈子里有3个男生自封名号为大少、二少、三少，他们都留着歌手老狼一样的长发。大连有个私立中学叫枫叶，枫叶毕业的学生大部分都到加拿大求学，所以大连的同学已经在蒙特利尔形成一股很强的势力。上世纪90年代末期，大连花巨资进行市政建设，大面积的草坪、鸽子和漂亮的女骑警在国内独树一帜，成功举办的大连服装节和横扫甲A的大连万达队都让大连人引以为豪。所有这些都让辽宁省其他城市的人艳羡不已。基于这些，大连同学也有一种掩饰不住的自豪感，再加上北方人原有的直爽性格，就更凸显出大连这些同学的骄横。张成作为来自东北三线小城市的学生，很难融入这几个圈子，而且他也不是跟着中介来的，所以谁也不认识。张成看着他们一大帮一大帮的，内心难免有些孤单。

语言学校下面有一家加拿大本土咖啡连锁店叫Second Cup，张成理解的店名叫第二杯，很有可能是第二杯免费，其实只是店名叫第二杯，每一杯都要付钱的。张成有次路过大学主楼，斜对面的咖啡店Café Deport外面的半地下区域有几个外国大学生，男男女女都戴着墨镜，一边抽烟喝咖啡，一边聊天，很悠闲也很酷。看见这些老外沐浴在阳光下，张成很羡慕，等到自己英文好了，有朋友了，他也要在这儿喝咖啡。加拿大最大的咖啡连锁是Tim Horton's，他们家的咖啡比星巴克便宜近1/4，而且他们家的Ice Cappuccino比星巴克好喝太多了，非常适合中国人的口味。

5

2002年9月11日,是个周末。这天是美国"9·11"恐怖袭击事件一周年的纪念日。张成还清晰地记得一年前9月12日早晨,他打开电视,辽宁卫视的早间新闻中播放着飞机撞击大楼的画面。张成以为这又是哪一部大片,他刚刚看过一部叫《箭鱼行动》的大片,里面就有一架直升机悬挂公交巴士车在摩天大厦中穿梭的场景。到了学校,大家谈论起来才知道,这不是电影,是美国纽约被攻击了。这次事件以后,美国包括加拿大都对航空安检加大了力度。"9·11"袭击美国纽约的恐怖分子就是在蒙特利尔学习的小型飞机驾驶。张成初来乍到,很是担心自己成为炮灰,因为他感觉市中心有许多和"9·11"恐怖分子长得相像的人。况且由于加拿大也跟随美国参与了阿富汗战争,传言蒙特利尔也在被袭击的城市名单上。所以,那天张成哪儿也没敢去,就在家待着。CTV电视台反复播放着一年前的恐袭画面,还报道了恐袭之后一年中遇难者家属是怎么生活的。世贸大厦里遇难的人中有好多是公司职员,也有厨师。最让张成印象深刻的就是在两栋大楼都被攻击后,还依然往楼里冲锋的消防员和警察,他们当时根本就没有时间想生死问题，他们是恐怖袭击中最可敬的人。张成很感动，不出国，不在这种情境中，是真的无法设身处地地体会这些，去年还在高中的时候，自己当时对这起事件只有震惊和冷漠。

9月11日过后，一切如常。每天张成就是上学放学。9月的蒙特利尔，天气转凉，张成每天睡在半地下室，的确有些冷，特别是夜里的时候。张成发现二层居然还有一间卧室空着，于是和Linda提出想要搬到二楼住的想法。Linda却说她是不会允许男生和女生住在同一层的。墨西哥女孩儿英文也不好，张成和她几乎都没说过话，心想难道Linda是防范他和那个墨西哥女孩儿怎么样。他心里不太好过。有一天，张成吃过晚饭，下到地下室，发现墙边有一只蚊子在飞，于是一巴掌把蚊子拍在墙上。这时Linda也正好下来洗衣服，她说蜘蛛是对房子有益的昆虫，你怎么可以杀死蜘蛛呢。张成刚想让她仔细看看他拍死的是只蚊子，但发现墙上的它已经血肉模糊，只好跟她解释那是只蚊子，但Linda却说："I saw it. It is a spider!"她一口咬定，就是蜘蛛。张成真是有口难辩，非常生气。张成觉得Linda真心有些怪，再想到她死过三任丈夫的事，心里发冷，他便做出了一个决定：让小丹找中介换一家homestay。

小丹抽时间带张成去了趟中介那儿，把住地下室的事情跟中介反映了一下。中介于是又联系了一家homestay给张成，并通知了Linda。新的homestay的女主人叫Maria，是个组织的会长，她在家里办公，张成不清楚这是个什么组织，估计是政府拨款扶持的那种。小丹第一次带张成去Maria家的时候是在一个星期六的上午10点半，因为中介和Maria沟通过了，所以小丹没有打电话就直接去了，目的是看看Maria家的情况。两人来到她家门口，按了门铃，Maria迟迟没有开门。过了好久她才出来开门，她并没有让小丹和张成进屋，而是在门口和小丹沟通了很长时间，然后小丹就带张成离开了。

Maria给张成的第一印象是个凶悍的女人，眼神中充满了锋芒。张成问小丹为什么没有进去看看。小丹告诉他因为没有和她预约，所以她并没有准备。张成心里想：大老远过来一趟，就这么把我们撵走啦。其实这里有一个非常重要的概念，就是在加拿大如果要去办什么事或者去谁家的话，一定要提前预约，不然的话是非常不礼貌的，即使是去特别要好的朋友家里也是一样。

张成回家之后对Linda正式提出了要搬走的事，并和她确定搬走的时间。由于之前的不愉快，张成感到有些尴尬。Linda和Maria通了电话，她们用法语在电话里交流，张成很害怕Linda对Maria说他的坏话。还好并没有发生变故。次日，Linda驾车把张成送到了Maria家，就这样，张成结束了人生第一次homestay生活。与此同时，张成也很快适应了学校和课程，对于经历过国内激烈竞争的学生来说，这种上午3小时、下午2小时的课程实在是太轻松了。

这天张成上完课，正进入地铁站准备回家。

"哎，你是中国人吧？"背后是一个女孩子的声音。

张成回头看，是一个高个子女生，目测至少有170。披着一头乌黑长发，丹凤眼，小圆脸，有些像迪士尼卡通片里花木兰的形象。

"是呀。"

"我在语言学校里见过你，你是不是认识石野？"

石野是北京人，Steven的朋友。

"对，他北京的，你也是吧？"

"我俩是一个中介办来的。你是哪儿的？"

"我是辽宁的，辽宁抚顺。"

"大连边上那个小城市？"

"不是，沈阳边上的，你说的那是旅顺。"

"噢，你在国内上大学了吗？"

"没上，今年高考完过来的。你呢？"

"我上完大二过来的。"

"在哪个大学啊？"

"北外。"

"那你英文岂不是很好？"

"一般吧。"

"以后去图书馆学习，带我一个吧。"张成说道。

"可以呀，我上6级，你有空可以来找我。"

"好呀。我叫张成，你呢？"张成觉得这个女生真爽气，特别飒。

"曼丽。"

曼丽本来是要去美国留学的，她二姨四姨都在美国生活。曼丽妈妈是国内军工企业的专家，二姨上世纪80年代就孤身闯荡美国，是美国知名企业AMD的高管。本来曼丽是要去投奔她二姨去美国上大学的，无奈美国大使馆给她拒签三次，她二姨建议她先来蒙特利尔读大学，并且帮她安排了homestay。

第二天中午张成就去6级班找曼丽。

"你是不是也住homestay呀？"曼丽问道。

"是呀。"

"你住得惯吗？"

"还行吧，反正来的时候我的英文是说不出来的，现在能说出来了，住老外那真挺管用的。"

"我这几天正跟我家老太太吵架呢，气死我了。"

"那你厉害,还能吵出来,我肯定不行。"

"我准备下个月就搬出来了,给她交那么多钱,天天跟我事儿事儿的。"

这时有个女生从后面叫曼丽。张成认识,是李敏,语言学校里的风云人物,她也是9月份过来的。浙江宁波人,个子不高,但是长相甜美,很受欢迎,语言学校里暗流涌动,要追李敏的男生都摩拳擦掌。

6

来到第二家 homestay，张成终于不用睡地下室了。房主 Maria 由于得在家里办公，所以经常是晚上出去活动，主要是社交和聚餐。有一天她带回来半盒菜，跟张成说这是广东炒面。张成闻了闻，的确和好多中餐馆里冒出来的味道是一样的。她让张成尝尝，张成吃了一口。"哇，太香了。"其实也不是说好吃得不得了，而是因为到了蒙特利尔之后，张成的确有些吃不惯，比如说老外用黄油煎鸡蛋，弄得鸡蛋里有一股奶味。所以搞得张成有些营养不良，瘦了十多斤。目前的体重是他成人之后最低的体重，身材也是他人生中最好的身材。

住了几天之后，张成突然想起来好久没锻炼了，于是他早上7点就起来了，跟 Maria 打了声招呼就出去跑步了，张成准备绕着他住的街区慢跑一圈，可能有1000米左右。他穿着橙色的运动上衣出了家门。加拿大深秋的早晨还是有些凉意的，张成深吸一口冷气。空气中弥漫着小雨过后枫叶的芳香。狭窄的小路旁停满了私家车。张成在车辆和房屋之间的人行小道上奔跑，深黄又有些发红的枫叶一片片从他身旁落下。由于张成好久没有锻炼，但又不愿跑得太慢，所以回到家的时候，他的脸涨得通红，大口地喘着粗气。Maria看到张成这样很是担心。

"你还好吗？"

"我没事，别担心。"

"不要再像这样运动了。"

"好。"

从加拿大给中国打电话是很便宜的，只要花4加元买一张价值5加元的电讯公司电话卡，就可以往中国打7到11小时的电话，算下来每分钟合人民币才几分钱。而且，加拿大的座机话费是按月收费的，每个月只要交30加元，固定电话是无限时间的，连续30天打24小时电话，每个月也只交30加元钱就行了。

但是10月初，由于中国电信公司那边改变资费标准，张成买的5元电话卡拨打中国的通话时间由原来的500分钟骤降到20分钟。这在海外华人社区引起了强烈的反响。所有人都表示了不满和愤怒。

由于在Maria家张成还是有些吃不惯，所以Maria让张成自己做菜，但是加拿大人的厨房是开放式的，做菜是没有油烟的。中国人做菜则不可能没有油烟，Maria被张成炒菜的油烟震惊了，随后出台了家规，不许张成再炒菜了。张成在学校发现好多同学都在学校附近租房子住，合租一套一室一厅或者两室一厅。学校就在市中心，上学放学，买菜做饭都很方便，于是张成决定也找人一起合租一套学校附近的公寓。

Jason来自吉林白山，为人真诚耿直，出国之前学习成绩本就十分优秀，是他们当地高中尖子班的学生。他先到多伦多投奔亲戚，过了一个夏天，然后再来蒙特利尔的。他说在亲戚家总有种寄人篱下的感觉。而且国外的亲戚跟国内的亲戚不太一样，都比较自私，不太关心人。中国人是讲人情的，但是移民在国外都忙于生计，而且受西方人的影响，人情味不会像国内那么浓，所以刚到国外投奔亲戚的人大多都会有些小抱怨。张成第一次见到Jason的时候，感觉他有些书生气，甚至有些书呆子，总穿着非常不入时的衣服。Jason最大的爱好就是上网，简直就是网虫。没多久，张成和Jason、曼丽一起在市中心合租了一套公寓，张成和Jason一个房间，曼丽自己一个房间。

在班级里和同学混熟之后，张成发现日本女生Eriko虽然长得不好看，但是非常乐观与幽默，班级里经常有她的笑声。这天，大家一起约着去唐人街吃自助餐，Eriko的日本闺蜜Sumi也一起去。张成一行几人乘地铁来到唐人街。这里简直就跟中国上世纪80年代的南方小县城一样。商铺都是广东老华侨开的。人们的穿着打扮也是80年代的感觉。街边的音响店播放着邓丽君的歌曲。这情景当时真心"雷"到张成了，心想，老外不会都认为这就是中国的样子吧。再往前走两步，就是唐人街里很小的也是唯一的一个广场，唐人街里地段最好且名气最大的自助餐馆畔溪饭店就坐落此处。大家吃的是特价午餐，大概11元。张成到了蒙特利尔还没吃过自助餐呢，他真没想到这里的食物这么丰富，叉烧、烧鸭之类各种在香港TVB连续剧出现过的食物，这里都有，对于他这个肉食动物来说真的是大大的满足。酒足饭饱之后，大家一起聊聊天。Eriko和Sumi都是来自东京的女生，Eriko长得不好看，肯定没有男朋友，张成也就不往那个方向和她聊了。Sumi一头金色短发，皮肤黝黑，不漂亮但是很潮。张成也是愣头青一枚，英文也不太好。

"你有几个男朋友？"

Sumi看着Eriko大笑，用日语说："Zhang，你是不是认为我是个很浪的女生。我没那么多男朋友，我和Eriko一样，我们日本人对待感情是很认真很保守的。"

7

从 homestay 搬出来之后，张成的学习生活已经步入了正轨。他们这拨儿9月份来的留学生基本是奔着上大学来的，谁都想早点进入大学。进入大学的捷径便是参加CELT考试。曼丽他们早就报名了CELT考试，而且这些来自一线大城市的同学有一个好习惯就是资源共享，什么最新的考试趋势、应试技巧都会相互交流，这样中国留学生就成了CELT test最有竞争力的一股力量。

张成也开始准备大学入学考试。白天去语言学校上课，下午3点放学后，先回家做饭吃，5点就去图书馆学习，先把语言学校布置的作业写完，然后开始学习英文语法，练听力，背单词，做阅读，练习写作。每天学习到晚上11点再回家。小丹给他的建议是认真把写作准备一下，张成也接受了她的建议。他发现英文的写作和中国作文的评分标准完全不同。中国人作文的评分主要看文章写得优不优美，内容是否丰富。一般都是文笔好的人得分高。而英文写作则完全相反，实行扣分制。语法错一处，扣一分，拼写错一处，扣一分。文字写得越少，扣分的地方也就越少。而且文章尽量避免用复杂的句式，写得中规中矩，分数是不会很低的。张成跟语言班的两位老师讲，想参加大学的入学英文考试。上午的老师是个胖女人，马上就要去夏威夷定居了。她简直不敢相信张成居然勇敢地报名参加大学入学考试，因为在她眼里，张成这个级别的学生的英文水平想通过这种考试是不可能的。张成觉得她是严重低估了应试教育培养出来的中国学生的潜力。反倒是下午的任课老师给了张成一些鼓励，并且额外给予他一些写作辅导。

张成通过曼丽认识了一个朋友鲁西西，鲁西西是山西人，母亲是大学教授。她在国内上了一年吉林大学，然后来到蒙特利尔读康大的商学院 John Molson Business School（约翰莫森商学院），她选的是金融专业。

进入11月，天气慢慢转寒。张成时不时地开始得到某某已经考过了CELT test的消息，当然，也有许多同学败下阵来。不久，曼丽和鲁西西就考过了，准备1月份上大学。虽然张成的英文水平没有她们高，但是看到身边的人已经一只脚迈进了大学的讲堂，心里非常羡慕，他抓紧时间学习，准备迎接12月中旬的考试。

那时最火的一部台湾偶像剧是《流星花园》，到了2002年的时候又出了续集《流星花园Ⅱ》。学校附近有个台湾人租漫画，他每天回家用录像带把台湾电视台播的《流星花园Ⅱ》录下来，然后放到他的漫画店里往外租，两加元一天。张成和Jason合资买了台小电视机，是和录放机连体的，张成家是为数不多的能看录像带的据点。有个北京哥们儿每天租了录像带来张成家看，他叫石野。

石野，个头在1米8以上，身体很强壮，因为他上中学时是练排球的。北京的男生都比较喜欢玩，电视剧里总播放八旗子弟逗蛐蛐什么的，看来爱玩是自古以来的传统。石野来到加拿大后就延伸了爱玩精神。张成在加拿大前几年的娱乐活动几乎都是石野带着的。从滑雪场到赌场，从魁北克城到尼亚加拉大瀑布，到处都有他俩的身影。当然，石头既然选择了玩乐，成绩自然就不会很理想。别看他个子高，但心眼可算比较小的。两加元租来的录像带，还得让张成和Jason分担一半。

由于李敏总来家里找曼丽，接触几次，Jason看上李敏了。张成觉得Jason没戏，学校里亮明身份要追李敏的男生已经两位数啦，在这种情况下Jason肯定是没戏的呀，除非他有什么过人之处。但Jason有点一根筋，张成也不好直接告诉他没戏。有一天大家一起出去散步，石野走在路上和李敏简单地聊了两句，Jason有些醋意，回家之后拽着石野喝酒，搞得张成和石野面面相觑，无可奈何。Jason的心意很快就被扼杀在萌芽之中了，因为李敏不久后就和一个韩国男生Minsu在一起了，这让追求者们都没想到。Minsu个子不高，戴个棒球帽，看起来是痞坏的风格，跟石野同班，两人关系很铁。Minsu家是韩国移民，父亲原来是韩国企业高管，全家移民到蒙特利尔。

8

语言学校的学习生活是丰富多彩的，相比于大学的学分制，语言学校更容易给学生提供一个熟悉社会的平台以及和来自不同国家、文化背景的学生交流的机会。首先，每个班级都会去参加社会活动，比如老师会带同学们去蒙特利尔市内植物园，每学期还会组织一次international lunch（国际午餐），就是每个同学做一道菜带到学校，大家互相交换，一起享用。张成比较喜欢中日韩三国的餐食，对阿拉伯餐、波斯餐和墨西哥餐不太能接受。张成第一次参加活动，做的是糖醋排骨，是改良后的东北口味的糖醋排骨，味道没有江浙沪版本那么甜，得到日本同学的一致赞誉。

张成在国内的时候虽然从来不下厨，但是作为一个吃货，烧菜技巧是与生俱来的。在国外待久了，慢慢地，他做菜的方向也会偏向川菜和粤菜的风格，因为这两个菜系绝对是中国菜系在海外经久不衰的永恒经典。

班级也会安排同学分成小组去看电影。张成第一次是和两个同学去 AMC 电影院看的《Euro Trip》，中文名叫《欧洲任我行》，一部喜剧片。张成去之前害怕听不懂英文，但电影院的音响系统能让人把每个单词都听得清清楚楚，即使没听明白也能从肢体语言揣测主演的意思。加拿大上映的电影基本是好莱坞拍的，档期也和美国一模一样。所以看电影绝对是加拿大生活中的一项重要娱乐。除了星期二电影院是半价外，其他时间都是全价，所以星期二去看电影的年轻人特别多。

12月的一天，石野破门而入，他激动地跟张成说香港终于拍了部好电影。香港电影对80后的影响很大，从儿童时期看的《英雄好汉》系列，到小学时的《黄飞鸿》系列，再到中学时代的《古惑仔》系列，再加上周星驰的搞笑无厘头系列，可以说，80后经历了香港电影最繁荣的时期。但千禧年后，香港电影好像一蹶不振，好久都没有出现给人印象深刻的电影。中国的电影市场也逐渐被好莱坞进口大片霸占，直到《无间道》的出现。张成和Jason、曼丽去石野家把电影看完，影片非常精彩，整个过程，气氛都很紧张。

圣诞节是西方最重要的节日，对于留学生和新移民来说，这是个聚会的日子。平安夜那天，麦吉尔大学中国学生会举办了观影活动，在麦吉尔大学的一个学院的礼堂连续放两部电影，第一部是《无间道》，第二部是《我的兄弟姐妹》。

麦吉尔大学是加拿大最好的大学之一，主校区在市中心皇家山下。该大学的医学院享誉全球，中国的好朋友白求恩医生就是毕业于麦吉尔大学的。张成从来到蒙特利尔就没打过在麦吉尔上大学的主意。一是听说麦吉尔大学的课程要求强度非常大，不是轻松就能拿到学位的，二是他从没想过要学医或者从事法律专业。张成听说康大的商学院在加拿大口碑很好，所以他选择了康大。张成选专业的故事简直是个笑话，当时中国人选专业都是有倾向性的，男生多选 Finance（金融），女生多选 Accounting（会计），而张成连 Finance 和 Accounting 的区别都不懂，于是因为他平时总说"我是一名国际学生"，所以他就选择了国际商务专业。

能上麦吉尔大学的留学生绝非等闲之辈，但是在张成眼里，在那上学的中国学生或多或少有些书呆子气质。主持人给大家解释道："第一部电影的主演是刘德华和梁家辉。"

张成一听，这么明显的错误，于是坐在后排的他喊道："是梁朝伟吧！"

主持人看看手里的资料说道："对对，是梁朝伟。"他的表情略有尴尬，观众们纷纷回头看着张成笑。

第二部电影是由姜武和梁咏琪主演的《我的兄弟姐妹》。故事讲的是在香港长大的梁咏琪到东北寻找自己亲人的故事。电影是在冬天拍的，当画面跟随着火车渐渐驶入东北的漫天大雪之中的时候，那种最熟悉却又有一点点陌生的感觉扑面而来。张成瞬间流下泪来。干枯的树枝、被白雪覆盖的大地、一家家的炊烟，包括污浊的空气仿佛带他回家了一样。是的，他想家了。泪水真的就像趵突泉一样，一阵一阵涌出，一直流到电影结束。身旁的曼丽和李敏很不理解他。

"你平时挺爷们儿的一人，今天怎么这样？真够丢人的。"

"对啊，有什么可哭的，你在这给我们演铁汉柔情呢？"

"你们是不会懂的。"张成抹了抹眼泪。

9

语言学校的课程结束后，张成专心准备一个星期之后的大学入学考试。经过两个月的努力，他感觉自己的英文水平有了大幅度的提高，应该蛮有希望的。语言学校的同学相约周末晚上一起去club跳舞。张成从小到大一直就是足球少年，从没跳过舞，心里总觉得跳舞的男生不像男人。再加上他所在的城市晚上治安并不好，2001年的圣诞夜就有4个高中生因为打架而身亡，所以家人和学校要求很严格，身边没有同学去迪吧玩过。今天一起去club的，除了身边的几个同学和朋友外，还有一个刚从国内过来的上海同学刘宇。刘宇是方脸，双眼皮，梳着哈利·波特的发型。

李敏给张成介绍道："这是刘宇，桃花岛岛主。"

张成傻乎乎地问："桃花岛是哪儿？"

刘宇哈哈一笑道："她开玩笑的，我家在崇明岛，上海的一个县，中国第三大岛。"

"你是岛主啊？"张成表示很惊讶。

"别听他们瞎说，我们家是镇上开豆制品厂的。"

张成感觉和刘宇一见如故。

去club一定要穿得正式一些，上身要穿衬衣，而且要穿皮鞋。每个club门口都会有2到3个安检人员，这是张成这辈子第一次看到那么高大强壮的人。他们每个都有1米9左右，而且强壮得超乎想象。东西方人的体质的确有很大区别。他们要检查每个人的ID，因为要确定没有未成年人进入club，所以出示的ID要求是带照片的政府颁发的ID。有一阵儿，好多人都是带着护照去club的。张成来的这家club叫Western Churchill，位于离康大的主楼不远的酒吧一条街上。保安查过ID后就放他们进去。张成一进来就发现Sumi和Eriko已经在里面等他们了，她俩今天穿得还挺火辣，化过妆后在昏暗的灯光里已经完全褪去了平日的学生气，俨然一副夜店女王的范儿。她俩看见张成来了后，就用超乎平常的热情语气喊道："Hi, Zhang, you come!"一边喊一边走过来要和张成行贴面礼。张成吓得整个人是僵住的。他和朋友可没这么近距离接触过，更不用说是女生。她俩分别跟张成贴过面后，张成感觉自己脸涨得通红，多亏里面灯光昏暗，谁也没发现他脸红了。张成回头看看一起来的几个中国男生，他们纷纷流露出羡慕的眼神，这个时候还是很有面子的。

张成一行人是晚上10点进club，里面还没有什么人，他当时就奇怪，不是据说最火的一家吗？人怎么这么少。其实北美的club都是这样，一般要到半夜12点之后，人才会越来越多。他们点了些啤酒，20加元一扎。之后大家在舞池里围成一圈，跟随着巨大的贝斯节奏摇晃身体。张成本来有些不好意思，但是发现中国学生都不太会跳，于是也就心安啦，跟着大家一起扭晃身体。

一会儿又来了两拨人，一方是4男2女，另一方是3个男的。两拨人分别喝了些酒，随后因为一个女生发生口角，相约从安全出口出来，走到了酒吧后面的小巷。几个人没说几句就扭打在了一起，基本上打了个平手。后来酒吧附近的警车开了过来，大家一哄而散。

张成他们没喝太多酒，但是石野的朋友，来自河南的中翰喝得有点多。中翰也留着《流星花园》里花泽类的发型，而且他染了全黄，人长得白且帅气。他喝完酒就缠着李敏，说喜欢李敏好久了。李敏是浙江小女生，不像北方女孩会直白地接受或者拒绝，所以导致中翰那天晚上追着她不放。

曼丽不得已来找张成。"你去跟中翰说，李敏不喜欢他，让他走吧，咱们还得回家呢。"

"他俩的事，我管得着吗？"

"你就去跟他说一声呗，他没完没了的。"

"人家李敏都没说不行，我去说，我有病啊。"

"你怎么那么不爷们儿啊，就这点事，你都不帮。"

"不是我不帮，我去跟中翰说，中翰肯定误会我想争李敏呢。"

"那怎么着，让Jason去说？"

张成想：别了，Jason白白净净的，也不是中翰对手，万一再被中翰打了，还是自己上吧。

大家已经走到Tim hortens咖啡厅门口。张成走到中翰身旁，说道："哥们儿，要不今天先这样吧，让李敏回家吧。下周上学你再找她说。"

李敏在旁边默不作声。

中翰说："哥们儿，我是真心喜欢她，她今天一定得给我一个答复。"

张成沉下脸："给我个面子，今天先这样吧，行吗？"

中翰沉默了一下，想了想说："那行，张成，我就给你这个面子，但是下次你就别拦着我了。"

"好，一言为定。"

曼丽过来拉走了李敏。中翰跟石野走了，还跟石野抱怨张成："你那个哥们儿真他妈是多管闲事，不然今天我就拿下啦。他是不是也想泡李敏?"

"不是，他嫌李敏个儿矮。"石野边抽烟边替张成解释道。

"他也是闲的，管这事干吗?"

10

2002年12月29日，张成来到大学参加入学考试。前面100道选择题的考试时间是两小时。其实来自中国的学生是不太惧怕考试的，从小到大密密麻麻的考试早已练就金刚不败之身，甚至遇到考试还有些小兴奋。

考场很大，参加考试的大概有300人，基本上各个国家的都有。监考老师是个50多岁的白人妇女，是大学从职业中心雇的临时工，她对参加考试的学生说话语气非常粗鲁。张成来到加拿大后很少遇到像她们这样不礼貌的人。加拿大人与人之间的关系是以相互尊重为基础的。不管你来自哪里，从事什么职业，甚至一个流浪者也会得到相应的尊重。像加拿大这样，员工直接称呼上级名字的情况在中国是很少发生的。

两个小时的考试，张成全力以赴，但在最后关头还是发现剩10道题没有时间做。于是他将国内考试的经验用上了，最后10道题都选了C，估计正确率一定高过25%。选择题结束后是一个小时的作文考试，由于张成已经做了大量的写作练习，半个小时后，他就交卷回家了。

　　一个星期后，到了发榜的日子。张成心里有些忐忑，去大学问成绩。工作人员告诉他，选择题330分，张成心里一沉到底，因为选择题的录取分数线是350分，差了20分。然后工作人员说："但是你的作文成绩是3分，超过了录取分数线的2分，所以你的选择题只要考到300分就够了。"张成此时还惦记着什么时间再参加一次考试呢，当工作人员说Congratulations的时候，他才反应过来他过了，他可以上大学啦，张成心中无比高兴，几个月的努力没有白费。张成回家后，等着北京时间进入早晨，就可以打电话把好消息告诉妈妈。其实他的父母对他出国留学还是存在很大的疑问，张爸张妈觉得张成不一定能考入国外大学，他们还为张成考不上国外大学不得不回国继续读大学，做了准备。张妈说张爸得知儿子考过的时候，高兴得不得了，连连夸奖自己的良好基因遗传给了张成。

　　张成拿到成绩的第二天，曼丽就陪着他去大学询问1月份的冬季学期是否能入学。学校图书馆的185号管理员把张成的信息输入电脑，过了半天告诉张成，他还没注册。张成当时有些蒙，什么叫没有注册啊？

　　曼丽帮张成问清楚了，其实是因为他和其他中国同学不同，别人是中介办过来的，早已注册了大学，只要通过大学入学英文考试就好了。但是他是自己过来的，只注册了语言学校，和大学还没有一点儿关系，入学成绩虽然有了，但是还要正式申请大学和专业。加拿大一切都要讲程序，这种事是找不到熟人或者走不了后门的，唯一能做的只有耐心等待。最快3月份才能拿到录取通知书。这些天，张成的心情大喜大悲，就像坐过山车一样。看着曼丽、鲁西西她们去大学上课，张成心里很是嫉妒。于是又报了一期语言课程，巩固一下英文。

11

时间进入2003年,虽然刚刚出国只有几个月,但是张成已经成长了许多,比如说做饭这项人类的基本生存技能,张成已经到达了比较高的水准,做的菜是越来越好吃。张成也明白了很多道理:之前好多自己能做的事都是父母代劳的。买菜做饭洗衣服这些活儿他之前一点儿也没碰过,以前觉得妈妈帮做他这些是天经地义的,现在才感悟到那是深深的爱。

张成的另外一个进步就是慢慢地学会了和不同文化背景的同学交流。这里不只是指和来自不同国家的同学,他还和来自中国不同地域的同学融合得很好。有一个最简单的区分方式是以长江为界,把中国分为南方和北方。同学们更常用的还是以省或直辖市来区分。东北人心直口快,优点是待人比较热情。但在中国其他地方的人眼里,东北人这种性格也有负面评价。比如说南方人会觉得东北人心思不够细腻,做事不拘小节易冲动。海派清口里就暗讽过东北人的冲动。这些张成还是可以接受的。

北京人的优点是热爱生活,有幽默感。张成和北京人一开始沟通就很容易。因为张成爷爷家在北京，再加上同是北方人，交流比较直接。他觉得北京女生是心最大的中国女生。北京的同学也有很明显的缺点，有时候有一种皇城骄子的不羁与轻狂。比如说国安主场的京骂，媒体质疑后，京骂没有收敛，反而有愈演愈烈之势。

  起初张成对上海同学的性格没有任何了解，但是身边总有来自各地的朋友说上海人坏话，比如说上海人认为除了自己，剩下的都是乡下人，上海人崇洋媚外，斤斤计较，太过精明，说什么的都有。但是当张成跟上海同学接触时间长了之后发现他们还是挺可爱挺讲义气的。上海人有个优点就是如果办不到的事情，他是不会答应你的。这跟很多地方吹牛不办事有很大的不同，这说明上海人非常务实。还有就是上海人喜欢 AA 制，起初张成十分不理解朋友之间为什么要算得那么清楚，但是时间长了之后发现这样的规则往往更能保持友谊的长久性。

12

张成对1月份没进入大学有些失望,他觉得应该和国内的同学以相同的进度上大学,如果比别人晚了一年的话,好像留级了一样。于是他又上了一期语言课,班级里的同学换了许多。由于已经没有了升学的压力,所以张成也不像第一学期那样努力了,每天抱着一半学习一半玩的心情去上课。之前的刻苦努力精神已经荡然无存,不过有男生说张成这一级的班级里就数他所在的班级美女最多。于是他第二天仔细观察了一下,原来他们嘴里的美女有三个:一个是李敏,但是她已经有了韩国男朋友,大多数男生都死了心。另一个是来自天津的张倩,性格比较温和,但没过多久就被一个香港移民二代夺走了芳心。最后一位是来自日本京都的小平百合。其实张成上课第一天就注意到了这个日本女生,因为一起来留学的中国女生身上还多是书卷气,而且普遍都还没有化妆的习惯,而小平百合化淡妆,穿着黑色毛衣和深蓝色牛仔裤。阳光穿过窗户散在百合的头发上,本来乌黑的头发变成了深褐色,她静静地坐在那看书,给张成留下了清新中带着优雅的第一印象。张成属于愣头青一名,从来也不会和女生主动搭话,更别说和外国女生了。

每天上午的课程分为两节，第一节是在9点到10：30，第二节从10：45到12点。老师不会允许迟到15分钟以上的学生进来上课，所以好多第一节课迟到的学生都要等到10：30休息的时候再进入教室。每个学期，学校允许每个学生累计缺席上课时间24小时。由于张成睡得晚，早上有些起不来，所以基本上每天都10：30再去上课。教室座位布置是每4个人为一个小组，二对二面对面坐以方便讨论。慢慢地，张成发现，百合总会选择坐在他的对面。有时他来得晚，她也会把位置留给张成。当时没有中国女生喜欢搭理张成，可能是他看起来有些愣，但日本和韩国女生比较愿意跟张成说话。在聊天中，张成了解到百合是一名护士，她给自己放了大假，来加拿大旅游兼学习英文。她在东京地区工作，有一个男朋友在东京。熟悉了之后，百合经常喜欢跟张成开玩笑。她学完这学期之后就要回东京继续工作。

张成在学校附近的Tupper街发现了一个单间，是一栋连排别墅二层的一个房间。但真的是只能住进去一个人，因为房间只能放进去一张单人床和一个写字台。别看麻雀虽小，但五脏俱全。冰箱、做饭的炉头、浴室、洗手间都一应俱全。房租相对也非常便宜，才345加元一个月。张成签了一年的租房合同，交了两个月的押金。家具都是在宜家买的。张成在国内时就听说过宜家的家具，本以为是很高档的品牌家具呢，到了加拿大才知道其实宜家的核心竞争力就是给年轻人带来价格便宜且款式新颖的家具，家具要运回家中，自己组装。

为了练习英文的听说交流能力，张成开始有计划地看英文电视。因为没有安装有线电视，所以只能接收到6个无线频道，也足够他看了。最常看的频道就是CTV，张成每天都会准时收看晚上11点的晚间新闻。CTV的黄金时段都会和美国同步播放时下最火的电视剧或者TV show。加拿大电视台里播放的基本是美国的节目，只有CBC电视台会自己录一些电视节目来播放，但是和美国的节目比起来，水平实在差得太远。所以加拿大的文化产业受美国的影响很大。最火的节目当数《美国偶像》，冠亚军之争非常激烈，引起了美国、加拿大媒体界人士的广泛争论。加拿大人喜欢冬季运动项目，所以冬季的每个周末，电视台都会转播花样滑冰和短道速滑项目。给张成留下深刻印象的是美国花样滑冰女王关颖珊和韩国短道速滑队。为了练习英文，他也开始看那时候最有名气的美剧《Friends》，在中国也非常出名，译名《老友记》。练习英文的人都看过这部经典美剧。一共有10季。美国人拍连续剧与中国人不同。中国是集中两三个月拍出一部连续剧，然后电视台一天两集一口气播完。而美国是一个星期拍一集，拍完就播放。所以像《老友记》这样的连续剧一共拍了10季，一季就是一年。当《老友记》拍到最后一集的时候，陪伴10年生活的一件东西走到了尽头，演员和观众的心情有多么失落，可想而知。

　　时间进入3月，张成发现新闻里每天都在宣传伊拉克有大规模杀伤性武器，时任美国总统小布什威胁要出兵伊拉克，英国表示支持美国。这时候，加拿大的态度很重要，在国际事务中，加拿大一直都追随美国，比如说出兵阿富汗。但这次美国要出兵伊拉克的理由过于牵强，因为当时并没有发现伊拉克已经拥有核武器的有力证据。所以加拿大政府是否支持美国出兵伊拉克的提议很尴尬。不出兵的话，美国老大哥肯定会觉得没有面子，连加拿大都不支持，说明这场战争肯定有失公正。但是出兵的话，肯定会引起加拿大境内阿拉伯移民的强烈反对。当时全球已经刮起了反战游行的旋风，蒙特利尔也有大规模的反战游行，参加者大都是白人反战主义者和阿拉伯族裔人士。最终，加拿大还是选择拒绝参加这场存在争议的战争。3月20日，美军对伊拉克正式发起战争。尽管加拿大没有参战，但是CTV和CBC都对战争进行了直播。这是张成记事以来第一次看战争直播。电视画面里，无数导弹不停划过伊拉克夜空。直播的画面和电视剧里的画面是完全不同的，感觉是那么真切与现实。没过几天，美军攻破巴格达。直播中，萨达姆雕像被美军士兵拉倒。这也意味着，在不久的将来，美军就会取得伊拉克战争的胜利。其实伊拉克的军事力量并不是很弱，只是他们面对的是武器和作战经验都很强大的美军。军事力量的强大对一个国家和民族来说，真的太重要了。

学期结束那天，百合与另一个日本同学约张成和一个韩国大叔同学一起去唱卡拉OK。后来韩国大叔放了他们鸽子，张成就和两个日本女生一起去唱歌。她俩唱日文歌，唱的是挺欢快的日文歌。张成唱中文歌。唱过歌后，三人一起去peel地铁站坐地铁回家，百合往东坐车，张成和另一个女生往西坐，所以他们两个站在站台的另一边。张成没有注意到对面的百合是低着头的。旁边的日本女生悄悄告诉张成"百合在哭呢"。张成看看对面的她，还真没看出来她在掉眼泪。旁边的日本女生比较了解她们的情绪表达方式，拉着张成去找百合。张成走到铁轨另一边的百合身边，这才看清楚她真的在哭泣。张成一头雾水。他这个人反射弧比较长，之后才反应过来，百合觉得和张成在一起的时光非常开心，对张成有些依依不舍，张成看着她哭得一塌糊涂，赶紧安慰她。

张成："好啦，别哭啦，我们去看个电影吧，现在时间还不算晚。"

这时候的她一边哭一边笑了出来："Zhang，我会想你的。"

"我也会想你的。"

"如果以后你去东京,一定要找我。"

"好。"

张成做饭好吃,曼丽经常到饭点就来张成家蹭饭。有时还会带着她的新室友星星一起过来。星星也来自北京,个子也超高,比曼丽高1厘米,1米73。吃饭的时候,曼丽开始了八卦。

"听说你们班日本小护士看上你啦?"

"你听谁说的?"

"还能有谁,李敏呗。"

"别听她乱讲,人家小护士有男朋友。"

"在哪儿啊?"

"在东京啊。"

"那天高皇帝远的。"

"再说她比我大,她都24了,我才20。"

"那怎么了,我看那小护士挺好看的。"

"我不太敢,万一睡着了小护士给我扎针,那我就完了。"

曼丽被逗笑了:"瞅你那胆儿,真小。哎,张成,你不会还是处男吧?"

张成有点难为情,因为当时大家都觉得有性经验的同学是特别值得炫耀的事。

"我们这叫洁身自好,可不像你们那么开放。"

"也就你和Jason还是处儿。李敏都不是了。"

"李敏第一次给Minsu啦?"

"对啊。"

"真是鲜花插在牛粪上,好白菜被猪拱了。"

"对啊,那个Minsu一看就不是好人。"

"我也烦他,看着就装。"

"你吃醋了吧?"

"你饭还吃不吃,再说我,明天别来我家蹭饭了。"

"不说了,不说了。"曼丽哈哈大笑。

13

语言学校的课程结束后，张成每天的生活就是白天去大学的图书馆上网，下午回家买菜做饭，看英文电视节目和《老友记》。他有时也会出去和石野、Steven喝杯咖啡侃大山。

加拿大大学的冬季学期会在4月末结束，5月开始就是学生们的假期。所以好多留学生都会在5月初选择回国。大家都开始订往返机票，离开家已经有半年多，张成也很想家，想爸妈，想好朋友，于是他也和大家一样在3月份预订了5月回国的往返机票。但是一件写进中国编年史的事件悄然而来。

3月初，加拿大媒体爆出新闻，多伦多一家社区医院发现有患者携带一种不知名的肺部病毒，英文缩写为SARS。据医生讲，这种病毒具有非常高的传染性，而且不久就有了第一例死亡病例，这个新闻马上在全球炸开了锅。后来新闻讲，此类病毒携带者来自多伦多华人社区，更有消息称病毒是从香港传过来的。顿时，身在加拿大的人开始人人自危，多伦多华埠（也就是唐人街一类）的华人餐馆的生意顿时减少了一大半，几乎没有人敢冒着生命危险去吃中餐。没过几天，

CTV 和 CBC 驻京记者发回报道说北京出现 SARS 疑似病例，电视里的加拿大记者也已经戴上了口罩，每天都发回北京的消息。此时张成才意识到事情的严重性，于是马上拨通了北京小姑的手机，让她赶快多买点板蓝根给爷爷奶奶备上。但电话里的小姑一个劲儿地跟张成说北京没事，完全不相信他说的话。事件已经过去了几天，加拿大媒体持续报道北京的动态。后来，非典疫情愈演愈烈，北京小汤山医院对患者进行集中治疗。张成非常担心家人的情况。

4月，张成本来想再熬一个月就可以回国，但没想到 SARS 在国内闹得这么猛烈。而且国人往往会对疾病、灾难等话题夸张化。谣言四起，有的说 SARS 将代替艾滋病成为第一不治之症，还有人传言一旦传染则必死无疑。张妈打电话告诉张成："如果你回来经过北京的话，我们整个楼都会被隔离。"张成没有办法，只好在回国前的一个星期把已经买好的机票退掉。

4月末的蒙特利尔下了一场大雪，尽管蒙特利尔和哈尔滨的纬度是相同的，但是蒙特利尔的冬天比国内时间长，从每年的12月开始，直到4月末，都是冬天，加拿大的老人好多都选择去美国佛罗里达度过冬季。

张成走在蒙特利尔冰冷的街道上，雪花一片片落在脸上，旋即融化。想着自己回国已经遥遥无期，他的心情很是低落。今后这几个月该干什么呢？语言班也不上了，大学新生也只能9月入学，那就去打工吧。

周围的几个朋友，曼丽在上大学，Steven 和石野都还在准备大学入学考试，只有 Jason 去打工了。Jason 说："如果要去唐人街的餐馆打工，必须得有人介绍，而且得会粤语才行。"

千禧年前，来自中国大陆的华人移民并没有很多，加拿大的华人以香港、台湾人居多。1997年香港回归祖国之前，有很多香港人移民到加拿大和澳大利亚，所以唐人街的餐馆好多都是香港人或者老广东人开的，里面的员工多用粤语，大陆来的移民和留学生想进去打工，很难。于是张成也放弃了去中餐馆打工的想法。上个世纪末，香港人的生活水平和工资水平远远高于内地居民，所以他们就有一种天生的优越感，这种优越感也潜移默化地植入海外华人社区。

张成在华人论坛上发现有个华人超市招搬运工，于是便打电话过去，一位中年女性接了电话，让他去试工。张成按照地址找到了这家小超市。超市的老板娘上下打量了张成一番。"你是学生？"

"对，我9月去上康大。"

"我们要找的是搬运工，就是把货搬到货架上，很累的。你这身体行吗？"

"没问题，我体育挺好的。"

"政府允许学生打工吗？"

"好像不允许。"

"那我还得和我先生商量一下，我们做小生意的也不想惹上麻烦。"

张成道了别就回家了，蒙特利尔很多新移民夫妻都经营着这种小超市，夫妻俩轮流值班，一年下来赚得比白领多一些，就是比较辛苦。好多人也感叹青春全都耗在这小超市里了。

张成又在网上看到唐人街的桃园面包房招人，一大早去了，老板说要试工一天，张成就跟着一位师傅干活，从揉面到包虾饺再到做叉烧包，干了整整一天。其间，一位师傅对张成说："这里的老板很黑，你最好不要在这里打工。"

到了晚上，也没有人告诉张成什么时候可以下班，也看不到老板。张成感觉这里的确不是很好，于是工钱也没要就走了，回到家后就累得倒头大睡起来。

14

5月，蒙特利尔的春天终于来了，每天都晴空万里，街上终于没有雪的痕迹，人的心情也一下好了许多。图书馆里的人少了一大半，因为只有部分大学生会选择读夏季的课程，夏季应该是最好的时光，大部分学生都度假去了，像曼丽和西西这样的中国女生是不会放松自己的，依然报了夏季学期的课。

张成除了自学英文外，就是生活。为了消磨时间，他去Canadian Tire旗舰店买了辆自行车，一共花了100加元，当时合人民币500多块，也不是很贵。一看生产地，当然是made in China（中国制造）啦。他每天下午会骑车到老港那边转一圈，既锻炼了身体，又打发了时间。春天没有持续多长时间，到5月中旬的时候，大街上的人们就都穿上了短袖。

张成住的房间窗户是上下抬拉式的，他每天起床后都会把窗户抬起，窗户的四边是用厚重的木头包着的，要是让女生来抬肯定抬不动。窗户一打开，泥土的芳香会扑面而来，呼吸一口，整个人都会清爽很多。窗户外面是安全楼梯，一般是没有人走的，但是每天都有松鼠顺着安全楼梯来张成窗口旅游考察一番，有时它们会进到窗户内，马上又闪出去，不会真的进到屋子里来。

这段时间，张成觉得度日如年，简直是掰着指头过日子。

当时间进入6月，蒙特利尔夏季的节日开始陆续登场了。

爵士音乐节是一个非常有规模的传统节日。音乐节期间，每天晚上6点开始到午夜，都会有来自世界各地的不同团体在 Place Des Art 广场举行露天免费演出。人们穿着拖鞋，带着折叠椅，来到广场看爵士乐演出。广场一边的 Hytte 大酒店下面有法式餐馆的露天座椅，有好多老外会预订这样极佳的位置一边喝红酒一边欣赏爵士乐。而广场上的大部分人会买些啤酒或者冰激凌之类的，享受夏夜的浪漫与惬意。

张成是愣头青一枚，欣赏不了音乐，但是他对赛车感兴趣，没有哪个男孩子可以躲过赛车的魅力。6月份，F1方程式赛车北美站在蒙特利尔举办。虽然一级方程式的比赛会放在赌场所在的岛上，但是和F1有关的活动都会在离康大不远的酒吧一条街举办。有些车队会把自己车队的赛车摆出来展示，同时，会有许多车队女郎出现。车模多为白人，每个都身材火辣，而且会有一些野性的感觉。她们流行把身体晒成小麦色，并把头发染成金黄色。这和中国人的审美截然不同。张成是第一次见到这么多以前只有在好莱坞电影里才能看到的火辣女郎，虽然没有流鼻血，但也很俗套地去跟人合影。合影的车模很像小甜甜布兰妮，张成拿着这张照片跟国内的哥们儿显摆。

此时，国内的非典疫情已经得到了很好的控制，张爸说可以买飞机票回去了，但是最好不要走北京，因为当时的规定是从北京回去的人要到医院隔离半个月。张成于是去旅行社问机票的事。加航飞国内只到达北京和上海。

"有没有能飞到沈阳的机票?"

"如果你坐日航的话就可以飞到大连,你看行吗?"

张成归心似箭,尽管机票贵了一些,还是决定立即回国。

6月28日早晨张成就得赶到机场,所以前一天晚上,他和曼丽还有星星一起吃了晚饭,她俩要在第二天早上去送张成,于是就在张成家聊了一夜。第二天早上,他们三个一起拿着张成的两个行李去机场。三人在机场合了影,张成着急想回国,但是心里也空空的,毕竟和曼丽还有星星她们混了大半年,真的要离开朋友,确实不舍得。飞机于早晨7点,迎着朝阳起飞了。

此次航程是先从蒙特利尔飞温哥华,然后从温哥华飞东京。

飞机经过5个小时的飞行,降落在温哥华机场,张成得在温哥华换乘日航的飞机飞往东京。一下飞机他就感觉温哥华和蒙特利尔还是有很大区别的,所有的路标都是用英文书写的,没有法文,顿时感觉亲切许多。还有就是机场内的亚洲面孔多了好几倍,中国人、韩国人、日本人,多得很,好像他已经回到了亚洲似的。两小时后,张成再次登上了飞机。飞机上大部分是日本人,所以安静了许多。张成的高中同学知道他要回国,从纽约给他邮了个口罩,张成本来准备在飞机上戴上,但是发现飞机上几乎没有人戴口罩,所以不想让别人把他当成异类,自己也就没有戴。日航上的食品供应更加亚洲化,所以也比较合张成的口味。经过10个小时的飞行,飞机在当地时间下午2点到达了东京成田机场。

下了飞机,巨大的机场和人流都给张成很大的震撼,因为机场的规模比加拿大的机场可大多了。他跟着人流来到了日本海关。海关也是分为日本人和外国人两个通道,分别用英文和日文两种文字注明,令张成惊奇的是,日文里的"外国人"3个字是中文,这让他想起之前日本同学写出最喜欢的菜是青椒炒肉4个字。海关工作人员查看了张成的机票和护照后,在他的护照上贴了个咖啡色小贴纸,上面写着入境72小时许可。东京的成田机场离东京市区并不是很近,大概有60公里远。所以日航给安排的是机场附近的日航宾馆。张成出了机场坐上了开往宾馆的小巴。虽然还没回国呢,但这小巴已经让他找到了中国的感觉。他要在日航宾馆住一晚上,第二天早上由东京飞到大连。这是张成这辈子飞得最复杂的一次航程。

不一会儿,小巴绕上了一座小山的半山腰,日航宾馆就坐落在这儿。张成办好了入住手续便来到了四楼的房间。房间特别小,一张小床占了整个房间的四分之三,屋内有一台东芝电视。张成看看表,已经是当地时间下午4点多了,便仔细察看着从宾馆前台拿的地图,一会儿好出去吃饭。地图上显示离机场不远处是成田市。张成想,既然去不了东京,那就在成田市转转吧。地图上显示宾馆门口有公交车站,他便拿着地图出去了。

张成在公交车站等了半个多小时,车终于来了。张成上车投币之后,指着地图告诉司机要去成田市的这个 Shopping Center(购物中心)。司机是个中年人,英文很不灵光。张成本来担心司机看出他是中国人后会不耐烦,但是这位大叔还挺热情的,比比画画告诉张成,他知道张成要去哪儿。

车上并没有很多人,张成找了离司机不远的地方坐了下来。汽车下了山坡渐渐驶入成田市,张成看着车窗外的风景,和日剧里的场景真的是一模一样。绿油油的水稻田,穿校服的学生三三两两骑车回家,还有日式的小房子,画面显得格外干净。不知过了几站,司机大叔招呼张成说到了,还给他指着商场的方向。张成道了谢刚想走,司机大叔又跟他说了一串日文,张成也没听懂,大叔继续比画,张成这才反应过来,大叔的意思是回去的时候坐公交,不要去马路对面,就在这边下车的地方等就可以,因为这辆公交车走的是环形路线。张成听懂后连忙表示感谢。这件事令张成非常触动,也改变了他对日本人的一贯看法。

  来到商场后,张成先转了转。耐克商店里有件印有日本漫画风格的巴西国家队合影的T恤,小罗的卷发造型在卡通改良后显得特别有趣。张成也是天生卷发,所以很想买,但之前一直听说日本的东西贵。他看看价格,大概200元人民币,一点儿也不贵,甚至可能比国内还便宜呢,于是就买了下来。张成原本想在附近吃晚饭,但他感觉这里的日本人都不说英文,他比较内向,又正值下班高峰期,不想引起日本人的注意,决定回酒店楼下的饭店吃。张成乘车回到酒店后来到了餐厅,餐厅经理把他带入一个座位,他点了一份意大利面。吃完饭后,张成不知道在日本用不用给小费,他觉得还是给一些,别让日本人瞧不起咱们中国人。经理过来用英语告诉他"No Tips",并把小费退给了他。张成回到房间后,感觉又累又困,躺在床上就睡着了。

15

由于这次飞得太辛苦，张成睡得死沉。早上醒来后，脑子还没反应过来自己在哪里。当想到今天就可以回家的时候，他一下子从床上蹦了起来。

今天的天气格外晴朗，窗外绿油油的稻田让人心情美妙。张成终于在早晨登上了飞往大连的航班。可能是受之前SARS疫情的影响，飞机上并没有很多人，大部分都是日本中年男人。航班上有四位空姐，都很年轻。其中三位是日本空姐，只有一位是中国籍空姐。这位空姐长得蛮漂亮，可能25岁左右，为日本人服务时都露出职业的空姐式微笑。但是当张成对她说过中文后，她的神态有细微的变化，好像变得有些趾高气扬，不过这并没有影响张成的好心情，他也不想跟她计较，因为他马上就要见到爸妈了。

经过大概3个小时的飞行，飞机降落在大连国际机场。张成走下飞机，感觉到了天气的灼热，日光非常充足。张成已经管不了这些啦，他要快点去取行李，好尽快出关。

机场里人不多，大部分工作人员都还戴着口罩，这让张成有一丝忧虑。海关人员在张成的护照上盖上戳之后，他推着行李车飞快地奔向机场出口，老远就能看见妈妈在出口伸着脖子往里望，爸爸和他的同事站在妈妈后面。妈妈看见张成后，立马用力挥手，好像怕张成看不到她似的。张成没回国之前，无数次地预想着和妈妈泪奔相拥的情景，但并没有发生，可能是太高兴了，也可能是有爸爸的同事在场的缘故，双方都有所收敛。妈妈的样子没有太大的变化，只是眼角多了一圈细细的鱼尾纹，这时他才意识到，自己从来没有这么仔细地看过妈妈的面容。

一家人在大连吃了午饭，饭店是东北比较流行的室内种着很多大树的餐馆。用过餐后，一家人驱车返回抚顺。

抚顺在沈阳东边，由于沈大高速公路正在施工扩大行车道，所以他们得绕道到丹东，然后再往沈阳方向开。车开到丹东附近的时候，一座高山连着一座高山，植被非常茂密，高速公路就建在山腰上，风景十分秀美。打开车窗，树木散发出的芬芳气味扑面而来。张成和妈妈坐在后车座上，他自上车就紧紧握住妈妈的手，一直没有松开，不停地给妈妈讲他在蒙特利尔发生的故事以及遇到的朋友。张成觉得今天在车上跟妈妈讲的话比之前高中三年跟父母总共讲的话都多。连爸爸的同事都感叹："以前喜欢扮酷不讲话的男孩，变化真是太大了。"

车子驶入抚顺界，张成的心情很难形容，熟悉得不能再熟悉，但是又感觉离开了好久的感觉，有种莫名的陌生感。他不停地在心里问自己，他真的回家了吗？为什么心里空空的？然后他开始想，曼丽她们现在在做什么？蒙特利尔是不是也像国内这么热？

睡过一夜后，张成恢复到了以前在国内的状态。一开口，浓重的东北口音奔驰而出，豪放的性格又一次回到了他的骨子里。他有太多的朋友要见，有太多的美味要吃。

张爸是个讲究传统礼节的人，带着张成一一去亲戚家探望，就好像是在完成作业一样。张成更重要的事就是见朋友们。大家都对张成这一年是怎么过的很好奇。他回来之前买了几本杂志，有《时代周刊》和Playboy，也就是在中国非常有名的《花花公子》。不出预料，Playboy大受欢迎，但是每一个怀有期望的朋友都表示对Playboy杂志很失望，因为Playboy里只有些许欧美女人的半裸图片，大部分内容还是关于男性日常生活的文字。

　　张成还有一个很重要的人要去见，就是他高中时的女朋友小仙，他俩是高中同班同学，小仙是当时班里的种子选手，学习成绩很好，现在在沈阳上大学。他们的男女朋友关系很单纯，就是放学一起走，中午一起吃饭。一年没见了，张成想很快见到她。

　　张成在家调了三四天的时差，每天晚上10点就困得不行，早上5点多就醒了，要是起来得早，就陪妈妈去早市买菜。

　　张成感觉是时候去见小仙了，给她打了个电话，告诉她今天去找她，小仙很高兴。6月末的时候，大学还没有放假，而且各个大学对国家关于非典的政策还没有搞清楚，所以都不敢放学生出学校。所以小仙也出不来。张成只好去大学里找她。但是学校也不放人进去。出不来，也进不去，这还真是个难题。

　　小仙的个子中等偏高。她是高二转到张成班上的，成绩不错，一开始不爱说话，可能是有些清高，她认为这个班比较乱，同学成绩没有她原来的班级好。但接触时间长了，她也会显露出一些幽默感。有次自习课，有个男生买了12朵玫瑰送到她跟前，她一甩手，把玫瑰打到地上，然后气愤地拿着书走出了教室，当时同学们都惊呆了，没想到平时性格温和的她居然还这么有脾气。张成就喜欢这样有个性的女生，越看她越觉得舒服，就每天放学故意和她坐一辆公交车，本来坐两站就到家了,张成非得坐5站和她一起下车,然后再打车回家。这么一来二去,小仙也明白张成的意思,但谁也没有把事情捅破。

有一次,小仙感冒了没来上学,张成在学校坐不住,心乱如麻,逃课买了个西瓜送到她家楼下。那次之后,小仙就觉得张成蛮好的。他俩就每天一起学习,放学一起走,成为所谓的男女朋友。小仙的优点有很多,最主要的就是很迁就张成的脾气,也是唯一一个迁就过张成坏脾气的女生,可能是因为他俩星座比较般配,小仙是善良的巨蟹座,在她之后,张成再也没有遇到过巨蟹座的女生。俩人在一起之后没多久,张成就出国了,小仙也去读自己的大学了。

张成去小仙的大学外面转了一圈儿,发现校园的安保很严密,东南西北的大门都紧锁,每个大门都有保安值班,张成觉得白天还真的没有机会进入学校,只能等天黑再说,他在大学附近转了转,等待夜幕降临。

张成早已经踩好了点,他发现学校东边的围墙不是很高。张成还保留着之前每天都踢球的运动底子,翻墙对他来说还是小菜一碟。他爬上墙头,墙另一边一片漆黑,张成心里有些犯怵,但是为了见小仙,豁出去了,张成咬牙跳了下去,另一边的杂草石头地面居然那么低,他脚落地时绊了一下,很疼。这时候远处有人喊道:"你是干吗的!"张成隐约感觉是两个保安,疫情期间如果被他们抓到可麻烦了,他撒腿就跑,大概左拐右转几栋楼后,发现后面的人没了,才敢停下来喘气。

小仙把张成约到她们学校里的一个饭馆,随便点了两个菜。小仙读的是一所师范大学,所以女生特别多,张成和小仙说话的时候,不时有女生在远处窃窃私语。张成把从加拿大带的礼物交给她,她也给张成讲了讲她们大学里的事。张成感觉如今的他俩有些不像一年前的他俩了,聊的话题也完全不相关,两个人之间也有一种疏离感。吃过饭后,张成看看表已经9点多了,便和她道别,还是从跳进来的地方翻墙跳了出去。张成一个人走在大街上,心里有些失落。

还好7月末皇马来北京比赛,张成去北京看望了爷爷奶奶,顺便去看了球赛。这场比赛有菲戈、齐达内、卡洛斯、贝克汉姆、罗纳尔多这些神坛上的球员。尽管那一场的最佳球员是张成的偶像菲戈,但是齐达内的华丽舞步征服了全场。心爱的足球也冲淡了张成感情上的愁绪。

回国的两个月假期,时间过得飞快。8月中旬的时候,好多朋友也纷纷回到了自己所在的大学。虽然仅仅过了一年,但是张成明显感觉到大家身上的变化。本来属于一个群体的伙伴们也因为所在环境的不同而在价值观上有了微妙的改变。比如聊天的话题,其他同学聊的都是寝室里的故事,而这张成是插不上话的。与他比较有共同语言的同学也是在国外生活过的,大家能在种种生活艰辛的经历中找到共鸣。回加拿大之前,张成请几个发小儿吃饭,他们从小就住在一个楼里,也是一支小球队。一个最先踏进社会的兄弟对张成在家楼下的小饭馆请大家吃饭提出了异议。"老张,你可是出国回来的,怎么就请哥们儿几个吃这个呀?"

他这句话虽然没刺伤张成,但让张成感觉不舒服。张成并不是舍不得钱,这个地点是他精心选择的怀旧地点,但是别人却毫不在意。

张成忽然恍惚了,本来情同手足的好兄弟,只是各自分开生活了一年,便已经在观念上有了如此巨大差异。人生多歧路,看来注定是要分道扬镳,各奔东西了。

16

8月末,到了回加拿大的时间。张成在国内有些待够了,开始憧憬着大学生活。

曼丽发来邮件,列了个她需要的用品清单,尤其强调张成给她买几本小说,书名都列了出来,很多女生都对言情小说欲罢不能,曼丽自然不能免俗。

张成一家提前一天到大连住下。晚上,一家人在大连中山广场附近的天天渔港吃了顿饭。大连虽是海滨城市,但是在大连市中心吃海鲜,一点儿也不比内陆城市便宜。大连在整个东北都是有名的高消费城市,当地的老百姓经常抱怨,拿着三线城市的工资却要面对一线城市的消费。

张成一大早就醒来了,检查一遍要带的东西有没有落下,然后就和爸妈去机场。一家人先去把行李托运好,然后来到安检入口,张成准备和爸妈告别。他先跟爸爸拥抱告别,然后转过身来拥抱妈妈,不经意间发现妈妈湿润的眼睛。张成瞬间情绪失控,抱着妈妈失声痛哭起来,一年之前挥手潇洒离去的姿态完全消失,取而代之的是一个可怜的泪人儿。张成也是从此刻起懂得了儿行千里母担忧的道理。眼泪流出来，心情也就释然了许多。张成这超"囧"的一刻居然被爸爸用相机捕捉到，爸爸说要把他痛哭流涕的照片洗出来，摆在家里的书柜上。张成被爸爸的话逗笑了，调整好状态，正式跟爸妈告别。

飞机起飞了，3个小时后到达成田机场，两个小时后就有一班飞往温哥华的航班。张成下了飞机立刻去找办理登机牌的柜台。柜台前排起了长队，张成前面大概有7个旅客，排了20分钟终于轮到他了，这时突然有3个韩国大妈横插到张成前面，冲着柜台里面的两位日航小姐说起了韩语。她们这样特别不礼貌，但是张成觉得就让让老年人吧，日航的柜台小姐看了张成一眼，好像是在表示歉意。等3位韩国大妈离开后，日航小姐为张成办了登机手续，拿到登机牌的时候，两位日航小姐又说了一大串英文，但是张成没听懂，只觉得她俩态度蛮好，其中一位一个劲儿地对张成微笑，这个日本女生只纹了下眼线，而没有纹上眼线，很有个性。张成拿着登机牌上了飞机，前面的旅客登机后都右转，但是空乘人员却让张成上了飞机的二层，他上去之后发现居然是头等舱，而且张成的座位是头等舱第一排的靠窗座位，空间超级大。张成这才反应过来，是刚刚那位柜台小姐帮他升了舱。

张成在温哥华转机，晚上到达了蒙特利尔。随着汽车缓缓驶入蒙特利尔市中心，张成越发感觉到这才是真正属于他的地方，仅仅一年，他就对蒙城有了很深的感情，也找到了属于自己的小团体。

9月7日，大学正式开学，第一天，大学主楼门口，人多得不得了。这次，自己的同学可不是之前说英文磕磕绊绊的留学生了，大部分人都是以英语为母语，英文说得很快。张成突然发现，在说英语这件事上，他简直就是一个哑巴，顿时心里也有了压力。

第一学期，张成报了4门课，都是比较简单的课程。英文、数学、宏观经济和计算机网络。对于中国学生来说,数学课程异常简单,只要把公式看懂,都不需要背,因为考试会把公式提供给学生,解题很简单。而且老外老师出的题就是中规中矩,不会拐弯抹角。国外本土学生有时候问的数学问题低级到极致。和中国学生数学同样好的还有印度学生,这也是为什么很多印度学生都选择工程师专业。

Jason夏天没有回国,而是在一家中餐馆打工。蒙特利尔的中餐馆一般分为两种,一种是主要针对中国客人的,做的菜式和国内的比较相似。另一种中餐馆主要服务老外,菜式有所改良,比较适合老外的口味。这种针对老外的餐馆做的菜,统称为唐餐。要说唐餐第一菜,没在国外生活过的国人可能没听说过,叫左公鸡。左公这里指的是左宗棠,所以也有人叫它为左宗棠鸡,英文是General Tao,做法非常简单,把鸡肉切成大块儿,裹上面,放入高温油锅里炸,然后用糖醋淀粉勾汁儿调芡。这道菜可以说在全世界范围都有很大的影响,价格也比较便宜,所以是老外吃中餐必点的一道菜。用相同方法还可以做牛肉,加了陈皮的就叫陈皮牛,加了芝麻的就叫芝麻牛。反正老外口中的中餐就是这类甜酸口味的各种肉。Jason就是在这种做唐餐的餐馆打工,每个月把生活费赚出来还是很轻松的。张成问他有没有兼职的零工可以打。Jason说现在缺洗碗工,问张成要不要做。

在一个餐馆里,男女服务员是最好的工作,因为可以拿到小费,但是这样的工作有语言要求,而且蒙特利尔是双语城市,所以从业人员不仅要会英文,而且要会说一些法文。洗碗工这样的工作由于没有技术含量,所以是餐馆里工资最低、地位最低的工作。但张成还是同意去做这份工作。这家餐馆叫soup and noodles,本来是一个香港老板开的第二家连锁餐馆,但有个犹太家庭出了很好的价钱,香港老板就把餐馆卖给了他们。员工还是中国人,厨房里是广东人为主。服务人员是由一个刚刚结过婚的香港人阿Kun负责。服务生基本会说粤语和英文。张成洗碗的工作场地和其他餐馆不同，不是在厨房里，而是在餐厅里，所以张成也归阿Kun管理。工资是6加元一小时，每个星期工作两个半天，每个星期一共12小时。每个星期张成可以赚80加元，合人民币大概500元，够他吃饭了，因此他还是挺满足的。法律规定魁北克省的最低工资应该是8加元每小时，但由于留学生是不可以在校外打工的，所以犹太老板也抓住这个心理，使用他们这些廉价劳动力。

张成上小学的时候，妈妈训练过他干家务活，刷碗擦地，上初中后，家人怕影响他学习，就不用他再干家务了。张成做洗碗工的工作是每个星期二和星期四上午10点开始工作，然后一直干到下午4点下班。这个时间段的工作高峰集中在中午11：30到下午2点。客人用过的盘子、饭碗和刀叉会不停地摆到工作台上，张成必须得不停地刷盘子，才能保证工作台上有足够的空间留给服务生放客人用过的盘子。洗碗工都是戴塑料胶皮手套工作的，这种手套一般洗两天碗就会在指尖裂开，水会倒灌到手套里，但是由于工作繁忙，张成双手长时间泡在盆里，所以感觉不到手套破了，直到客人都吃完，活也干完了，他才发现手已经都泡白了。兼职这段时间，张成手上一直都有洗涤剂的味道，压根儿去不掉。尽管只工作6个小时，但是张成仍然会感到很劳累，有时坐在公交车上就会累得睡着了，到了家更是倒头就睡。

张成只工作了一个多月，他感觉自己不是既可以打工又可以上学的那种强人，所以在期中考试之后就辞去了这份工作。有一次张成上班去早了，就和同样也来早了的大厨聊了两句，大厨是位中年大叔，来自广东，他来加拿大已经10年了，一直做厨师，有稳定的工资，已经买了房子，每月付按揭就好。加拿大就是这样，一个厨师只要认真工作，就能买车买房子。还有一次，张成和大家一起去经理阿Kun家吃火锅。

他问阿Kun："香港不是很好吗，为什么要来加拿大呢？"

"香港人太多，空间小，生活压力太大。"

看来，加拿大真的是一个只要努力就能好好生存的地方。

17

正式上大学之后的张成，有了自己的朋友圈，留学生活步入正轨。他经常和曼丽、星星她俩一起吃晚饭。曼丽之前认识的一个女生来蒙特利尔了，住在一个homestay，她打电话邀请曼丽跟她见面，曼丽想让张成陪她一起去。张成已经在市中心活动惯了，陪她去的话又得坐地铁还得搭公交车，怪累的，拒绝了曼丽。

"她可是个美女哟，你不去可别后悔。"曼丽神神秘秘地说。

"有多美？"

曼丽看张成上了钩，便添油加醋地说道："那可不是一般的美，去哪个学校都算得上校花级的美女。"

"真的假的？"

"我还能骗你？"

"跟李敏比怎么样？"

"比李敏好看。"

"那我得去看。"

从市中心到那家homestay的路程有一个小时左右，张成一路像花痴一样幻想着校花级别的女生的模样。在蒙城这个不大不小的留学生圈子里，一直男多女少，同学们形容这个现象为狼多肉少。只要是来个新女生，不管美丑，过一阵子都会有三四个男生去追求。

两人不知不觉到达目的地，张成跟着曼丽走到一套别墅前面，曼丽摁响了门铃。张成赶紧整理了一下头发，准备与大美女相遇。

门开了。

"这就是我给你说的美女Win。"曼丽介绍道。

张成一时还没有反应过来，因为开门的是个长相很普通的女生，完全称不上校花级美女。张成这才发现自己被耍了，出于礼貌，也没对曼丽发作，免得给别人留下不好的印象，于是就跟Win打招呼："你好，我是张成。"

Win迎接他们俩进屋，给他们泡好咖啡，一起坐在沙发上聊天。

她俩聊了半小时，Win也就是跟曼丽了解了一下大学专业选择问题。其他也没什么好聊的。Win便提议说："要不咱们打一会儿牌吧，楼上另一个新来的女生那儿有牌，你们和我上去拿，顺便参观一下这里。"

张成心想：还打什么牌啊，早点回去吧，我是一刻也不想多待。但她们已经动身上楼，那他也只能跟着上去。

三人来到一间房间门口，Win敲了敲门，门缓缓打开。一张微笑着的女孩的脸渐渐完整地出现在张成眼前。张成的眼睛都看直了，对这个女生，他有种莫名的似曾相识的感觉。她长得太像《我的野蛮女友》里的女主全智贤了。

"雯慧，这是曼丽和张成。"Win介绍时，雯慧甜美地朝两人微笑。

"你们好，我叫王雯慧，来自苏州，刚来语言学校学习英文，请多指教。"

Win拿了牌，三人下楼玩了一会儿。但是张成完全魂不守舍，雯慧的一个浅浅的微笑却在张成心里激起了千层波浪。回去的路上，张成还在细细回味刚刚的场景，心想真是有心栽花花不开，无心插柳柳成荫，时不时还傻笑出声。曼丽跟他说话他也不搭理，曼丽自言自语道："这人傻了。"

回家后张成便马上跟兄弟们讲他喜欢上了一个苏州女生，石野、Steven、Jason纷纷表示等哪天语言学校放学的时候去见识一下张成描述的仙女。

张成通过Win要到了雯慧的电话号码，可惜的是，雯慧说她在国内已经有男朋友了。在国内这倒没有关系。但是真正重要的信息是有个叫李韦嘉的男生已经在追她了。这个李韦嘉据说还是他们这拨儿从上海过来的学生里最帅最酷的。兄弟们听到这个消息，纷纷怂恿张成赶快追，不然说不定哪天他俩就走到一起啦。于是张成晚上没事就和王雯慧发短信。那时的女生还不怎么现实，因为都是学生，也不太看重钱，大多数都是凭感觉。张成能感觉王雯慧至少不反感自己。因为张成每次叫她，雯慧都会出来，有时雯慧也会主动联系张成，问一些英文考试上的问题。有时候，他俩也和一大帮人一起去朋友家吃饭，但每次Win都在后面跟着。只是张成还没跟雯慧挑明自己的意思。兄弟们见张成没什么进展，于是就约着去离学校不远的一家KTV唱歌。张成朋友这边有Jason、Steven、刘洋四个男生和曼丽、星星两个女生，雯慧和Win一起来的，没想到传说中的李韦嘉也跟来了。大家坐下点了些饮料开始唱歌，一开始气氛还挺正常，后来张成点了首周杰伦的《斗牛》，李韦嘉说他也会唱，于是俩人就在歌声里较上了劲儿。在座的人都隐约感到了些火药味。张成去上洗手间，等他回来的时候,曼丽和星星在洗手间门口堵他:"快点儿,Steven和刘洋他们要打架了。"张成一头雾水,赶紧冲回去拉架。雯慧可能喝了酒,加上刚出国不久有些压力,哭了,韦嘉安慰她,最后两人抱一起了,看到这一幕的张成的兄弟们怎么会高兴?于是Steven和刘洋一把就把韦嘉拉了出去。

韦嘉很生气:"什么意思啊?"

Steven:"你明天几点放学?"

韦嘉:"两点,怎么样,你来找我呀?"

Steven看这个韦嘉都这时候还这么嚣张,一股怒火上来,用额头把韦嘉撞到后面的墙上。

紧急关头,张成回来了。

"要不要干他?"Steven问。

"他就一个人,我们打了他,传出去多不好听啊,你们都回包房吧,我和他出去单独谈谈吧。"

李韦嘉跟着张成走到隔壁的一条小街上,他蹲在地上。

"我刚来,兄弟没有你这么多,就认识几个打篮球的,但是遇上这事他们也不会帮我打架,但是今天和你交个朋友,以后你去徐家汇找我,什么都行。"

"算了,就这么着吧,你回家吧。蒙城就这么大,低头不见抬头见的。"

韦嘉支支吾吾:"那,那……今晚雯慧去哪儿住啊?"

张成知道他在担心什么:"你放心吧,雯慧和曼丽住一起,我不会怎么样她的。我也是正人君子。"

李韦嘉虽不愿意,但也没有办法。只好蹲在那里不动。张成没管他,回了KTV。

唱歌结束后，曼丽、星星带着雯慧回她们家。张成和几个哥们儿去汉堡王吃汉堡。Steven一直在埋怨张成为什么不动手。张成无奈地笑笑。

真没想到这事传得那么快，第二天，特别是上海圈子里，好像认识的人都给张成来了电话，还问张成要不要帮忙什么的，张成无语。事已至此，张成也给雯慧打了个电话，问问她的意思。

"你还好吗？"

"我没事。"

"你知道我的意思吗？"

"知道，但是我们还是做普通朋友吧。"

"那不用了。"

张成去商店买了瓶墨西哥酒，回家没喝到半瓶，就吐了。这时有人敲门。

"谁啊？"

"我，开门。"门外是石野的声音。

"哎哟，自己在家喝酒呢啊。"石野看到开门后的张成，眯眯眼笑得快不行了，"怎么着，心里难受啊？"

"别的没啥，就感觉有点没面子。"

"我跟你说，女的就这样，你对她越上心，她就越不在乎你。"

"是啊，Steven昨天都要干那小子了，我没让，打了他，王雯慧就肯定跟他好了。"

"兄弟你想多了，万一他俩早就好了呢。"

"你是来看我笑话的。"

"不是，我是来开导你的。你看啊，去年我们刚上语言学校的时候，多少男的上赶着对李敏好，李敏不还是选的Minsu吗？"

"他俩怎么样啊?"

"早分了。"

"是吗?曼丽没跟我讲。"

"所以呀,哥们儿,对女的别太上心,顺其自然最好。"

"也是,这酒喝得真蠢,不喝了。"

没过多久,张成听说李韦嘉和王雯慧同居在了一起。又没过多久,俩人分手了。

18

陶小凯,来自南京,他选的是金融专业,最初是曼丽的同学,由于曼丽在大学课程的学习上很有一套,所以信奉实用主义的陶小凯立刻认曼丽为"大姐大",顺其自然,也就慢慢与张成熟悉了。张成起初几年真的很难接受他这个南京人的性格,有时候真的能气得人哭笑不得,而且任何人改变不了他的想法。不过陶小凯倒是很喜欢和张成这样直白的东北人聊天。有一次张成吃过快餐之后随意说了一句温饱思淫欲,陶小凯像听到了至理名言一样到处跟别人嬉皮笑脸地重复这句话。

期中考试后,曼丽、星星、张成和陶小凯一起报了旅行团去多伦多玩一下。蒙特利尔华人旅行社去多伦多玩的团竞争很激烈,所以很便宜,他们报的4人一个房间的两日游,总共才60加元,比一张蒙特利尔到多伦多的单程大巴车票都便宜。

出发前一天,大家在陶小凯家打了一宿牌,打升级,曼丽和星星一拨儿,张成和陶小凯一拨儿。曼丽她们两个女孩儿的牌品特别差,经常说暗语,中英文和肢体语言全用上了,丝毫不尊重规则,用不公平手段打赢之后还讽刺挖苦张成，最后终于把张成弄崩溃了，大吵了起来，张成还把牌摔了。但是大家都不是小气的人，虽然吵闹着说散伙儿不去多伦多了，但是当太阳出来之后，4个人还是一同前往唐人街登上了开往多伦多的旅游巴士。

　　蒙特利尔和多伦多相距大概500多公里，在行程过半的地方是比较有名的景点千岛湖。由于导游是中国人，所以自然会把这里和浙江的千岛湖联系起来。湖上有很多小岛，而且可以卖给个人。导游说，1997年的时候，美国一位富翁为他的太太在这儿买了一座小岛作为生日礼物，并在岛上建了豪宅，由于需要在湖底铺设通往岛上的电缆，所以耗费了巨额资金。但当豪宅建成的时候，富豪的太太却去世了，所以这位富豪又以低价把豪宅和岛转手卖掉了。4人坐游船在千岛湖上转了一个小时便继续坐大巴奔向多伦多。又行驶了两个多小时，高速路逐渐多了好几条车道，张成意识到，大巴已经进入到大多伦多地区。时不时有现代化的高层建筑屹立在高速路旁。曼丽说这里的城市建设很像北京，大马路，大高楼。蒙特利尔除了市中心有高层写字楼外，每个社区都还是古朴的法国情调建筑，而且蒙特利尔的马路或者快速通道是不会有这么宽的。再加上人种和文化上的区别，两座城市分别代表了欧洲和北美的迥异风格。

　　几人最先来到的是位于多伦多市中心安大略湖旁边的CN塔，买了票登上了高塔，想在塔顶一览多伦多城市全貌，但是由于阴天，他们在云层上面，什么也看不见，只欣赏到云雾景色。

　　晚上，导游带他们到华人聚集的士嘉堡地区游玩，路边的店铺除了有英文名外还有很大的中文繁体字，所以感觉就像在中国一样。多伦多的华人自己建的太古广场刚刚建成。4人在附近用过晚餐，下榻在附近的宾馆，第二天早上直奔离多伦多一个小时路程的美加边境的尼亚加拉大瀑布。张成第一次看到这个瀑布还是几年前在电视上，在电视上看没什么感觉，但是当他亲身来到这里的时候，他却被震撼到了，先是听到隆隆的轰响，然后慢慢靠近，看到这飞流直下三千尺的景象，飞流可不是细细的一道，巨大的水量奔腾汹涌地砸下来，气势之汹涌磅礴是无法用语言形容的。游览完毕后，4人去了附近的outlet折扣店，买了些折扣的衣服，下午便随大巴返回蒙城。

19

秋天是加拿大最美的季节，张成早就听说蒙特利尔北边不远处有个看枫叶的地方叫 Mont Tremblant，本来想10月中旬去看，但是由于要准备期中考试，他一直拖到11月考试结束才有时间去。夏天回国的时候，爸爸给他办了驾照，张成已经可以在国内独自上道开车了，但毕竟还是新手，车开得并不熟练。当时身边的朋友只有张成有国内驾照，所以他准备租车去看枫叶。石野推荐他几家租车行，张成对比了一下，找了家最便宜的车行。由于他是中国驾照，所以找了家翻译公司花了20多加元做了份翻译。张成选的是普通车，美国产的庞蒂亚克，是一种比较便宜的车，应该是属于通用集团的牌子。因为不是什么名牌，所以一直到现在中国也没有卖。这辆车价格不贵，租24小时，车费加保险总共才100元钱，张成租了两天。

星期六，张成开着车去接曼丽、石野和Steven。深秋的早晨，寒气逼人，张成接到他们三个后，去 Tim Hortons 买了几杯热气腾腾的咖啡，开始了他的开车之旅。当时GPS还没出现，所以他们是看着地图去找的 Mont Tremblant，顺着15号公路往北一直开就可以了。但是由于张成是第一次在加拿大开车,紧张极了,对地图也不熟,所以几次都开进慢车道,然后再回到高速路。北美的高速风格和国内不太一样,因为车多,所以都是一辆紧跟着一辆开的,限速是110公里每小时。

张成往北开了大概一个小时,开始有山脉出现,石野准备了埃米纳姆的CD,他的说唱伴随着几个人进入山区。大概又过了两个多小时,几人到达了地图上的目的地。其实Mont Tremblant有个度假小镇,建有各种欧式建筑,是游人必去之处,由于几人都不知道有这个地方,而且地图上也没有标明,所以他们并没有找到小镇,他们以为这个地方就是大山和湖水的自然风光。此时,山上的枫叶都已经掉光。几人在山腰处照了两张照片,照片里,石野戴着棒球帽,眯着小眼睛抽烟。Steven非常瘦,跟个骨头架子似的,也叼着烟头。张成冲着镜头微笑,虽然背景是极冷的色调,但是张成的微笑还是让整张照片显露出温暖的情绪来。

在一个山腰处,石野说道:"这里没有警察,我开一会儿车。"尽管张成心里不想,但出于照顾石野的面子,还是和他换了座位,张成坐到副驾驶上。石野开到山间的一个小路口,张成发现石野开错了方向,于是让他开回去,石野没有掉头,而是选择倒车回路口,张成感觉到石野倒车的速度太快了,赶紧大喊:"慢点儿,慢点儿!"但是明显喊晚了。车往后退了20多米后,张成窗外的景色就由天空变成了贴满野草的土地——车翻到了沟里,几个人缓过神儿之后,从向上的车门爬了出来。还好车是掉进了右边的沟里,如果从左边掉下去的话,他们就摔下山了。过往的车辆虽然不多,但都会停下车问他们需不需要帮助。加拿大人很热心。曼丽打电话叫了辆拖车,40分钟后,拖车来了,把张成的庞蒂亚克拽回到公路上。幸运的是,车是滑进草里的，没有出现损伤。张成不敢再让石野开了，他自己回到驾驶员位置上，一路开回了蒙特利尔。

玩了一天虽然很累，但是20岁的几人对吃喝玩乐好像从来不会疲倦。石野绝对是吃喝玩乐的大师，他带几人去了唐人街的一家粤菜馆点了4个菜，有鱼肚汤，还有肉食动物喜欢的椒盐猪排和川香辣子鸡，几人吃得很香，吃过饭后，大家先回家躺会儿，然后石野和Steven说晚上他俩要去赌场试试身手，张成还没有去过蒙特利尔的赌场，所以同意开车带他俩去赌场。

蒙特利尔赌场离市中心并不远，是在老港那边的圣劳伦斯河上的一个岛屿上。岛上不只有赌场，还有公园和F1赛车场。去往赌场的公路只有一条，两边有令人赏心悦目的装饰品，这也许是一种心理暗示，让去往赌场的人都开开心心地去，至于能不能开开心心地回就很难说了。以娱乐为目的的人也许能赢也许能输，而想去赢钱的人，长线的结果必然只有一个，肯定输。蒙特利尔赌场的老板不是什么财团，正是魁北克政府。政府一方面在电视媒体上做广告告诫人们远离赌博，但是赌场每年都会给魁省政府带来巨额的利润。

在通过一座小桥之后，赌场的面容终于出现在他们面前，外墙华丽而庄严，赌场在黄色光线的照耀下，显得格外耀眼。按照工作人员的指示，张成把车开进了地下停车场，停车场一共有四层，而且是蒙特利尔市区里唯一不用交停车费的大型停车场，可以想象到赌场的用心良苦。车位很满，张成转了好多圈儿才找到一个车位，但是由于倒车技术并不熟练，油门轻重也没有掌握好，车头居然撞到旁边的柱子上，凹进去了一块。张成心情顿时很沉重。

进入赌场要查ID，三人都带了护照。蒙特利尔的赌场仿佛就像一座迷宫，设计得非常复杂，进去容易，出来难。因为石野和Steven两人已经来过几次了,据说还赢了钱,所以他们早已经知道路线,张成跟着他俩走。赌场里的人很多,亚洲面孔很多,一点儿也不比唐人街的少。有中国面孔,也有很多东南亚人的面孔,比如越南人就非常多。亚洲人和魁北克白人在赌场里的比例几乎可以达到1∶1。

　　三人来到第三层的区域,一二层是老虎机,他俩不想玩,他们要去三层玩21点,英文叫Black Jack。Steven说之所以玩这个,是因为21点的概率是赌手和赌场输赢概率最接近的,其他的项目,赌场赢的概率都要远高于赌手。所以在这一层,21点的桌子也是最多的。这里有几张桌子,一次最低筹码是15加元,剩下的桌子,最低筹码都是25加元起步。石野和Steven分别选了不同的桌子玩,他俩可能不想让彼此的运势影响到对方或者不想让对方评论自己的决定。开始的时候,Steven很快赢了300,于是他收手,但是石野这边输了200,他不走,想把本儿捞回来,Steven干待着也觉得没意思,又回到赌桌上。等石野赢回来100本金的时候,Steven不但把刚刚赢的300输了回去,而且又倒输了400,把兜里的现金都输了进去,于是不得不离开。张成开着车载他俩回家,一路上,两个人不是骂时运不好,就是指责对方在时间上拖累了自己。最后的结果是他俩相约明天再战。张成感觉这样赌博有些危险,把自己的担忧跟二人说了,他们没理会,于是张成也没有再吱声。车上的三个人心情都不好,张成是因为撞了车,另外两个是因为输了钱。

　　张成把车停在楼下的路边便进屋睡觉了。第二天早上,他准备去还车,下楼发现前后的车都已经开走了,张成还纳闷大家怎么都这么早出门。他来到车前,才发现挡风玻璃上贴了张罚单。因为他停的这个地方,一个星期有几天早上是不可以停的。但是柱子上的规则是用法语写的,张成看不懂,只好认倒霉。他把车子开回租车行,租车行检查了车的受损状况，给他预估了一个修车钱，说修好后会把账单寄给他。张成说不是有保险吗，为什么还要自己掏钱。工作人员解释，租车发生的车损，一定金额之内的费用得租客自己付，超过这个金额后是保险付。张成哑巴吃黄连，有苦说不出，只觉得第一次租车，真心倒霉透顶。

过了几天，修车的账单寄到家，张成打开一看，天哪，700加元，加完税一共800多，张成心如刀绞，合人民币5000元呀。张成平时还是比较节省的，一次性损失这么多钱让他心里很难接受，于是给家人打了电话。他真心没想到，原来爸爸早有预见。他安慰张成说："没事，儿子。老爸早就准备了10000元剐蹭基金，就是为了预防你开车剐蹭的。"

张成傻得天真，他真以为爸爸提前给他准备了这笔钱。实际上，爸爸只是在安慰他，父爱就是这个样子，如山一般沉稳。

赌场之行后大概半个月，Steven打来电话，说到街角的那家咖啡店坐一会儿。那天很冷，张成出门走了200米，好像耳朵都要冻掉了一样，远远就看见Steven站在门口。

"你傻呀，不进去等我。外面多冷啊！"

"那个，那什么，你帮我买杯咖啡呗。我没带钱。"

张成当时就有些奇怪，一杯咖啡才一元多钱，这点零钱怎么都没有？买了咖啡后，两人坐下。

"我最近怎么没有看见你，你干吗去了？"张成问他。

Steven停顿了一下，苦笑着说："在赌场输钱了。"

张成联想到他买不起咖啡，心里想，不会输了几千元吧，于是小声地问："输了多少？"

"账户里的钱都输了。"

张成震惊得说不出话来，9月的时候，Steven家里给他汇过1万美金学费，再加上之前剩下的钱，估计总共有2万多。

"你是怎么输光的呀，这么多钱。"

Steven智商很高，不管是说话还是做事都很有见解，他打开了话匣子：

"一开始的时候是赢的。赢了几千，然后就加大了筹码，最后几天更是把筹码加到500一次，一来二去很快就又赢了很多钱。我玩得大，算得准。身边也围来不少观众。最牛的时候一大帮人围在我身边看，还有一个印度大胡子老头跟我竖大拇指，说还是中国人有钱。我当时已经赢了不少钱，想拿着赢来的筹码离开。但是这时候，发牌员从台下拿出个大家都没有见过的10000加元的筹码对着我笑，他还说'这个就是等你来赢的'。我完全被这句话冲昏了头脑，已经离开座位的屁股又坐了回去。赌博的时候手里有几十个500的筹码感觉都不是钱，只是筹码而已。直到输掉最后一个筹码的时候才感觉到那都是真金白银。"

张成听着Steven的诉说，心里想着他是不是要跟自己借钱啊？他知道如果把钱借给一个赌博的人是不会有好结果的，所以如果Steven跟他借钱的话，他就借点基本的生活费给他。但是Steven是个讲究的人，他把张成当好朋友，所以是不会跟他开口的。Steven暂时的生活费是跟也在蒙城的表姐要的。他给表姐打电话说自己没钱的时候，表姐不相信他，直到表姐跟他去银行查账户余额，她才发现Steven没有骗她。账户里不光一分钱没有，还欠着银行几元钱。银行的工作人员对表姐说："你来得正好，账户里还欠我们几元钱，你还上吧。"

石野约张成去朋友光子家吃饭，他俩一起去PA超市买点菜，然后再去光子家一起做饭吃。PA超市可以算得上中国留学生和新移民最喜欢去的超市，因为这家超市卖的蔬菜、水果和生肉都比其他连锁大超市便宜。而且这家超市位于Concordia和Atwater之间，正好是中国人集中居住的地方，所以超市也配备了许多中国人喜欢吃的食物，比如说香菜、红薯、猪肝和羊脑。由于大量的中国人会在PA超市买菜，PA的对面和附近就分别开了两家中国小超市，好多人会先去PA买菜，然后再顺便到中国人经营的小超市买些羊肉片、腊肠、酱油之类的中国食品。张成和石野在PA里碰到了同样在买菜的Steven。张成叫Steven一起去光子家吃饭，Steven说不去了。张成隐约感觉到Steven和石野两人有些尴尬。Steven后来告诉张成，自从他输光了钱之后，石野便不再去他家吃饭啦，好像消失了一样。

20

时间过得很快,一晃儿期末考试就要来了。对于张成来说,数学这门课简直易如反掌。英文课的大部分分数是平时的小考和作文的评分,期末考试只占总分数的20%,所以大局已定。宏观经济课,张成平时听得认真,也没有什么问题。只有关于电脑的这门online course在线课程需要自学,但是张成又没有认真看,关于电脑的英文词汇他有好多都没有掌握,所以复习起来比较吃力。期末考试期间,大家都会泡在图书馆里学习,抬头不见低头见,自然对所有的中国面孔都会有印象。张成发现星星总和一个文静的女生以及一个长发男生坐一个大桌儿学习。星星告诉张成,女生叫雪怡,来自杭州,长发男生来自北京,已经在蒙特利尔待了许多年。他并不是雪怡的男朋友,但是正在追求雪怡,据说已经追了好几个月,可还没有追到。长发男生当时在胳膊上文了条龙,所以大家都直接叫他一条龙。星星说雪怡也选了online course电脑课程,如果张成有什么不懂的问题,可以问她。张成虽然不聪明,但也不傻。一条龙追雪怡追得那么紧,张成去问问题岂不是捣乱,弄不好再造成误会,所以张成准备到考试关键时刻再亮剑，找雪怡帮忙。

前三门考试，张成都顺利完成了，唯一让他感到头痛的就是这门电脑课。期末考试成绩占到总分数很大一部分，所以不容有失。电脑课考试这天的考场是个中等大小的梯形教室，后排都会比前一排高一些，所以后排的同学很容易看到前面同学的答案。学校为了防止同学们作弊，分了ABC三种试卷。但学校还是有疏漏，学校允许同一考场的同学自由选择座位。尽管张成自己也复习了很长时间，但是在他不擅长的领域，与其选择相信自己，不如选择相信雪怡，因为看她认真学习的样子就知道她水平肯定错不了。在图书馆里，由于一条龙紧跟着她，张成还没有机会和她搭话，他一直等到考试这天才找到机会。张成东北人性格中的一个优点就是关键时刻敢往前冲。在进入考场前，他就凑到雪怡身边，拍拍她的肩膀，说道："你是雪怡吧，我是星星的朋友。一会儿考试的时候可不可以照顾我一下，我不会干扰你答题的。"她有些诧异地看着张成，张成心里有些不淡然了。一是因为张成不太了解南方女生，他感觉一个学习好的女生是不太喜欢在考试中帮别人的，人家自己付出的劳动成果为什么要和别人分享，二是她和张成并不认识，不帮他也是天经地义的事。所以张成看着诧异的雪怡，做好了吃闭门羹的准备。

没有想到的是，雪怡竟然同意了，她微笑着说："可以呀。"张成顿时感觉雪怡一下子变美了许多，形象都高大了起来。进入考场后，张成选择坐在雪怡后面，监考老师给她发了考卷，上面写着一个大大的B。于是张成在监考老师来到身边之前心里默念着："B！B！B！B！"老师把考卷放到张成面前，正是B卷，张成差点高兴得喊出来。雪怡很快就把100道选择题答好了，并把答题卡往她的右边挪了挪，以方便张成看。张成也不用再答题了，直接看着前面的答案把答题卡涂了之后就交卷走人，并送给雪怡一个大大的微笑。

期末考试成绩出来后果然还不错，两个A，两个B。其实第一学期张成并没有把全部精力放在学习上，这也给了他一个错觉就是国外大学还挺容易读的，不必太用功，这个想法可让他在之后的日子里吃了亏。

加拿大的寒假很短，12月20日考试结束之后过个圣诞节，然后再过个新年就开学了。由于加拿大的1月到4月还是冬季，所以加拿大人把这个学期叫作 winter semester。可能是第一学期过得太顺了，麻烦终于找到了张成。他收到了大学的一封信，上面写他的高中成绩有问题，让他给一个学校管入学的工作人员打电话，张成很快打电话过去，听声音，接电话的人好像是位中年女性，还有些感冒。她说英文非常快，以至于张成几乎一句也没有听懂，于是他准备下午1点去学校问个究竟。

大学的入学管理处位于图书馆的五层，电梯门打开就是前台。办公区域是不允许除工作人员之外的其他任何人出入的。前台旁边有几张沙发和电话，张成跟前台说他想找信上署名的那个人。前台指着旁边的电话让张成直接致电找她。张成打过去，电话里只有留言提醒。前台说道："那她可能出去吃午饭了，你等一个小时吧。"于是张成在沙发上坐了一个小时。他再打电话过去，女人接了电话，张成告诉她为什么打这个电话。女人一口气又说了一大段，但是张成还是没有听懂，于是就恳求她从办公室里出来，面对面讲话。女人开始不同意出来，但是后来发现张成是真的听不懂，最后推门走了出来。这是位40多岁的白人女性，染了头发，头发一条黄一条黑。她的确感冒了，不时地擦着鼻子。

女人打量了张成一下："你得重新递交一份高中成绩和公证。"

"我已经在申请大学的时候放进去了呀。"

"重新再拿一份。"

"为什么？"

女人的语气非常不耐烦："如果你还想继续在这个大学里读的话，你就照我说的去做！"

她讲完这句话便起身回了办公区，把门重重地摔得很响。她的这个态度让张成非常生气，看着门上写的"访客止步"，真想一脚把门踹开，进去和她理论一下。但还是强压住怒火，乖乖地坐回到沙发上，心里合计着："这个女人还出来吗，我该怎么办。刚刚跟她顶了嘴，她会不会不管我了呀？"

张成想想都害怕。所幸，没过一会儿，女人拿着两份文件出来了，一份是张成的高中成绩公证件，另一份是个上海留学生的高中成绩公证。

她说："你们中国人就是喜欢作假。"她让张成告诉她这两份公证为什么会有那么大的区别。张成一看，确实，连纸的质量都有很大不同。

她说："Yours is fake."（你的是假的）

张成肯定不能接受自己的公证被说成假的，急忙反驳道："It is real!"（它是真的！）

她瞪了瞪张成，继续强调公证是假的："I said it is fake!"（我说过它是假的！）

张成这下反应过来不应该再顶嘴了，于是选择沉默。

接下来她语重心长地说了句话："In this university, no body care about you but yourself."

"在这所大学里，没人在乎你，除了你自己，别怕自己太当回事。"张成走在回家的路上，这句话反复出现在他的脑海里，真是哑巴吃黄连，有苦说不出。如果自己的英文口语好一些，是不是就能和她理论一番了。

张成晚上给妈妈打了电话，告诉张妈事情原委。

妈妈也很费解："办这个公证很费劲的，本来就是真的，怎么就变成假的了呢？"

张成憋了一天的气，终于无法再控制自己的情绪，对妈妈大声喊道："让你去办，你就快去办！"然后就挂了电话。挂了电话之后，张成立马就后悔了。这个世界上唯一能忍受张成坏脾气的人只有妈妈了，但是每个人都习惯对自己最亲近的人发火。张成十分懊悔。

21

公证的事让妈妈去办,张成还是安心上课。这学期他选了在商学院的第一门课 commers:Business Communication,也就是商务沟通。如果以后要选商学院的其他课程,就必须先把这门课修了,不然其他的课程是选不了的。这门课是在网上选课,张成看到这门课有大约10个班级,他不知道该选哪个老师的班级。在这点上,南方的同学就精明多了,他们会通过自己的关系网找到师哥师姐,讨论几个教授的授课评分标准,分析哪个教授给分高容易过,然后在选课系统开放的一刻迅速把心仪的教授的课给选了。而张成完全没有这方面的经验,所以选课比较盲目。他看到一个教授的名字后面跟着个 doctor(博士)头衔。张成想这标志着一种荣誉,看来这位教授一定很有水平,便选了她的课。

教授是个60多岁的白人老太太。上课第一天,班级里一共大概30多个学生,大部分是白人。教授让大家逐个做自我介绍。这气氛和在语言学校里的气氛相比可是完全不同。因为大部分人都是英语母语或者是当地土著,有些学生甚至已经在当地企业上班,只是用业余时间在大学上课。他们讲起话来显得非常专业。和他们相比，张成连流利的英文还没有说好，自我介绍讲得磕磕绊绊。他内心十分紧张地看了看教授，教授已经透露出不耐烦的神情。

让张成大跌眼镜的是班级里还有另外3个中国人，他们都是技术移民。张成自我介绍已经够不给力的了，没想到这3位的英文表达一个比一个烂，还不如张成呢。

下半节课，教授让同学们每4个人组成一个小组，每节课都会在一起讨论，然后期末的时候做一个课程项目和演示。因为同组里面的同学英文说得太快，张成根本没有插话的机会，即使有了些想法，但转换成英文需要时间，所以他成了小组里的哑巴，内心非常难受。

上了两周课后，这位教授每节课都要数落几个中国学生的英文不好，还轻蔑地说："你们几个中国人应该把英文那几门课都修了再来读这门课。"她当着全班同学的面这样讲，让张成感到非常气愤。首先，英文课一学期只可以选一门，而且中国学生要选其他商科课程的话首先得先过了她这门课。最让张成气愤的是，她不应该拿种族来区分学生。自从她说过这句话后，张成就决定不上她的课了，因为害怕女教授在期末的时候不给他过。

张成去商学院告这个教授的状，可加拿大办一件事很慢，他预约了一个星期才见到商学院的教务主任。张成叫了同班的来自深圳的一个技术移民一起去。

教务主任的办公室宽敞而古典。教务主任是个头发花白的瘦老头，长得很像爱因斯坦。他坐在大写字台后的椅子上，眼睛紧紧地盯着张成，发出令人胆寒的光芒。张成开门见山地把这个教授如何在课堂上羞辱中国人的事情抖了出来。尽管当时他还不会用discrimination（种族歧视）这个词，但张成的中心思想就是表达种族歧视。一旁的深圳大哥也表达不出什么，只是连连说着yes。

教导主任听后反问："为什么班级里的其他中国人不来反映这件事，而只有你俩来了？"

张成说自己也不知道为什么，那是他们自己的事。

"那你想怎样？"

"给我换班级。"

主任想了想说："现在已经快期中了，每个班级的小组都已经分好了，没有办法换班级。这样吧，我这门课的学费退给你，你下学期选别的教授的课程如何？"

张成想，既然学校已经让步了，有个台阶就下吧，于是答应了他。

从教务处出来后，张成心里很是得意，既告了老太太的状，又做了其他中国学生不会也不敢去争取的事。

不过，张成这学期就只修三门课了，尽管轻松了些，但是修学分的进度也慢。

上次雪怡在考试中帮了张成，张成一直想请她吃饭，但是碍于一条龙存在，他也就慢慢等机会。张成这学期在图书馆里遇见她几次，都打了招呼。过了一段时间，张成发现和她形影不离的一条龙消失了。星星告诉张成，一条龙在苦追3个月无果后自己放弃了。张成心里暗喜，终于可以约雪怡吃饭了。

因为俩人已经好几次在图书馆不期而遇，双方已经没有太强的陌生感了。终于有一天，张成鼓起勇气，突破自我，在图书馆一楼和她擦肩而过的时候，主动邀请了雪怡。"要不要一起喝杯咖啡？"

雪怡迟疑了一下，张成感到没戏，心里一沉。

"去哪一家喝呀？"

张成此时的心情就像坐过山车一样，根本就没有预料到她会问这句。于是磕磕巴巴地说道："就，就去外面的 Café Deport 吧。"

其实图书馆一楼就有一家 Tim Hortens，张成之所以舍近求远要到图书馆对面街角的 Café Deport，是因为他来蒙城也有一年多了，同一批来的康大的中国同学大都认识他，如果让认识的朋友发现张成和一个女生单独喝咖啡，肯定会有人来拆他的台，把他预期中的浪漫气氛搞破坏。这点小聪明张成还是有的。上次KTV事件之后，他吃一堑长一智。

二人走出图书馆，穿过马路来到街角的咖啡店。这家咖啡店面向街角的两面是全景玻璃，柔和的灯光下面满是三三两两用笔记本电脑学习的大学生。张成买了两杯咖啡找了个位置坐下。学生通常都是买标准咖啡，自己加点奶加点糖就好了。两人的话题不外乎是这学期选了什么课，难不难之类的，然后又聊了聊以前在国内上学的事。很显然，张成和她开了几个玩笑之后，俩人之间的关系拉近了许多。之后，雪怡便打开了话匣子，讲她是怎么来的蒙城。原来她家里有亲戚在蒙特利尔，她的姑姑和姑父来蒙城之后买了个小超市。她每个周末都要去姑姑家吃饭。她说每次都会看见姑父独自喝闷酒，喝了些酒之后都会对她讲以前在国内的时候是多么的风光。她姑父来加拿大之前是国内一省级知名医院的重要人物，来到加拿大之后，他不能再从事医生这个职业，每天的生活都在自己的超市里，褪去光环的他自然倍感失落。

二人聊了好久，雪怡背后的玻璃外，行人来往不息。

张成说："一杯咖啡可表达不了我的感谢，改天我请你吃顿饭。"

"行啊，但是等期中考完试再一起吃吧。"

"那一言为定啊。"

22

  张成的小屋一年租期马上就要到了。虽然住得还算比较舒适，但是没有室友实在是太孤单了。他出国之前在新东方读托福的时候，有一个讲师就曾经讲过，如果你想出国，那你一定要耐得住寂寞。好多朋友都有这种感受，在国内的时候，七大姑八大姨还有同学朋友，真的太吵，有时候压根儿都忙不过来见这么多人。但当一个人踏上异国之旅的时候才会发现，以前被那些烦人的事缠绕的时候，也是一种幸福。张成自己住了一年，几乎每天晚上都要给朋友打打电话，不然有时会悲哀地发现自己居然一整天都没有开口说话，特别是在学校放假的时候。所以等这次租房到期，张成准备找一个有室友的房子。于是他在网上找了个中国留学生往外分租的房子。

  张成去看房，房子就在大学图书馆的对面，地址在1444 Mackey，房子位于14层，其实是13层，因为老外忌讳13这个数字，所以跳过13直接定位14层。这是个1室1厅的公寓。张成要租的是厅，面积比他之前住的小屋大多了。于是便马上定了下来。

  待到3月1日，张成便搬进新的公寓。曼丽和星星来张成家做客。

曼丽说："感觉你一下从之前的小屋跳出来了，心情好像也好了许多。"

张成的新室友是一个来自苏州的男生，叫司徒。司徒是和张成同一时间来的蒙城。司徒个子与张成差不多高，但跟张成完全是两个风格，司徒大眼睛，双眼皮，戴着金属框眼镜，给张成的第一印象特别像1999年TVB连续剧《创世纪》里的二哥许文彪。

司徒给人的第一印象是非常斯文且有礼貌。张成从小在东北长大，生活中早已经习惯了直来直去的思考与做事方式。而司徒是典型的南方帅哥，心思比张成细腻不知道多少倍，他不管做什么都会先考虑别人的感受。比如说他早上有课的时候张成还在睡觉，司徒在出门关门的时候会尽量不发出任何声音。张成醒了才发现司徒已经出门了。从这个细节可以反映出司徒是个有良好家教的人。

张成有两个朋友圈，一个是曼丽、星星、陶小凯组成的大学学习圈，另外一个就是石野、Jason、Steven这些没事时混在一起的哥们儿圈。司徒和张成这些哥们儿比起来太细腻，太有文化，有气质。张成从来没有这么近距离地和江南男生接触，所以也收敛了许多自己以前的直来直去的生活习惯与说话方式。

而且司徒早就名声在外，曼丽和星星还没来张成家做客的时候，曼丽的一个闺蜜王晔就找曼丽打听消息："听说张成和司徒住一起啦？"

"我还没去过张成新家呢。怎么啦？那男生长得帅么？"

"那肯定啊，是个小帅哥，金融专业的。"

就连光子也不知道从哪里听说了司徒这个人，有天下午，光子吵着要来张成新家坐坐。张成带光子直接上了楼。司徒上课去了，没在家，光子坐在张成床上，突然放低音量说道："哎，让我进你室友那屋看看行不？"

"去呗,反正他不在家。"

张成一边说一边推开了司徒卧室的门。尽管是下午,但是司徒卧室里却是漆黑一片,因为司徒把窗帘拉得很严,室外的光线几乎进入不了他的卧室。

张成对光子说:"进去看吧。"光子便坐到写字台前玩起了电脑。过了一会儿,光子从司徒房间里走了出来,并露出一丝邪恶的笑容。

张成问道:"怎么了?"

"呵呵,哥们儿。你晚上要小心了!"

"小心什么?"

"你的室友是个变态!"

张成很疑惑:"为什么?"

"你进去看看他墙上贴着什么。"

张成与光子一同走进司徒的房间,光子指给他看卧室墙上的图片。张成之前来司徒房间的时候就见过这三张图片,但是没有认真地去看。乍一看,这三张图片是三栋欧式建筑物,但是仔细看,每张图片里都是个坟墓。而且每个坟墓上都有个人的雕像。坟墓上刻着几个字:Death of Aids(死于艾滋)。张成这么一看,的确有些瘆人。光子发现张成的面部表情严肃起来之后,一边笑,一边拽着张成说:"你再看看这边。"他指向司徒卧室通往洗手间的门。门上贴着几个塑料透明标识,中间的标识是两个小人性爱的标识。光子看着张成惊讶的表情,开始情不自禁地大笑起来。

张成喊道:"别乱讲,人家就是扮酷一下,你别在那乱想。"张成虽然嘴上这么说,但是心里却隐隐有些担忧,他害怕司徒真的是个变态。

所幸,两人相安无事,张成感觉自己完全是多虑了。

23

张成每天都有一门或者两门课，其余时间不是在图书馆里学习，就是去 St-Catherine 和 Blov Maisonneuve 交界的街角咖啡厅和哥们儿喝咖啡聊天。

这家咖啡店的视角很开阔，各个方向来来往往的行人都可以看见。由于蒙城留学生里男生多，女生少，所以张成大部分朋友都没有女朋友。有时候曼丽下课会来咖啡厅找张成陪她吃饭，久而久之，有些男生会问张成身边的朋友，曼丽是不是他的女朋友。张成会对他们说："曼丽是我的好兄弟。"

期中考试之后，张成和雪怡相约去吃饭。既然是感谢雪怡上次考试帮忙，张成就不能随便找个中餐馆把人家打发了，于是他咨询身边最了解吃喝玩乐的石野。石野建议张成去 Guy street 上的小黄车饭店。这家饭店是全木质结构，有点像酒吧，一共只有两道菜，一道是烤排骨，一道是烤鸡，这家店就是以烤排骨的独特味道而出名，长条的排骨涂上特制的枫糖烧烤酱，烤出的排骨很甜，有些像无锡排骨。

张成和雪怡来到二楼小木窗边的座位，餐厅里并没有开灯，每个木桌上都点燃了小蜡烛。木质墙面上挂着许多蒙特利尔冰球队的照片，看来这家餐厅有年头了。二人点了两道菜，烛光映在雪怡的脸上。张成看着她，这才发现以前并没有仔细看她的妆容。雪怡眼睛细细的，柳叶弯眉，樱桃小嘴，扎着马尾的头发乌黑且发亮，在烛光的映衬下充满了美感。二人一边吃饭，一边在爵士乐下散漫地聊天。雪怡说："这是我第一次在这样的情调下和一个男生吃饭。"

张成心里暗喜，决定改天请雪怡看电影。

对于留学生来说，在加拿大最大的娱乐就是看电影。加拿大拍的电影很少，影院里上映的都是好莱坞拍的片子，而且上映的时间和美国是一样的。中国第一次进口好莱坞大片好像是施瓦辛格主演的《真实的谎言》。自那以后，广电总局每年都会进口几部大片，上世纪90年代末期，进口片把国内电影杀得片甲不留，也把之前称霸国内电影界的香港电影逼进了低谷。在国内的时候，想看好莱坞影片得买盗版光碟。来到加拿大之后，张成仿佛掉进了电影的海洋，影院每个周末都有新片上线，而且他也看了好几个首映，比如说007系列的《择日再死》、圣诞档的《指环王》，最搞笑的是看说唱天王埃米纳姆的《8英里》，放映厅里坐满了密密麻麻的崇尚说唱文化的黑人，他们几个中国人在里面显得格外的白。最近一直在宣传妮可·基德曼和裘德·洛主演的《冷山》，是部爱情片，张成决定约上雪怡去看。

在一个张成和雪怡都没有课的下午，俩人步行到Atwater的AMC电影院。电影院所在的娱乐中心叫Pepsi Center。这个地方以前是蒙特利尔冰球队比赛的地方，后来球队把主场搬到了新建的Bell Center，这里就重新建立了这个AMC电影院。二人买了两张票进入放映厅坐下。

电影开始放映,《冷山》主要讲的是美国南北战争时期一名北方士兵在前线负了伤,因为思念家中的爱妻,毅然当了逃兵,历尽千辛万苦徒步回家的故事。影片漫长而乏味,但和大多数美国电影一样会有男女寻欢的镜头,没想到《冷山》的情爱镜头篇幅真的是长得超过了张成的预期。如果是以前的话,越长越好。今天张成是和雪怡一起,他反倒越看越不自在,斜眼瞄了下雪怡。雪怡倒是一脸专注,看得很认真。张成也就放宽了心。

24

时间进入4月,学习和生活都很平淡,蒙特利尔的冬天还没有完全过去,哪里都看不到新绿的植物。一天下午,石野找张成陪他去钓鱼。

"去哪儿钓啊?"

"20号公路往西,过了西岛有条河,河边已经没有冰了,就去那儿。我新认识了一个哥们儿叫Rey,他可以开车载我们去。"

Rey是上海人,以前当过兵,是南方一带海上稽查队的,端过枪,抓过走私贼,所以他讲话粗诳得很,已经完全没有上海人讲话的那种吴侬语调。他是和家里人一起移民来的,家里贷款买了老式四层公寓,在当地做起了房东。所以他也是衣食无忧,正好和石野混到一起。

三人先到商店买了些蚯蚓,然后走到河边。Rey有好多根鱼竿,给张成和石野每人一支竿。张成上小学的时候在家附近的劳动公园钓过鱼,上诱饵,甩竿什么的标准动作都会,只是小时候钓到的都是些小鲫鱼。

张成把方向定向宽阔的圣劳伦斯河,一个小时过去了,一无所获。后来他发现身后死水潭边的一位大哥钓到了好多鱼离开,于是便换到了大哥的那个位置。没想到这个地方是块风水宝地，诱饵刚刚放下去没两分钟，就有鱼争抢着咬钩。没一会儿张成就钓上来四条鱼，而且每条都有一斤多。此处简直就是个鱼窝。看到此情景，石野和Rey也跑到张成这边来。张成已经放弃钓鱼的标准动作了，开始往上拽鱼。几轮下来，三人一共钓了20多条鱼。可见加拿大的自然资源简直肥得流油。

回家后，三人把鱼分了。张成分到的基本是鲶鱼。他以前见过爸爸杀鱼，就学着把这些鱼开膛破肚，取出内脏，刮掉鱼鳞。张成喊曼丽和星星来家里一起吃。这么多鱼，就酱焖吧，切好葱姜，放入料酒，再加入大半瓶豆瓣酱，用油爆出香味后再加入开水慢火烧。等到曼丽和星星到了之后就可以开饭了。曼丽和星星两人也没空手来，买了红酒。三人在厅里开吃。

这时司徒的卧室打开了一个门缝，司徒把脑袋伸出来看。

"噢，这是我室友司徒。这是我两个朋友曼丽和星星。"

司徒眨了眨眼睛点了点头，缩了回去。

门关上后，星星说："你这室友挺逗啊。不说话的。"

"这是他第一次主动探出头来，除了进出门，从来都不出来的。"

"王晔还跟我说他是个小帅哥呢，没有女朋友。"曼丽说道。

"你觉得帅吗？"张成问。

"还行吧。"曼丽笑着说。

"个头还行。"星星说。

"我叫他出来一起吃吧。"

张成把司徒叫了出来一起吃饭。四人聊着天，喝着酒，吃着鱼。唯一让张成感到意外的是，平日里对他百般嘲讽开玩笑的两个北京女生，在司徒面前居然也装起了文静，让他很无语。

25

尽管是4月，加拿大的滑雪场依然开着，石野经常拉着张成陪他去滑雪。

石野是北京第二十八中学毕业的，青少年生活基本是在紫禁城、中南海和长安街之间度过的。上中学的时候，石野还是他们校排球队队员，他和张成都有共同的爱好就是体育。石野身上最典型的北京男人特质就是爱玩。

张成在来加拿大之前是没滑过雪的。圣诞节的时候，石野拉着张成去sports expert（加拿大最大的体育用品连锁商店）买了一套滑雪用具。

滑雪分为两种，一种就是大家常见的Ski（双板），另外一种就是在年轻人中刚刚兴起的snowboard（单板）。石野这么爱玩的人当然会选择玩单板，所以张成也跟着玩起了单板。

蒙特利尔周边有很多滑雪场，离市区最近的是15号公路往北开车40分钟就到达的St Suvaur滑雪场，最有名气的是北美东部最高的滑雪场Mont Tremblant。但张成喜欢的滑雪场是蒙特利尔沿10号公路往南开车一个半小时的Bromont滑雪场。喜欢它的原因就是它的滑道规划得非常好,每个滑雪场都会按照滑道的难度分为绿道、蓝道和黑道。St Suvaur的山太低,Mont Tremblant的绿道太无趣,只有Bromont的绿道趣味性很强。张成第一次去的时候先在练习区学会了单板的"枫叶飘",然后上小山飘了几次,在石野的怂恿下居然不知死活地坐缆车上了大山。上了大山就必须滑下来,不是你把单板拆下来就能走下来的,因为脚上穿的靴子很大很重,是固定在单板上的,根本就无法走路。

二人一起试了试黑道,张成可以走S下去,但是遇到特别陡的一段,他会减速停下来,然后小心翼翼地走"枫叶飘"下去。但每到此时,石野都是嗖的一声飞下去,于是张成想胆子应该大一点儿,不想总让石野超他那么远。

当二人再次滑下那个大陡坡的时候,张成没有减速直接冲了下去,速度快得难以想象。张成的第一反应不是减速,而是感觉好爽。这时他应该做一个左转S的动作,以避免撞向雪道右侧边缘,但是因为速度实在太快了,张成不管怎么用力前压都左转不过来,径直撞向雪道右侧的雪堆。雪堆大概有半米高,呈弧形,张成的雪板前沿儿顺着雪堆的弧线上翻,他就像一颗脱了膛的炮弹一样飞了起来。雪道两侧都是高大的松树林,每棵树之间相隔四五米,张成飞进树林里后发现自己飞过一棵树,两棵树,三棵树,面前突然出现第四棵树。这棵树又粗又高,褐色的树枝上长着深绿色的松针。张成在这0.01秒时想到的是:这回肯定要骨折了。他在空中改变不了自己飞行的方向,但还是顺势做了个转身的动作。只听"咣"的一声,张成的背部、臀、腿、胳膊都撞到了树上,然后垂直地跌落到地上。张成睁开双眼,有些恐慌,摸摸自己身上有没有哪个地方特别痛。树林里的雪很厚,他嵌在里面，挣扎着脱掉滑板，大声呼喊着石野。没有人回应，石野早就滑下山了。张成觉得自己好像没有受重伤，于是抱着雪板从树林里艰难地走了出来。下山后，张成指责石野怂恿他上黑道，然后又抛下飞进树林的他，一个人下了山。石野看张成在气头儿上，也不接话，只是眯着他的小眼睛偷乐。

这次的摔倒让张成第二天在家躺了整整一天，一个星期后，身上的摔伤才痊愈。滑过几次之后，张成虽然不是什么高手，但也属于挺酷那拨儿的选手。

到了4月，按理说张成应该专心学习准备期末考试的。但是石野总是开出一些让张成占小便宜的条件来引诱张成。石野说他租车，张成只要负责自己的门票钱和平摊来回的汽油费就好了。张成最终还是没有抵挡住他的诱惑，陪他去玩了一天。

这学期张成和雪怡相处了些时间，慢慢地对她的性格也有了些了解。她是那种家长眼里的乖乖女，在这边的目的也很明确，就是要认真地完成学业。张成上次的KTV事件让他在留学生圈里声名大噪，但若是论结果的话，终归是败下阵来的一方，所以这次和雪怡的事他没告诉几个人，自己暗中行动，即使失败了也不丢面子。张成知道雪怡每个星期三上午有节课是在离大学主楼最远的一个教学楼上课，已经远到了peel地铁站那边，从那边走回来需要20分钟，所以期末之前的那几节课张成都会到那个楼下等她，和她一起走回来。司徒很奇怪张成的举动，因为大家都会选下午的课，而张成每个星期三中午都出去，这引起了他的好奇。

有一天他问张成："你这么早，穿得这么精神是要干吗去呀？"

"去谈心。"

在和雪怡的多次聊天中，张成发现她基本没有过什么感情经历，即使有也是特别小儿科的连暗恋都谈不上的那种情感。在他俩的多次聊天中，雪怡都表示过自己现在不想找男朋友，而且家人也建议她大学毕业之后再找。可以说人和人是不一样的，男人和女人也不一样，不同地域的人也不一样。张成隐约觉得和雪怡有太多的不一样。雪怡暂时不想找男友，但有时一个人在碰到感情的事的时候往往会多想，他觉得雪怡是不是在考验他，或者是委婉地拒绝他？他拿不准。

张成的性格是不见棺材不落泪，做任何事都是即使成功率不高，甚至可能会有损失，也会去做。有时甚至有些冲动。张成觉得还是应该正式问清楚。于是，他就找了一个月黑风高的夜晚问了雪怡。和预料得差不多，雪怡还是官方答复，她现在不想找男朋友。张成当时并没有很失落，他反问自己："我喜欢她什么？还是仅仅因为寂寞？"自那以后，张成和雪怡成了朋友，偶尔会出来吃个饭。张成对她也再没了男女朋友的想法。雪怡第一次打工赚钱时还请张成吃了顿泰餐。

26

5月,蒙特利尔一下子从冬天跳进了夏天,期末考试后没两天就进入夏季课程。张成冬季学期的成绩还不错,因为只修了3门。像曼丽、鲁西西这样的强人都是修的5门。夏季课程分为两期,每期只有两个月,时间挺紧的。张成准备五六月份学一期,然后七八月份回国休假,并提前订了机票。

冰雪消失得无影无踪之后,张成又开始频繁地去踢足球了。少年时,足球就是张成的生命。从小学到初中再到高中,在每个班级,他都是足球队长,创造过初中10场全胜的神话,也有过在高中联赛战中因为他的点球未罚进而使得球队惨遭首轮淘汰的残酷往事。踢野球的孩子都知道,球场中打架是常有的事。张成曾经因为动作大把别人踢伤,踢碎过别人的眼镜,自己也吃过亏,因为口角,被练铅球的人一拳打到胸口,在家躺了三天。好多做人的道理,张成是在球场上领悟到的。张成少年时的梦想就是有一天可以在草坪上穿着皮足踢球,国内以前都是穿大博文、双星踢球,张成想像专业运动员一样拥有一双专业的皮足。这个梦想在来到加拿大后就实现了。张成很激动,但问题也随之而来。国内是人多，足球场少。但是加拿大正好相反，哪里都有很好的草坪，可是踢球的人太少啦，总是找不到人。慢慢地，足球不再是他生命中的必需品。他有一种武林高手长期不练功而武功尽废的失落感。

张成后来在网上发现有一支蒙特利尔东北虎队，于是便加入他们的训练。球队是由新移民和留学生组成的。新移民不是在餐馆里打工就是在家具厂打工。而留学生以来自大连为主，也有少量学生来自北京、天津、哈尔滨，有4个大连的球员踢得挺棒的，但张成发现他们这个小帮派不太爱传球给他，到了正式比赛，也总让张成打中后卫这样的位置，所以他也不太开心。有一次虎队和NDG区的一支黑人社区球队打比赛，这些黑人在身体、技术和速度上都完全占优势，虎队很努力地打了90分钟，把比分控制在0∶4，其实按实力和配合，至少应该输6个球。唯一让人欣慰的就是张成负责盯防的对方主力前锋在这场比赛中并没有进球。他在被换下场时还拍拍张成，表示敬意。

因为在这支球队并不开心，张成慢慢地淡出了球队，他后来开始和一帮餐馆打工的朋友在每个周三的晚上11点到市中心西边Lachine区的室内收费足球场踢球，每人10加元踢一晚。Lachine法语的意思是中国。为什么这个区叫中国呢？几个世纪前，法国人第一次驾船来到这里时以为来到了中国，于是给这里起了个名字叫中国。球队经常和另一支广东大叔球队一起踢，这帮大叔都是早年就移民到蒙特利尔的，大部分都是一代移民，主要做厨师的工作，也有超市搬运工和唐人街的理发师。这帮大叔虽然速度不行，但是个个身体强壮，下脚很黑，所以不能总在他们面前带球过人，把他们过急啦，他们真的踢人。张成比较聪明，躲闪比较及时。有些年轻的朋友真的会被踢倒。但大家都是中国人，所以没什么矛盾。

有一次，广东大叔队没来，球队就和6个老外对踢。他们那边有一个意大利胖子很讨厌，一边踢一边骂脏话，很不友好，踢得也很赖。张成挺烦他的，但是他很高，大概有1米9，所以这边也没人招惹他。但踢到下半场的时候，他在张成面前开大脚，张成背对着他往回走，他居然一脚把球踢到张成的头上，张成回头看他一眼，他一点儿也没有要说sorry的意思。张成想，这是欺负到我头上了，自己要是一声不吭，岂不是回到了东亚病夫的时代。张成转身迅速向他走过去并说道："你他妈干吗呢？"

胖子看着张成说道："你想打架吗？"

张成紧盯着胖子的眼睛，觉得他不像他的身高那样牛掰，说道："谁怕谁？"

其实张成并不想动手，因为肯定不是对手，他是过去做个姿态。张成做出上身前倾的动作，胖子马上双手按住他的胳膊。这家伙力气可真大，张成真的挣不开他。但是张成心里一喜，既然他没有直接给自己一拳，就说明他只是纸老虎，张成可以肆意用语言羞辱他啦。但万万没有想到这时有人在张成后面用双手重重地拍了他的肩膀并按住他。张成的第一反应就是：这下完了，肯定是这胖子的同伙过来帮他了，张成做好了今天要吃亏的心理准备。

张成回头一看，居然是和他一起来踢球的山东小弟。他过来把张成拉了回去，张成心想：你傻呀，我在演戏争面子呢，你拍这么重干吗？吓死我了。但是有了台阶，那我就下吧。张成一边往回走，一边指着那个胖子的鼻子说："你小子，记住我。"

胖子这时看张成走了，也嚣张了起来，说："我记住你了。"

后来散场的时候，球场管理员找到张成问怎么回事。张成把事情经过跟他讲了一遍。他说这个胖子可是在Laval市卖大麻的。这可吓了张成一跳,毒品往往是和帮派、枪支捆绑在一起的。他刚刚还让人家记住他呢。好吧,还是短期不来踢球了,低调一点儿,免得被他报复了。

27

这天在学校上完课回家，张成一进门就听见久违的东北口音。司徒听到张成回来的动静，就打开自己的卧室门，出来朝张成说道："张成，给你介绍个东北老乡。"

张成走进卧室，只见司徒的床上坐着个身穿一身黑衣的中年男性，看起来大概30岁。此人一脸福相，皮肤白而健康，圆圆的脸上还泛着两块红晕，如果不听声音真看不出来是东北人。司徒介绍道："这是你们沈阳的Bob。"张成赶快过去和Bob握手。其实Bob并没有那么老。他当时只有24岁，也是留学生，在康大附近的蒙特利尔著名专科学校LaSalle College（拉萨尔学院）读旅游专业。老乡见老乡，尽管没有两眼泪汪汪，但是也聊得很投缘。

之后，一来二去，Bob也成了张成的好朋友。张成还从Bob这得到了一些司徒的八卦，司徒原来在国内有个女朋友，后来司徒出国来蒙特利尔学习，两人还保持着联系，去年夏天司徒放假回国之前，还让Bob陪着他走了好几家future shop，给那个女生买了个笔记本电脑回去。加拿大最大的电子商品连锁商店就是future shop，和美国的

best buy，中国的国美、苏宁是同一类型的电子经销商。张成听到这儿，惊讶地叫道："司徒这么大方呀。"因为司徒平时从来不乱花钱，没有聚会的话也不怎么出去吃。他还不像张成，自己会做饭，所以总是在家煮方便面，再往里放一些上海青，特别省事。平时省吃俭用的他居然舍得给女朋友买笔记本电脑，实在是太让张成大跌眼镜了。张成给女朋友买得最贵的礼物也就是Swatch手表。看来司徒是个性情中人。Bob继续说，司徒满心欢喜地带着笔记本电脑回国和女友见面。但是发现女友在大学里，身边有个特别要好的男生，她女友说那是她的哥哥。两个人没过多久，就分手了。当时司徒很受伤，打电话给Bob说不敢一个人睡觉，于是Bob就让司徒那几天去他家睡觉，深夜里醒来的时候会发现司徒躺在床上默默地流泪。张成惊诧得很，叹息着："还有这事！"

  Bob与张成成为哥们儿之后，他自然每天晚上没事就来张成家玩。

  有一天晚上都10点多了，居然有人敲门。张成去开门，有个男生站在门口哭丧着脸。原来是司徒的朋友三彪子，这是司徒起的外号。三彪子这天在家和他的同居女友Amanda吵了架，Amanda威胁要和他分手。他有些想不开，一边哭一边来找司徒。三彪子和张成年龄相仿，来自大连。司徒和Bob要带三彪子去酒吧喝酒消愁，还问张成要不要一起去。张成最看不上男人为了感情这点破事哭，心里很是瞧不起，没有去。后来Bob给张成讲三彪子那天晚上的状况。三彪子说Amanda是除了他妈最了解他的人，没有Amanda，他就活不下去了。Bob没有客气，直接跟他讲："那你去跳楼吧，我告诉你，你跳下去，明天太阳照常升起！这个世界没有你依然运转，没有人会为你的离去而伤心，除了你父母。"Bob把话说得这么绝，三彪子自然也就没法再闹了。

一般情况下，司徒都是待在自己的屋子里，除了煮方便面的时候，他是不会出来的。但后来张成发现，每次曼丽来的时候，司徒就会缓缓地先把卧室门推开个小缝儿，探出头来，然后再出来打招呼，和曼丽聊天。

自从曼丽和星星那次来家里吃鱼之后，司徒与曼丽、星星也逐渐熟悉了。曼丽在上高中的时候有个爱得死去活来的帅哥男朋友，两人计划着高中毕业后一起来加拿大，过起男耕女织的生活。那男生先于曼丽一年多出国，去了卡尔加里。曼丽在国内上了一年多大学。这男生由于寂寞，又在身边找了个女朋友，曼丽知道后非常伤心，等到签证下来的时候，感情已经不在。所以曼丽在她美国二姨的建议下来了蒙特利尔。相似的感情经历仿佛让司徒和曼丽有了些共鸣，所以两人也有的聊。那时留学生的聊天工具都已经从QQ改成了MSN，因为老外同学都不用QQ，只用MSN。司徒和曼丽两人相互加了MSN，经常在网上聊到深夜。张成上课的时候每天都和曼丽他们混在一起，现在曼丽来家里表面上还是来找张成玩，但两人之间的感觉由于有司徒的存在而起了微妙的变化。这种变化隐约让张成有些害怕。

28

　　加拿大的5月和6月总给人慵懒的感觉，因为大学里多数的本地学生都选择放假回家或者做夏季工作去了，留下来的大多数是选夏季课程的留学生。张成上学期由于那门Business Communication被退了学费，所以这学期重新再修。这回他可打听好了，选的教授可是对中国学生给分很慷慨的。这位白人中年男性教授可能有50岁，头发都白了，西方人比东方人老得快。班级里有三分之一是中国女生，教授很喜欢和中国女生聊天开玩笑，谈笑之间让张成感觉他多少有些在泡妞的意思。教授说他教完这学期就会辞掉在康大的工作去中国南方一所大学教英文。有女生私下里说这个教授是单身，之所以选择去中国教书，是因为没有老婆管他。

　　教授的课程还是非常灵活和轻松的，第一节课就让每一位同学到讲台前介绍自己并说说自己未来10年后会是什么样子，有什么计划。很多同学都讲出了自己的宏伟计划，比如说开公司或者进世界500强的公司工作。张成的发言却非常淳朴，他走到讲台前，来自世界各地的同学都盯着他。

"我来自中国东北地区的一个小城市，城市尽管不大，但是人口和蒙特利尔一样多，有200多万人呢。气候也比较寒冷，和这里差不多。我们省份和朝鲜仅有一江之隔。"说到这时，来自美国的留学生都发出大声的惊叹，因为前一年，小布什刚刚把朝鲜定为邪恶轴心国，对于西方国家来说，朝鲜是个神秘甚至恐怖的地方。所以张成提到朝鲜，多少有点小炫耀的意思。

"10年后我准备找一份好工作，然后和一位美丽的姑娘结婚，买一栋房子，再生3个小孩。"说到这里，台下居然有人给他鼓掌，这是他没有想到的。

时间进入6月，张成家楼下对面图书馆旁边新开了一家奶茶店叫娃娃茶。老板是来自台湾的技术移民。每天都是老板娘在前面收钱，老板在后厨做饭，都是些花枝丸、猪排饭、盐酥鸡之类的台湾小吃。张成和曼丽、星星、陶小凯，还有来自上海的Vincent，每天都会在图书馆学习完后去那里点杯奶茶，然后打牌。司徒不会玩升级，但有时也会下来看他们打牌，聊聊天。他和曼丽见面聊，回了家还要上网聊MSN，两人颇有点相见恨晚的感觉。但张成发现他午夜并不是只和曼丽聊，他居然也和星星聊。这不是一拖二吗？张成心里很生气。不只生司徒的气，也生曼丽的气。张成发现她最近打扮得厉害，妆浓得很。平时她和星星拿张成开玩笑时可以说是无底线，张成有时候和她打闹，甚至把她当男人看。怎么一到司徒面前，她就娇羞起来了呢？说话细声细气的，完全没有了北京女生的爽朗。

张成在图书馆问陶小凯："你说曼丽会不会看上司徒？"

"啊？大姐大看上司徒了？应该不会吧。"

"最近总往我家跑。"

"那不是找你去的吗?"

"有时候吃完饭还给我把碗刷了。"

"那不挺好的?"

"以前她们来我家是吃完就跑了,现在主动干起家务来,不会是做给司徒看的吧?"

"张成,你什么时候变得敏感起来啦,不像你了。"

"我现在也是一头雾水。"

"我觉得你别多想,你那帮东北哥们儿都说曼丽是你媳妇儿,大姐大听了还总乐呵呵的。"

"是呀,你这么说也确实是,我先走了。"

张成走出校门径直走向平时看球的咖啡厅。

他的几个哥们儿已经在咖啡厅里坐着了,光子先跟张成打招呼:"你来啦。"

"今天什么球啊?"张成问。

"一会儿德国对葡萄牙。"石野说,"张成,最近怎么没见你媳妇儿和星星来呢?"

这正问到张成心里了,想着曼丽和星星现在跟司徒眉来眼去的,张成就恼火。

"她们最近忙着考试呢。"

这时Steven笑嘻嘻地来了一句:"媳妇儿不会跟别人跑了吧?"

张成被漫不经心的一句话刺痛到了,便转移话题说:"今天菲戈上吗?"

众人见张成不接话茬,就不追着问了。

张成晚上回家躺着，心里想：再这么下去，曼丽真的跟司徒好了的话，那我在咖啡店里就真的一点儿面子都没了，谁都能说句张成媳妇儿跟人跑了。但是自己真的喜欢曼丽吗？好像之前也没有这种感觉啊。现在竟然有感觉了。是嫉妒吗？是吃醋吗？还有就是司徒到底对曼丽有没有意思，很明显有，但是为什么还要一边跟曼丽聊天，一边又和星星聊天呢。两个都吊着，玩一王二后吗？

天气热了起来，女生穿的衣服也开始少了起来。有一天打牌，曼丽穿的衣服有些低胸，张成和陶小凯都很惊讶，最可笑的是Vincent，打牌的时候坐在曼丽的对面，眼睛都有些发直。那一刻，张成觉得曼丽还是挺有女人味的。

下午，曼丽打电话给张成说想喝粥，让张成给她做粥。张成说："你来吧。"但司徒也在家呢，张成心想：曼丽一来，他会不会就从屋子里出来呢？张成决定等曼丽来了试试。没过一会儿，曼丽就敲响了门。她进来大喊一声："粥呢？"这时司徒的卧室门吱的一声，果然不出张成所料，最讨厌的一幕真的发生了，这时曼丽的声音又娇柔起来："我不知道你也在家呀。"

此时张成已经怒火中烧，他努力平复着自己的心情，反复告诫自己要冷静。张成低声颤抖地说道："我去图书馆看书了，你让司徒给你做粥吧。"然后砰的一声把门关上。

对曼丽的反应如此之剧烈是张成一个月之前万万没有想到的。他一个人从图书馆里走出来后，想找一条熟人很少的街道一个人走走，于是沿着Sherbrook大街一路向东往麦吉尔大学的方向走去。自己2002年9月份来蒙特利尔，没多久就认识了曼丽，俩人由最早的室友发展到朋友，再到亲密无间的兄弟，一路走来也有一年半了。通过曼丽，张成认识了那么多朋友，也从她这里得到了许多学习上的方法和建议，他们各自感情上的事也是无所不聊。可以说，在异国他乡，两个人都占据着彼此生活中很大的空间。从认识到上个月，张成从来都没有想过要和曼丽成为男女朋友，哪怕张成东北和北京的朋友圈里一直有人说他俩是一对儿，张成都是否认，并透露出一种他根本就没看上曼丽的态度。曼丽也是如此，她对张成的评价就是好兄弟，这是实话，曼丽是真的对张成没感觉。但现在的问题是，张成突然不想失去曼丽，他甚至不敢想曼丽如果真的和司徒走到一块儿会是什么样子。如果她和司徒在卧室里单独相处，万一更进一步……

"不行！"张成居然大声喊了出来，从他身边骑车而过的老外被吓了一大跳。张成马上控制住自己不再这样想下去。他得有所行动，张成必须告诉曼丽自己喜欢上了她，他得争取，要是曼丽选择跟司徒在一起，一帮朋友得笑话死他，以后还怎么出来混。张成坚定自己的决心："这是我的斯大林格勒保卫战，这一战，我必须取胜，因为曼丽本来就是我的！"

张成走到麦吉尔大学门口，转身回家。到家已经晚上7点多了，曼丽早已经不在。司徒一个人在屋子里关着灯玩电脑。张成跟他打了招呼后便躺在床上想对策。张成和曼丽每天晚上九十点钟的时候都会打电话瞎聊一会儿。

张成决定今晚摊牌。

晚上9点多，张成拨通了曼丽的电话。

曼丽接通电话后，开口便说："傻子，你下午去哪儿了，电话也不接？"

张成本来已经平复的心情突然又醋意大发："我不是给你和司徒创造一个浪漫的喝粥环境么？"阴阳怪气，连他自己都觉得过头了。

曼丽听他这么直白地把事情挑了出来，马上想往回拉一拉，说：

"哪有,别提了,司徒根本不会做,把锅都烧煳了,我没吃到粥,待一会儿就走了。"

张成听到此话,嘴上虽然不说,心里挺高兴。没有张成,他俩这粥还真没喝成。"哦,这样啊……"张成顿了顿,纠结着要不要现在就和曼丽表白,这时候的沉默令两个人都很尴尬,恨不得马上就找个话题岔开。但是他俩毕竟太熟悉了,一个动作,或者一句话,都会让对方感觉出来是故意为之。

挺了半天,张成还是先开了口:"曼丽,你知道我为什么出去吗?"

曼丽一开始并没有接话,过了几秒后,故作大大咧咧的语气说道:"你不说你出去逛了吗?"

这时候,张成心脏难受得好像绞在了一起,已经喘不过气。他想说,但是说不出口,简直快要窒息。

"我,我……我喜欢你!"他终于说出来了。

二人再次陷入沉寂,房间里能听见的只有空调声和外面楼下阿拉伯人的谈笑声。不知多久,电话那边传来曼丽的抽泣声。"你如果这样,我们以后注定做不了好朋友的。你懂吗?"

张成加强了语气说:"我不管,你不知道我最近有多难受吗?"

"我真的不想失去你这个兄弟。"

两人谁也不知道这个电话应该什么时候挂断,但是谁也再说不出什么。

整个晚上,张成就在家躺着,什么都没做,一直躺着……

29

曼丽出生在一个非常幸福的家庭,妈妈是北京人,爸爸是上海人。全家住在北京。她妈妈有四个妹妹,五朵金花。由于家中无兄弟,所以曼丽的姨妈们的性格都很坚毅,其中,她二姨和四姨早年都去了美国。曼丽最佩服的就是她二姨了。二姨在上世纪80年代怀揣一点儿美金就敢独自来到美国闯荡,没过多久就凭借自身的努力进入摩托罗拉公司工作,由于在美国精英云集的摩托罗拉公司里表现出色,又被公司派到哈佛大学进修。有了哈佛大学学习的经历,二姨在公司更是平步青云,几年就做到了公司的高层。曼丽来蒙特利尔学习就是因为摩托罗拉蒙特利尔分公司的一个华裔经理当年升职时得到过二姨的帮助,他可以在这里照应曼丽。曼丽自从和她高中时的男友分手后就没有再找过正式的男朋友。用情至深的人,在受过刻骨铭心的伤害后,需要一段很长的时间忘记伤痛,也不敢轻易投入新的感情。而且作为大学生,一个人,往往有更多的时间和精力学习。

司徒也是一样,把主要的精力放在了学业上,他没有接触过北京女生。北京女生的性格和江南一带的女生还是有很大区别的。江南一带的女生心思更加细腻，所以表达不会很直接，往往内心的活动非常剧烈，所以江南一带的恋情往往是互相猜。尽管猜有很大的游戏性，需要强大的情商支持，但是猜多了也很累的。北京女生的直爽和幽默则是江南女生少有的，也许这就是曼丽吸引司徒的地方。但让张成困惑的是，司徒明明知道他和曼丽的关系不寻常，为什么还要介入呢？他真的喜欢曼丽吗？他不知道这样做会让张成很难受吗？张成认为他一定是知道的，只是他除了和曼丽聊天之外，没有做其他事，张成也没有办法在这件事上和他沟通。因为张成知道，只要他提出问题，司徒只需回答一句"我和曼丽只是朋友啊"就可以堵住张成的嘴。

要找出答案，就必须观察。张成决定，以后只要出现他、曼丽和司徒三个人在一起的情况，他就找个借口离开，给他俩创造单独相处的机会，看看司徒对曼丽到底是什么意思，是喜欢，还是玩暧昧。与此同时，张成也不能没有动作。

张成没事的时候就去曼丽家找她玩。曼丽和星星并不住在学校附近，她俩选择住在皇家山北侧下去之后的 Queen Mary 和 Cote des Neige 交界的那座公寓。她俩一年多前搬到这儿的理由也非常荒诞，当时的商学院入学的还有几个哥伦比亚留学生，其中有一对双胞胎兄弟很高很帅，曼丽和星星在图书馆里和他们聊过几句，发现这兄弟俩住在 Cote des Neige 上的公寓里，所以她俩也跟了来，想没事创造个邂逅。但是巨大的文化差异外加那两个兄弟非常腼腆，使他们和曼丽、星星之间没有什么共同话题，渐渐地也就成为路人。

当然，在这件事上，张成也有过添油加醋的评论。张成一年前就对她俩说："哥伦比亚有钱人不做别的，都是毒枭，你俩如果嫁到他们哥伦比亚可要小心有去无回呀。"张成随意一说，可能给她俩造成了心理负担，毕竟女生在国外，安全永远是第一位的，张成说的尽管是玩笑，也肯定在她们心里起了作用。

张成搭上165路公交车，上一次坐这路车还是半年前去打工。他打开车窗，6月的微风吹在脸上很舒服。公交车路过皇家山后，车右侧是蒙特利尔公墓群，这里的公墓并没有电影里那样阴森恐怖，环境非常好，草坪打理得也非常整齐，想必"住"在这儿的价格也不菲。

没一会儿，他就到了曼丽家楼门口。既然已经表了白，那关系也不像以前好朋友那么简单了，于是张成决定先到对面的Pharmaprix给曼丽买盒巧克力再去敲门。Pharmaprix是魁省的连锁药行，也卖化妆品和食品，很多女生都在这家药行买化妆品，因为有积分卡，质量也有保障。

曼丽住在一楼，房间还有个阳台。因为天热，阳台门开着，张成看见她在屋里学习，于是直接把巧克力扔了进去。曼丽听见响声，转身捡起来发现是她喜欢的巧克力，脸上露出惊喜的笑容。

曼丽拿着巧克力走到了阳台边，发现是张成，笑着说："大傻子，你别去前门了，我还得出去给你开门，你就从这里爬进来吧。"

张成脑子一热，还真的一翻身跳了进去。曼丽在家学会计的课程，没空招待张成，他就在旁边玩电脑，待了两个小时，等着和曼丽吃晚饭。曼丽家附近有个北方移民开的餐馆，最早叫双龙，后来换了老板，餐馆改名叫老北京，主要做北方菜和川菜，饭店非常火，最受留学生欢迎的就是大酱骨、东北大拉皮和鱼香肉丝等家常菜，菜量很大，味道非常北方，所以尽管餐馆没有开在蒙特利尔很好的位置，但是很多中国人都会大老远来光顾，甚至还有渥太华和多伦多的游客慕名而来。

张成和曼丽找了个双人位置坐下，点了两个菜和两碗米饭。尽管张成表白之后，两人见面会有些尴尬，但是已经过了几天，两人之间似乎没什么变化，还是用之前的好朋友相处的方式交流。曼丽先否认自己和司徒之间有那种爱情的感觉，说是张成多想了。张成很质疑她的说法，但是他光听没吱声，曼丽又罗列了自己和张成不合适在一起的理由。首先，她觉得跟张成做好兄弟挺好的，两人都很讲义气，作为朋友相处真的很不错；其次，张成确实不是她喜欢的类型；第三，之前的KTV事件和雪怡的事，曼丽全知道，张成追前两个女生没成功，转了一圈回来找她，她觉得自己在朋友面前会没面子。张成想了想，她说得也有道理，尤其是第三点，很有说服力，毕竟张成自己就是特好面子的人，他知道这种感受。所以他没表示什么，只顾埋头吃饭。

和曼丽好好沟通之后，他至少知道曼丽是怎么想的，所以心情已经平静了许多。下一步就是要了解一下司徒的真实想法。

张成慢慢地发现，司徒其实并不是特别想和曼丽在一起，因为他同时也在和星星聊MSN，他网上聊天的技术很高明，很懂女生的想法，也会制造些小浪漫。比如曼丽和他聊之前的感情经历的时候用过《断点》里的歌词，他某天就会把《断点》链接发给曼丽，制造一种心有灵犀的感觉。司徒还有另外一招儿：欲擒故纵，就是跟曼丽连续聊三个晚上，每晚都聊得火热，然后第四天忽然消失，让女生在预留出的聊天时段找不到他，这一张一弛，把女生折磨得乱了阵脚。张成不得不感叹他把网聊练得炉火纯青。张成不太懂女人的心思，所以在司徒面前毫无优势。不过张成也因此觉得司徒是个"海王"，只是广撒网捞鱼，并不是真的喜欢曼丽。但是张成并没有把他从情敌的名单中移除，而是一直对他比较"仇视"，而且他也看不惯"海王"的行为，一直想找机会教训教训他。

机会来了！

有一天，陶小凯召集大家打台球，张成、司徒、曼丽、星星、Vincent都去了，张成高中时经常玩台球，所以打北美这种9球桌，简直易如反掌。他们几个南方人上高中时都在认真学习，不会去台球室这种有社会小青年出没的地方，所以技术还处于摆姿势的阶段。张成没出手，先在旁边看着，分析大家的水平高低。司徒先把陶小凯和Vincent打败，并不是他水平很高，而是陶小凯和Vincent的球技实在是太烂了。司徒连胜，自然在曼丽和星星面前表现得很cool。

轮到张成上场，曼丽在场，张成自然不会手下留情，没几分钟就把司徒打得落花流水。陶小凯更是给力，在一旁连连叫好，大呼："这也太强了，完全不是一个级别的选手啊！"

张成的小眼睛偷偷瞄了瞄司徒，发现他得意的表情已经荡然无存，用一个词形容他此刻的心情，那就是颜面扫地。曼丽在一旁注视到了这一切。

Vincent看气氛不对，提议大家周六一起去游乐场玩。

蒙特利尔La Ronde游乐场，是魁北克最大的游乐场，也是加拿大第二大的游乐场。游乐场原本是蒙特利尔1967年世博会的一个展区，后来改建为游乐场，成为蒙特利尔夏季最繁忙的娱乐场所之一，也是蒙特利尔国际烟花节的举办场地。

星期六天气很好，阳光明媚，一行六人坐地铁来到La Ronde游乐园，门票30加元一张。进入游乐园之后，大家先玩了会儿旋转木马，然后被一个投篮赢礼物的项目吸引住了。礼物都是些毛绒玩具，投篮可以投5次，只要进4个就能拿到一个1米多高的毛绒海豚，张成二话没说，上去先投进了3个球，大伙儿直呼厉害，司徒投进了最后一个，赢得了海豚。玩具当然要给女生，曼丽和星星都很想要。星星抢先从司徒手中拿到了海豚，表示出很喜欢的样子。谁也没想到，曼丽不开心了。她觉得张成投进了3个球，玩具给谁应该听张成的意见，凭什么星星理所应当觉得海豚归她。曼丽不玩了，要回家。张成他们四个男生都还没搞懂是怎么回事，互相看着对方。

曼丽看到几个人在发愣，表情严肃地又说了一遍："你们玩吧，我回家了！"

陶小凯反应快，他意识到了问题所在，嬉皮笑脸地说："大姐大，你回去干吗呀，别回去啦。"

曼丽可不管那么多，扔下一句"我走了"，转身头也不回地走了。大家都愣在原地，脚好像粘在地上一样。司徒和Vincent面面相觑，一句话也说不出来。

张成追上去，拉住曼丽，问道："怎么啦？"能看出来，曼丽是真的生气了，说话的声音都有些颤抖。曼丽和星星都做室友一年多了，平时生活上肯定也有些小矛盾，要不然肯定不会仅仅为了一个玩具闹成这样。张成心里大概明白了，跟她说："别走了，我陪你。"

张成转身回去对其余4个说道："我去陪曼丽了，你们玩吧，没事。"就这样，张成陪曼丽玩了一整天。

那天晚上，曼丽和张成一起躺在床上，曼丽跟张成说了心里话："张成，不管我是对是错，你总会站在我这一边。我很感动。"曼丽贴了过来，张成的心一下子提到了嗓子眼，他还没有反应过来，曼丽的嘴唇就贴在了自己的嘴唇上。张成一下子沦陷了，和曼丽拥吻在一起。张成就这样把自己的第一次交给了曼丽。

两人发生关系后，张成不确定曼丽是一时兴起，还是确定要做她的女朋友，两个人既然已经有了实质的情感，他也不好直接在口头上直白地询问。但不管怎么样，他觉得不管曼丽的想法是什么，他从现在开始就要拿曼丽当女友对待。

快6月末了，距离张成回国还有一周的时间。张成和曼丽约着一起去渥太华玩。渥太华离蒙特利尔只有两个小时的车程。每年的5月初，渥太华都会举办郁金香花展，郁金香是荷兰王室送的，为了感谢加拿大在二战时期对荷兰的帮助。很多在蒙特利尔生活的中国人都会参加旅行社的渥太华一日游，每人大概二三十元钱，很便宜。张成和曼丽就是报的这种一日游旅行团，但是两人准备在渥太华住两天。

渥太华虽然是加拿大的首都，但是城市很小，面积还没有北京二环大呢，居民有60万人口，多数是政府公务员。张成俩人先跟着导游到国会山庄转了转，然后去不远处的加拿大国家造币厂参观了一下，然后就脱团了。他俩到国会山庄对面的旅游服务中心拿了份导游手册，手册上按照价格和服务把酒店分了档，他们找到一家老式酒店住下，房价是每日110加元。

跟服务员要了两杯橙汁，歇了会儿，俩人就出去转悠了，他们拿着地图溜达着就走到了渥太华的商业中心。这座城市太小了，去哪里走路就行，别说开车，骑自行车都没必要。俩人惊喜地发现渥太华市中心有一家肯德基。肯德基虽然遍布中国的大街小巷，但在加拿大并不是很多，特别是蒙特利尔，市中心根本就没有，离市中心最近的一家远在橙线地铁站Vendome，所以他们在蒙城很少吃肯德基。张成和曼丽像遇见亲人一样冲进肯德基，啃了几大块炸鸡，之后去一家酒吧看欧洲杯，那天的比赛中，C罗是第一次代表葡萄牙国家队登场，还被队长费戈训斥了一番。

第二天早上，俩人在酒店地下一层的餐厅吃早餐，张成点的是两个煎蛋加香肠，曼丽则点了个奥姆雷特，张成当时就晕了，什么是奥姆雷特啊，觉得北京女生真是见多识广。上了菜他才发现，奥姆雷特就是一种西式混合鸡蛋饼。名字倒是起得挺唬人的。

俩人今天没有具体的游玩目标，就在大街上闲逛，看到渥太华大学后便进去看了看。渥太华大学的学生可比康大的斯文多了，脸上都透露着一股书卷气。第三天上午，俩人坐灰狗大巴回蒙城，华人一般都会选择拼车往返于两个城市，比较经济，但是坐灰狗大巴的好处是可以在更高的水平线看沿途的风景。曼丽倒睡了一路，哈喇子流了张成一肩膀。

张成回家后，司徒从卧室里出来问张成去哪儿了，他说再没有张成消息就准备报警说他失踪了。张成平静地回复他："我和曼丽去渥太华了。"司徒的面色有些难看，他确定张成和曼丽已经在一起了。

30

张成按照原定计划回国了,爸爸妈妈手捧着鲜花在首都机场等待他。

北京依旧是车水马龙,人们忙碌着工作和生活,从一种生活状态突然转变到截然不同的另一种状态,真的很难适应。

张成在北京先待了一个星期,发现2004年的北京有变化了,出租车大多换成了北京现代,颜色也有变化,以前那种红色的出租车已经退场,面的更是消失得无影无踪。一家三口去北京西边的十渡玩了半天,张成以前没去过十渡,但是却感觉眼熟,后来听别人说才知道很多古装电视剧都是在那里取的景。回市区后,他们在燕莎下面的韩式餐厅吃了顿烧烤,也没吃几盘肉,买单时却要500元,太贵了。东北的朝鲜族人和韩国人很多,所以韩式烧烤遍布大街小巷,这顿晚饭放在东北,100块钱就能下来,大都市的消费水平就是不一样。

第二天一早,一家三口就开车上了京沈高速,回东北老家。7月,高速两边都是绿油油的稻田。过了北戴河后,就是葫芦岛市,三人在服务区停车吃午饭。爸爸点了道东北特色菜地三鲜。地三鲜就是把土豆和茄子切块放到油锅里炸,然后和青椒肉片一起放到锅里大火爆炒,三种蔬菜混合在一起炒,会产生奇妙的化学反应,发出大自然赐予的香味,再配上一碗东北大米饭,味道比海鲜都棒。周围的食客都操着浓重的东北口音,张成听他们说话的感受就是两个字——过瘾。

傍晚时分,三人终于到家了。张成把大行李搬上楼,姥姥开门迎接他:"哎呀呀,我的小外孙子,你终于回来了呀!"张成每次坐飞机的时候,姥姥总会担心得睡不好觉,直到飞机落地,张成打来电话,她才放心。张成抱着姥姥的脸用力亲了几下。

姥姥是黑龙江人,出生于1929年,是一个大户人家的小女儿,上过伪满的学校,是个有文化的人。战争期间加入了共产党,再后来快解放的时候,组织安排姥姥嫁给比她大20岁的姥爷。姥爷家住在陕北黄河边上的张家仡佬村,姥爷小时候每天就在黄河边放羊,后来红军在这一带活动,姥爷扔下羊,加入了红军,后来参加了抗日战争、解放战争和朝鲜战争。姥爷参加朝鲜战争的时候是作为先遣部队进入朝鲜的。姥姥给张成讲,他们被美军的轰炸机反复轰炸。有一次姥爷在棚子里喝白酒,美军一架轰炸机低空飞行轰炸扫射,大家就地隐蔽。两位战友看姥爷还在喝酒不隐蔽,就喊:"老张,敌机来了!"姥爷用陕北口音回答道:"怕什么怕,没喝完呢!"姥爷后来是被小兵硬拉走的,没走十多米,小棚就被炸毁了,姥爷险些牺牲在朝鲜,多亏了姥爷的战友,要不然现在也没张成了。小时候张成跟姥姥索要姥爷的朝鲜战争军功章,后来被他给玩丢了。可惜的是,1982年姥爷就去世了,张成还没出生。姥姥独自生活了26年。姥姥年轻的时候很漂亮,是市政府幼儿园的园长,冬天的时候穿着件苏制呢子大衣,回头率很高。再说到爷爷,由于爷爷是林业部的干部,1978年退休时,国家安排爷爷奶奶回北京定居,所以张成小时候只有过年和暑假的时候会去北京,剩下的时间都是姥姥管着他,张成从小是姥姥带大的,出国后,他最舍不得的也是姥姥。姥姥对张成的爱永远都是用一种方式表达,就是给他做大块儿的蒸肉,从小做到大。这种味道是独一无二的,即使是相同的原料,相同的做法,但是换别人做,也不会是那个味道。

  张成以前对爱情的话题不感兴趣,但是现在有女朋友了,他竟然也对姥姥的感情问题比较好奇。他问姥姥,您的婚姻是组织上安排的,那您有过爱情吗?姥姥说那个时候很多人都要听组织安排的。这样也说不上好或者不好,虽然没有现代人自由,但那时候几乎很少有离婚的。再反观当下,尽管大家都是自由恋爱了,但是离婚率却持续走高。特别是北上广这样的大城市,离婚率居高不下,爱情真是太脆弱了。

  在北京的7天,由于不方便,张成没和曼丽通话。回东北后,张成和她打了几个电话,曼丽总是在强调她并不喜欢张成,就是因为怕以后做不了朋友才和他在一起的。张成非常不喜欢她的表述,仿佛是她在施舍自己,张成要是一不小心做错了什么,感觉她就要随时与张成分手。张成有时都害怕曼丽打电话过来,怕听到分手的消息。

  沈阳的表哥来看张成,张成把心里的苦水一股脑儿倒给他听。表哥比他大10岁,刚刚结婚,在感情方面比张成有经验多了,他说道:"你现在就是被人家在心理上给拿捏住了。如果这样下去,你到后面就傻眼了。不如你和她提出分手。"

  "我和她刚刚在一起,我可是经历了千辛万苦啊!不行!"

  "你放心,你照我说的做,一定没事的。"

  旁观者清,表哥说得应该没有错。于是张成准备按照他说的做。晚上曼丽打电话来,又对张成发火,然后把不喜欢他的话说了一遍。

张成咬紧了牙，直接讲道："不喜欢就别强求，那就分手吧！"张成话刚出口，就后悔了，但是覆水难收。

没想到曼丽毫不在意，她不假思索地说道："你说的啊，你别后悔！"气焰非常嚣张。

张成本来有点想改口认输，但是听到她这样带有威胁的口吻，一时怒火中烧，但他努力控制自己的情绪，显得很平静地说："不后悔，没什么可说的了。挂了吧。"

两人又陷入了沉默。张成觉得真的找不出话题了，挂断了电话。张成看看钟，已经是午夜了。他躺在床上翻来覆去地睡不着觉，觉得自己这两个月做的一切都白费了，付出了那么多感情就得到这样的结果。还没好两天就结束了，真的很可惜。张成心里有些埋怨表哥，要不是他怂恿张成分手，就不会是现在这种处境了。张成觉得表哥说得一点儿不准，以后再也不听他的了。

早晨5点，天已经亮了。张成一夜没睡着觉，家里的人也都还没醒，他拿了车钥匙开车去了沈阳，大街上几乎没什么车，只有环卫工人在工作。6点左右，张成到达沈阳的三好街，蒙城的朋友阿洋也回国度假，昨天打电话约张成今天早上出来吃早餐，然后一起去三好街买些电影碟。

手机响了，张成一看是加拿大的号码，于是接通，原来是Vincent。

Vincent操着很浓重的上海味普通话问张成："我跟侬讲哦，曼丽下午在图书馆哭得很伤心的呀，你们怎么啦？"

"真的假的？"在张成的思维里，两人能在一起，一直都是张成一个人在努力，曼丽根本就不怎么在乎他的感受，而且在电话里，她的语气就是分不分手她毫不在乎。怎么可能还哭了呢？不过，Vincent真的是个心肠好的人，他看曼丽哭得伤心，所以觉得张成和曼丽之间肯定有些误会，所以想调解一下。一般人是不会管这闲事的，况且他和张成又不是很熟悉，他也不怕张成嫌他多管闲事。

Vincent依然坚持说："曼丽真的哭得很伤心，我觉得她很在乎你。"

他的前半句，张成觉得还有符合逻辑的地方，后半句，张成则非常质疑真实性，他感觉Vincent是有点傻的那种好心人，自己编造些东西来缓和自己和曼丽的关系，于是张成对Vincent说："那你就跟她说，让她打个电话给我道歉。"

Vincent犹豫了一会儿，但还是答应了张成的要求。其实张成心里还是挺忐忑的，曼丽如果听到他这样讲，肯定会大骂他自不量力。

过了大概40分钟，电话铃声响了，电话那头是曼丽的声音："对不起，之前是我对你不好。"

张成简直不敢相信自己的耳朵，同时心里狂喜，本来以为他俩的关系真的结束了，没想到峰回路转，柳暗花明了。张成是个心软的人，曼丽已经做出了让步，自己就别端着了，于是就说当昨天的事没发生过，还是男女朋友。挂了电话后，张成觉得心情很舒畅，憋在心里两个多月的一口气终于吐了出来，同时也感叹表哥：姜还是老的辣。

31

两个月的时间过得很快,在家待的时间长了反倒想回蒙特利尔了。

张成自作主张地染了个黄头发,回家之后被爸爸找到厨房谈话,爸爸要求他把头发染回黑色。张成罗列了一大串染头发的理由,并讽刺爸爸老套,不懂什么叫潮流。并说染黑不可能,如果非逼他,他就剃光。张爸工作很忙,也没太多时间教育他,只好睁一只眼闭一只眼。他倒是在2004年暑假张成坐飞机回加拿大之前,去新华书店给张成买了两本书,一本是《道德经》,另一本是《孙子兵法》。

张成和曼丽没再吵架,但交流也越来越少,好几天才打一个电话。8月末,张成和爸妈一起开车去了北京,在北京待三天再飞回加拿大,这次他有个重要的任务。爸爸有个好朋友的女儿晴晴办了留学,也要去蒙特利尔。张成得带着她一起去,并打理好她在那儿的生活。

次日,晴晴和她父母还有表哥开着两辆车来了北京。晴晴出国对她们家来说也是一件大事,如果不是张成先去了蒙城,晴晴父母也不敢让他们的宝贝女儿独自出国。饭桌上，长辈轮流讲话，主要就是两个中心思想，第一就是祝晴晴在加拿大早日考进大学，二是，张成一定得照顾好她，如果她有什么闪失，拿张成是问。

又到了首都机场离别的日子，这次主角可不是张成，晴晴和她妈妈在机场里那叫一个难舍难分，两个人哭了一轮又一轮，高潮迭起。张成看到这景象其实已经有些麻木，因为这样的场景每天都在首都机场反复上演。倒是张爸饶有兴致地给晴晴和她父母抓拍着照片，一会儿正面拍，一会儿侧面拍，恨不得把这母女分离的一幕拍成电影。

经过24小时的折腾，二人终于到达蒙特利尔，石野和他的新朋友老王开车去机场接了张成和晴晴。

到家是上午，张成也不困，就先带她去TD银行开了户，顺便帮她开了个保险箱，以便她以后存放护照。两人刚走到家，晴晴发现银行经理给她的保险箱钥匙不见了，于是二人回银行看看钥匙有没有落在那儿，结果没有。客户经理Lisa也很无语，说这是她在银行工作20多年第一次遇到这种情况。张成回家后随口说了句"我真是服了你了"，晴晴便哭了起来。她一个刚高中毕业从来没离开过父母的小女生来到一个如此陌生的环境，本来就够紧张的了，而且小女生本来就敏感，张成无心的一句话，可能真的会刺激到她。张成心里想，照顾人这活儿还真不好干啊。

回来之前张成就想好了，就跟朋友们说晴晴是他的表妹，这样朋友们也能帮他照料着她点儿。很多朋友知道张成表妹来了，都纷纷表示要请吃饭请喝咖啡，他们主要是想看看热闹。更有好事者说张成表妹长得美若天仙，引得一帮单身男生要见真人。

陶小凯把张成表妹来蒙城的事告诉了鲁西西，因为鲁西西原来的室友回国不来了，她找到张成，问张成表妹要不要住她那儿，每月租金总共800加元，晴晴只需要交300就行。张成心想太好了，鲁西西学习超好，晴晴和她住一起一定能得到不少帮助，于是便欣然接受了鲁西西的邀请，帮晴晴把行李搬到西西家。

安顿晴晴以及开各种账户的事忙了3天，张成自己也马上要开学了。司徒把这两个月的信件都交给了他。张成从中发现一封学校发来的挂号信，打开一看居然是表扬信，去年他的平均成绩在B以上，学校发信表扬一下。

张成回来好几天，还没和曼丽见面呢，俩人约好去绿房子吃台湾小吃。绿房子是康大附近St-Catherine大街上的一个综合广场，二楼有很多快餐店。宝岛台湾就是其中一家。老板是个矮胖的高雄人，在台湾的时候就是做小吃的，后来去阿根廷开饭店赔了钱，全家又移民到了蒙特利尔，开了这家快餐店。在蒙城生活过的华人大多都不会忘记他们家的肉臊饭和排骨饭。

因为分开了两个月，两个人心理上都有了些变化。今天见面，曼丽本来是准备和张成说分手的。但聊天中她发现张成的心态已经平和了许多，而且他的头发换了颜色，皮肤晒得黝黑，整个人显得精神并且健康，所以她聊着聊着仿佛发现了一个全新的张成，于是当场改变了主意，决定继续和他在一起。

32

算下来，张成来加拿大已经两年了，身边的朋友也都有些变化了。Jason已经在市中心的一家中餐馆做了一年多的服务员，这家中餐馆尽管很小，但是在蒙特利尔华人圈可是鼎鼎大名，叫师傅面。老板自己就是主厨，外号叫小胡子，来自广东台山。台山是隶属于广东省江门市的一个县级市，别看它在国内没有什么名气，但是在海外可是无人不知，无人不晓，因为台山市总人口虽然只有93万，但是旅居海外的台山人有130多万，而且大部分都是厨师。所以台山有中国第一侨乡之称。

小胡子带着他老婆和女儿移民到蒙城，在2003年春天开了这家小餐馆。师傅面的成功主要有两个原因，一是口味，二是价格。小胡子对传统粤菜进行了改良，所以口味和一般粤菜馆有所不同。他加入了一些川菜的做法。比如说店内的几道招牌菜，牛腩煲他会另送一份由广东酱油和四川小辣椒勾兑的酱。油淋鸡可以说是被点频率最高的一道菜，就是将炸好的鸡腿鸡排淋上酱汁，酱汁里包含了甜酸咸辣4种味道。这家店还有香辣猪口条，这样的菜是很少出现在粤菜馆里的，但是非常受北方人欢迎。2003年到2006年，这家餐馆每道菜的价格是8加元，而且每道菜送一碗米饭（其他餐馆米饭都收费），所以餐馆很快就在留学生和移民聚集的市中心地段赚得了很高的人气。Jason是当时店里唯一一个服务员，尽管工资不高，但是赚了很多小费。很可惜的是，他在大学上了一学期之后，就不再上课了，把时间放在了打工上。他结识了一帮黑龙江人，这几个人住在一套公寓里，白天睡觉，晚上喝酒，周末去唱歌。几个人很少有去上学的，据说想要进他家门，先得喝一瓶啤酒。几个人的代号也以酒量多少相称，比如说张七瓶、李十瓶什么的。Jason的穿着也有了变化，不再是最初认识时的书生打扮，全身都是年轻人中比较流行的Diesel Energie等品牌，而且价格不菲。

Steven在经历过赌博风波之后安稳了许多，在唐人街的著名饭店红宝石打工，赚了些钱，但他也开始思考着自己今后的生活，有了回国的打算。

石野跟着老王做起了生意，不过可不是什么正经生意。随着留学生大量来到蒙城，续签学生签证、办国际驾照等需求大量增加，往后发展，还形成了入学考试枪手，毕业证和大使馆认证造假，甚至是假结婚移民，这些形成了一套完整的产业链。加拿大东部有三座中国人聚集的城市：多伦多、蒙特利尔和渥太华，所以需求很大。这种生意可不是谁都能做，多少得有些社会经验才行。老王是70后，年长几岁，他有多伦多那边的上线资源，但是需要一个在学生圈中吃得开的人做下线，石野正好合适，两人一拍即合。当时在蒙城，这个行业做得大的有两个人：一个是大连郭丹，此人在2004年收了上百人的订金和护照后突然消失，一大批人因此而回国，据传她回大连后开了个双语幼儿园，赚了不少钱。另外一个就是老王原来的上线老李，老李是从美国来加拿大的，一开始干托福替考，后来，业务涉及这个行业的每个角落。他在市中心买了套房子和两辆豪车。每天都有小青年去他家打麻将，所以收了几个小弟做下线，俨然有些小帮派的意思了。后来老王和老李因为一个客户的国际驾照的利益起了冲突，老王自己出来单干，这才带着石野。

张成的生活按部就班，报了4门课，平时就上课或者泡图书馆，学完就到咖啡厅和石野、老王聊聊天，侃侃足球。Bob常常来张成家找他和司徒聊天，他告诉张成这个周末Future Shop有活动，张成上网站看了看，有一套杜比5.1的先锋组合音响打了大折扣，于是就和Bob一起去搬了一套回家，花了500加元，这样闲时可以在家听听音乐。

张成和曼丽在一起之后，司徒的荷尔蒙无处释放，于是在张成回国期间找了个女朋友，是和他们住同一层的南京女生高圆圆，她也是商学院的，学金融，以前在电梯碰到时会打个招呼。本来司徒也没打算告诉张成他有女朋友了，因为张成从国内回来之后经常去曼丽家住。有一个周六早上，张成回家给司徒拿了本书，推开司徒的房门，只见高圆圆正躺在司徒的床上，见张成闯入，一下用被子蒙上了脸。张成不知道司徒房里还有别人，也吓了一跳。

"哎呀，不好意思啊。"张成吓得赶紧退出司徒的卧室，并关上了房门。

晴晴在语言学校里认识了一些同学，她好像很受欢迎。张成总听见有朋友对他讲"我看见你妹身边有俩韩国男生"，张成就感觉好像各处都有眼线监视着晴晴的行踪。有一天，晴晴下课从语言学校出来，正赶上张成朋友几个在Second Cup喝咖啡，老王的女朋友大喊一声:"小妹和一个男的在一起!"他们几个人的眼睛一起望向窗外。那个小男生和他们几个对视了一下,默默地走了。过度的关注已经有些影响到晴晴的生活,只是张成并没有认识到这一点。

曼丽的妈妈要从北京来探望曼丽,张成把自己的房间布置了一下,买了地毯、单人沙发和茶几,以防曼丽妈妈来张成家里做客。张成也是这时候才知道,原来孩子在加拿大留学,父母是可以来加拿大探亲的。曼丽为了迎接她妈妈来,搬回了市中心,还自己租了个大一室住。

曼丽的妈妈只在蒙特利尔停留了十天就回国了,张成对她的感觉挺好的,作为曼丽的男友,他觉得自己有必要在她妈妈离开那天送她去机场,所以张成提前一天租了辆车,当天晚上还开车先去探路,免得因为自己对去机场的高速路不熟,导致第二天出现意外情况,耽误她妈妈的行程。先走这一趟还是很有必要的,因为20号公路的机场出口标识并不突出,很容易就开过头。第二天一大早,张成就开车接上她们俩。曼丽妈妈上车前叮嘱张成要慢些开,明显担心他的车技不过关。送走曼丽妈妈后,他俩又恢复了一起去图书馆学习、晚上一起吃饭的生活。

33

晴晴和鲁西西住在一起已经有段时间,一开始相处得还可以。后来俩人闹别扭了,听说晴晴得罪了鲁西西的闺蜜。鲁西西有两个闺蜜经常去她家玩,她们经常讨论一些关于男女关系的话题,晴晴想不听见都难。其中一个闺蜜已经25岁,之前交过几个男朋友,吹嘘自己过往的恋情。晴晴刚刚高中毕业,还很单纯,就说了句:"那您是经验丰富的老女人啊。"尽管这是句玩笑话,但是相信每个女人听到别人这样评论自己都会很生气。

张成得知后,真的是被晴晴的情商气笑了,他觉得有必要找晴晴聊一聊这件事。毕竟在海外生活中,室友关系还是挺重要的,更何况鲁西西不只是她的室友,还是张成的朋友。

他把晴晴叫到了家,告诉她不应该讲这样的话。晴晴可能是自尊心太强,觉得委屈,或者是觉得张成应该站在她这一边,呜呜地哭了起来。她以为她这么一哭,张成能安慰她几句。没想到张成非但没有安慰她,居然还说:"哭哭也好,去去火。"这句话对晴晴稚嫩的心理造成了不小的伤害。

从10月份开始，朋友圈里的生日聚会开始增多。天秤座的有鲁西西、曼丽、李敏，天蝎座的有陶小凯、晴晴、Vincent、老王和张成。寿星生日当天基本上都是请客到唐人街吃一桌，再吃个生日蛋糕，然后去唱歌。由于过生日的人实在太多，张成每周的生活和学习都排得很充实。

还有一个超级爆炸的好消息，光子竟然要结婚了，张成他们一帮人哪怕是收到了光子的结婚请柬，还是不敢相信。光子才23岁，他在唐人街打工认识了个挺漂亮的女孩儿，没想到才过了半年就结婚了。石野则说出了其中的隐情，说光子结婚不仅仅是因为他和他老婆很相爱，他老婆一家人是从广西移民过来的，光子和他老婆结婚后，就可以办移民了，移民每门课的学费只是留学生的四分之一。光子觉得他现在的学费给家里造成很大的负担，所以准备等移民下来了再回大学继续修课。

张成自己家里面最近也有些热闹，由于司徒的女朋友高圆圆是南京人，张成回家的时候总会发现有南京同学在家里做客。而且他发现南京人讲话嗓门一点儿也不比东北人声音小。

有天张成从图书馆出来去咖啡店，前方人群中走来一个高高瘦瘦的中国女生，斜扎着一个马尾，眉眼中散发出一种淡淡的忧伤，张成与她擦肩而过前四目相对，这是张成在蒙特利尔遇见过的最漂亮的中国女生。张成回头看了看这个女生的背影。不只是张成注意到了，身边好多男生都在谈论康大来了位超级美女，但是没人知道她的名字，只知道她是南京人。她的气质该怎么形容呢？用Bob的话来说就是："要是这个女生来演林黛玉，那就绝了。"

又过了几天，张成上完课回家，天空乌云密布，雨还没有下来，他推门进屋，发现地毯上坐着一个女生，竟然就是上次邂逅的那个南京女生。由于外面是阴天，屋里非常昏暗，屋内灯也没开，那个女生坐在地毯上听着张成新买的音响，房间里回荡着莫文蔚的歌声。

"阴天，在不开灯的房间，当所有思绪都一点一点沉淀。爱情究竟是精神鸦片，还是世纪末的无聊消遣……"

张成觉得这个女生能选择这样的方式听音乐，好像很有故事。直觉告诉张成是司徒让这个女生坐在这里听的。

"司徒呢？"

"他去图书馆了。"女生的声音柔弱中带着些紧张。

"那你在这待着吧。"张成转身要出去，因为自己和陌生女生单独待在屋子里并不合适，关门之前张成又问了一句："你叫什么名字？"

"我叫林雨杉。"

"我叫张成。"

张成开学后大部分时间都和曼丽同居在一起，所以很少回家住。但是自己家离大学近，所以有时还是会回家看看。有一天张成没去曼丽家住，在自己家睡，半夜，他又能听到墙壁那边司徒的MSN此起彼伏地在响。很显然，司徒又在和女生深夜聊天了，就像他和张成在争曼丽时那样，而聊天的对象必然包括林雨杉。

林雨杉此时已经有追求者开始行动了。

炎炎也是南京人，是司徒和高圆圆的朋友，他是林雨杉的小学同学，他已经向他们南京圈的朋友们宣布要追他的女神林雨杉，这件事人尽皆知。但是外形上，炎炎差了太多，跟林雨杉完全不搭，所以大家都觉得没戏，完全不看好。林雨杉就略显尴尬了，因为她从来就没想过接受炎炎，所以会故意躲开。而且她也已经加入了南京同学圈，她不太想让炎炎难堪，毕竟和他认识很多年了。司徒明面上答应会帮炎炎追林雨杉，但是林雨杉是天上掉下来的林妹妹，是男生们的话题人物，司徒也有自己的小心思，但是她已经有一个南京女朋友高圆圆了，该怎么办，他还没有想好。

34

很快就迎来了2004年末的圣诞节和2005年的元旦。这学期，张成的成绩还不错，特别是中国学生普遍反映比较有难度的comm217金融财会基础课，张成得了个高于平均成绩的B+，可把张成高兴坏了，说明他在算数方面延续了小学以来的优势。学习和生活一切都走入正轨，他很享受这种有朋友圈和同学圈的生活。

新年伊始，Steven打来电话，说要请张成吃饭，让他带着曼丽一起去。Steven准备买机票回国了。他在中餐馆打工了一年，平时在餐馆里吃饭，住在他表姐家，戒赌之后也没什么花销。身边都是些在餐馆里打工的南方移民。他本来就属于那种混社会的有小聪明的人，这样打工生活下去，其实可以攒一笔钱，然后想想办法，也是可以移民留在加拿大的。但是对于才20出头的年轻人来说，加拿大这种安逸得有些单调的生活与国内相比，还是国内的生活更具吸引力一些。

Steven在Atwater西边的粤菜馆摆了两桌，都是他的朋友，张成带着曼丽和石野坐在一桌。由于Steven天生乐观并具有幽默感，所以一开始的气氛并不像送别会那样低沉，大家还是开着玩笑，气氛比较愉悦。餐馆准备了些红酒，红酒在老外那里是用来品的，但是摆到一群20多岁血气方刚的中国年轻人面前，必然是用来干杯的呀。几杯红酒下肚，气氛一下子活跃起来了，大家开始各抒己见。来自上海的Rey和来自广东的"大佬"讲：Steven这么年轻，的确不应该窝在加拿大的中餐馆里，难道要在餐馆里窝一辈子吗？回国内找份正经工作好好干，只要努力，一定能混出个人样。来自河南的中翰多喝了两杯，提出了相反的意见，Steven家里供他出国念书，他就这么回去了，没带走一片云彩，对得起家人吗？两方针锋相对，再加上酒精的作用，辩得你死我活。张成知道Steven考虑了很长时间并且已经做了决定，便没发表任何意见，而且张成和Steven都是辽宁人，以后还有很多见面的机会。去洗手间的时候，石野搂着张成说："中翰就那样，喝点酒儿就爱闹事。"

说起这个中翰，他的故事更奇葩。他在酒桌上极力挽留Steven留在加拿大，但是他没过多久，他自己也被迫离开了。中翰当时也是留学生圈里的帅哥一枚，半长发，喜欢打篮球，长得和台湾歌手萧敬腾有几分相似。他是那种喜欢出去玩的人，所以比较吸引女生的眼球，但他犯了一个戒，就是撬了一个外号叫"小山东"的女朋友。小山东个子虽小，但是来头可不小。他中学就来加拿大读书了，因为他的监护人是他家的远房亲戚，所以管得不严。在公立高中里的他，因为害怕被别的族裔的同学欺负，加入过帮派。当他得知自己女朋友被中翰抢走之后，就憋了口气，有一次在公寓里和他朋友喝闷酒，越想越气，于是从抽屉里找出了枪，准备教训中翰。他朋友怕他喝过酒后做出过激的举动，最终还是把他拦了下来。但是仇恨已经在他心底埋下了种子，他早晚都要教训一下中翰。

机会终于来了！有一次，中翰去Western Churchill跳舞，他在舞池中如鱼得水般地跳着，并不知道club外已经停下辆黑色林肯大吉普，车上下来4个身体强壮的黑人。在club门口排队等候的年轻人都感觉到这几位来者不善。

走在最前面的一个黑人冲club门口的一样强壮的安保使了个眼色。

安保也认识这几个道上混的，直接让他们进入了夜店。4人进入夜店径直走向舞池中的中翰。两个黑人直接架住中翰的两只胳膊，把中翰拖出了安全出口。中翰这时候已经吓呆了，一句英文也说不出来了。几人上了黑色林肯车，中翰发现在夜间根本看不见黑人的脸。一个黑人给他戴上了头套。他这时候感受到的恐惧是之前20多年都没有经历过的。当他的头套被摘下的时候，自己已经身处一个废旧工厂。估计这是他这辈子度过的最难熬的一个夜晚。具体几个黑人是怎么对待他的、发生了什么事情，只有他自己知道。没过几个星期，中翰买了张单程机票，再也没有回过蒙城。

35

　　留学生如果要续签签证就一定保证自己是full time student（全职学生），学校规定full time student每学期至少选4门课，最多选5门，如果觉得自己还有能力多选就得去找学校申请，张成之前一直是一学期选4门，这学期想挑战一下难度，一学期选5门，毕竟像曼丽和鲁西西这样的女生都是一学期选5门课，自己应该也可以，这样做能早一点儿把学分修完，早点毕业。

　　巧的是，organizational behavior（组织行为学）这门课，张成和司徒选到了一起，但两人上课时不坐在一起，张成和广东同学Frankle坐一起，司徒和他的朋友坐一起。

　　这门课的教师是个中年女性。她开学就要求同学在课堂上多发言，多提问题，说上课发言也会统计到期末的成绩里，如果上课从来不发言，那这一项的分数就是零分。张成倒是想发言，虽然生活上的英文已经说流利了，但是涉及商科语言上的英文，他说起来还是磕磕巴巴的，由于不想在课堂上在这些以英语为母语的学生面前丢脸，所以张成基本不太发言，每堂课心里都有些纠结，想站起来，但最后还是无法战胜自己。

这门课有个小组报告要求调查蒙特利尔小生意经营者，这对于本地同学来说是易如反掌，但是对于中国留学生来说还挺难的。张成知道大学附近有一家中国人经营的咖啡厅，因为他周末总去那里看英超和意甲，所以老板应该看张成眼熟，于是便和小组成员一起去咖啡厅采访这位中国老板。

老板来自江苏，之前在国内是做IT行业的，带着老婆孩子一起移民到蒙特利尔。张成问他来蒙城之后为什么不继续做IT行业了呢，他说IT行业信息和技术变化更新都非常快，如果空闲了两年，那么再想进入这个行业就非常难。而且，做咖啡馆一年赚的钱肯定要比白领的收入高，所以他来这边后，就做起了这家咖啡连锁店的生意。蒙特利尔大部分公司内部都用法语交流，所以像咖啡馆老板这样的中国男性刚刚到达蒙城的时候英文都没说流利呢，更别说是法语了，所以买店做生意对中国新移民来说还是快速融入这个社会的比较好的方式。

这学期，张成每天下午上完课的娱乐活动就是去石野家和他们玩足球游戏。老王不知道从哪弄了个PS2游戏机，还买了实况足球7的游戏碟。

石野每天清晨才睡，下午两点才起，也不太去上课。这天张成来，他说大学邮来封信，看不懂是什么意思，让张成看看。张成一看，上面写的："You have been dismissed."张成不好意思地说道："兄弟，你好像被学校开除了。"

石野被学校开除，张成一点儿都不意外，石野第一学年过的那几门课程都是靠张成，平时抄张成的作业，期末考试也抄张成答案。抄不到张成的那几门都挂了，第二学年的课他基本不去，自然全挂，GPA（贯穿整个大学生涯的平均成绩）早已经被几门挂科拉到了2.0，只有0.5，所以基本拉不到毕业需要的2.0以上了，学校自然就直接给他开除了。这也就是加拿大大学宽进严出的具体表现。

石野被学校开除已经是爆炸性新闻了，Bob又告诉了张成一个更爆炸的新闻：司徒和高圆圆分手了，和林雨杉在一起了。

这个消息真的震惊到张成了。司徒是苏州人，他是通过南京的高圆圆才进入南京圈的，这样才认识了林雨杉，况且他的哥们儿炎炎也在追林雨杉，他一开始可是打着帮炎炎助攻的旗号才和林雨杉接触的。他这样做不但让高圆圆颜面扫地，并且也对不住炎炎。

次日在图书馆，陶小凯也把这个八卦跟张成说了。

"他俩还怎么在南京这个圈子里混啊。"张成感慨道。

"俩人正在研究看能不能申请去温哥华的大学呢。"陶小凯说。

张成觉得司徒还真是个没有原则的狠人，至于被伤害的高圆圆，她用最快的时间修完了学分，回到南京工作，离开了蒙特利尔这个伤心地。

36

时间进入2005年之后,同学们见面时的话题已经由中国人传统的"吃了吗"变成了"修多少学分了""毕业回国吗"。那个时候,加拿大并没有照顾留学生的移民政策,外籍毕业生如果找不到工作就没有办法申请一年期的工作签证,所以大学里的同学都讨论着这里的工作机会,并且拿中国与加拿大的待遇进行对比。大家都是年轻人,话题永远围绕着工作,不会像移民那样把孩子的教育也考虑进去,所以大家最后总结出三条路——回国,留加,或者去美国。张成平时也会跟着曼丽和她的同学一起聚餐。这些女生都是学习派的,了解各种回北京或上海的工作机会。但女生在一起聊最多的话题还是聊各自的感情。张成一般都是面无表情地坐那吃饭,假装没听见。这些20出头的女大学生有时候的话题也比较雷人,比如她们讨论自己能接受未来老公心理出轨还是生理出轨,她们居然达成一致,认为生理出轨可以接受,心理出轨是万万不允许的。张成只能在一边默默感叹,这些女性的观念之超前着实让他大跌眼镜。

80后同龄人里留洋最成功的莫过于美国职业男篮休斯敦火箭队的

姚明。我们中国有些老话，四肢发达，头脑简单，这类话被姚明完全颠覆了。姚明不仅有伟岸的身躯，最重要的是还有聪明的头脑。姚明是2002年秋天去的美国，进入职业篮球队打球，他经历的文化冲击绝对比任何留学生都深刻。当年，他的登场首秀遭到许多美国篮球名宿的吐槽，特别是巴克利更是当着全美国观众的面调侃，"姚如果一场比赛得分上双，他就在电视上亲吻驴屁股"。姚明当时遇到的种族歧视是普通人难以承受的，但姚明顶住了压力，不但在场上用实力讲话，让巴克利在电视上亲了驴屁股，在场下也成功地融入美国生活。姚明的语言能力非常强，同样是2002年去的海外，没用多久，针对记者的提问，姚明就可以用英文对答如流，而同时期的80后留学生还磕磕绊绊地说着英文。姚明是留洋成功的优秀代表，每个留学生都希望自己能像姚明一样在国外获得成功。

蒙特利尔每一年的城市活动大多集中在夏季，节日大多集中在秋季到新年，所以1月到4月的冬季，除了圣帕特里克节和一周的春假之外，生活还是非常单调乏味的。由于冬季漫长，本地人非常容易变抑郁，老人基本到美国的佛罗里达过冬，中国人则可以去古巴的加勒比海度假，因为古巴是社会主义国家，所以持中国护照可以免签，这是中国护照相对加拿大护照在旅游签证上的唯一优势。

4月，期末考试陆续开始，曼丽的考试较早结束，她准备考完试先去美国二姨家玩一玩，然后在5月的夏季学期到来之前回国旅游一下，总共20天。张成也准备回国，不过要等到曼丽返回蒙城后再回去，他想把今年回国的假期提前到五六月份，七八月份回加拿大过夏天。

曼丽在大学里的交友能力很强，每个学期都会有中国的同学主动表示希望能够成为曼丽的朋友。其实大家都在曼丽这里"有利可图"。

曼丽非常有开拓精神，向来都是大家学习生活中的指南针。她做什么，大家就跟着做好了，肯定没错。比如说办美国签证这件事，大家都是和曼丽学的。

早些时候，美国旅游签证给在加拿大留学的中国学生护照签发的是6个月的多次往返签证。美国移民局的签证原则就是保证去旅游的中国学生一定要回加拿大继续学习，别把加拿大当跳板，去了美国就不回来了。所以签证申请材料里一定要证明自己是全职学生，不能是刚刚进入大学的，也不能是即将毕业的学生，因为这两种学生都有可能去美国就不回来了。因此还要求学生有在加拿大租赁房屋的证明，当然，资金证明更是必须要带的，没有任何一个西方国家是欢迎穷人的，除非是出于政治目的。对于移民来说，申请美国签证最好提供房屋购买合同和全职工作证明，这样美国移民局就很愿意给个长期多次往返签证，有效期达10年。

由于曼丽夏天要去美国二姨家玩，所以她要重新办理美国签证。一大早，张成就陪她一起去美国大使馆。蒙特利尔的美国大使馆在Micgill地铁站附近，自从"9·11"事件之后，美国大使馆和海关一样都是层层安保。

早上9点，大使馆门口已经有10多个人在排队。张成陪曼丽边排队，边聊天，使馆每过10分钟才会放一些人进入大楼。这时大楼门口出来个女保安，短发，有些胖，是个典型的白人女性。她手持警棍，操着浓重的美国口音大声地呵斥着排在前面的人们，要他们靠墙排成一排，她这样恶劣的态度在加拿大非常少见。这些申请人谁也不想惹麻烦，都不作声，默默地靠墙站成一排。张成本来和曼丽并肩站，聊着天儿，其他人混成一排后，只有他突兀地在外面站着。这个女保安走了过来，大声地冲张成喊："你怎么不排进去？"这时候，前面的老外纷纷转过头来，想看看张成怎么回应此恶人。

"我不是来申请签证的！"

"那你在这站着干吗？滚！"

张成斜眼瞄了瞄曼丽，她两眼直视前面人的后脑勺，假装不认识张成，她是怕张成和保安吵起来，影响她办签证。

"马路又不是你们美国使馆的，我在这儿站着怎么啦，关你屁事！"

这女保安没想到张成会这样回复她，而且张成手里没有文件夹，还穿着双拖鞋，肯定不是来签证的，她愣了一下，心想这小子还挺横，而且她自己也知道排队的这些人都讨厌她的恶劣态度，所以也不想自找无趣，转身走了回去。前面的老外知道张成替他们出了气，都在那闷头偷笑。

曼丽虽然认识的人多，但她并不属于交际花一类，因为好多人从她这得到些实用信息之后便不会再联系她。而她认识的北京女孩儿小涵才算得上是个真正的交际花。

小涵也是商学院会计系的，自从2004年和她男朋友分了手，便和曼丽她们混到了一起。张成也见过她几次。小涵留着短发，显得精明而干练，左手端着杯咖啡，右手点上一根烟，一看就是未来职场上的女强人形象。但这并不是她的最大优势，她的撒手锏就是她懂得男人是怎么想的。张成一开始和她不是很熟的时候，发现她当着张成的面给曼丽讲的男女朋友之间的道理都偏向男方，所以张成很赞同，对她印象就很好。但是后来，张成发觉身边的男生都对她有赞许，这引起了张成的注意，觉得不对劲。张成此后就开始重点留意她，终于发现了小涵的秘密。她俘获男人心的一招就是笑，不管男生讲的笑话有多冷，她总会第一时间发出爽朗的笑声，使得讲笑话的男生会感到自己太有幽默感了。最开始的时候，张成还以为她笑点有些低，但后来听多了，张成总会在心里默默骂她一句：真是又假又装。

小涵还通过张成认识了石野，这俩北京人居然私下去滑雪了，但张成知道这对石野来说可能不是什么好事。

37

曼丽把期末考试考完就去美国了,张成一个人要应付5门考试。comm225:Production and Operations Management(生产与运作管理),张成上课的时候没怎么听明白,但幸运的是张成这门课和鲁西西选的是同一班级,于是就在图书馆里让鲁西西从头到尾讲了3天,每天两小时。老师讲得张成一头雾水的题目,换成鲁西西讲,条理就特别清楚。所以张成感叹像鲁西西这样的女人实在是太牛了,如果做教授,一定远远强于现在的教授。

时间过得很快,4月28号,张成把所有的考试都考完,30号就坐日航飞往芝加哥,芝加哥机场很大,有5个航站楼。他从芝加哥飞东京,次日再从东京飞大连。和以前一样,爸妈来机场接张成,但是出来时只看见了妈妈。

张成问道:"我爸呢?"

妈妈指了指外面说:"抽烟呢。"张爸对于接机不像以前那么激动了,甚至有些麻木。

国内的5月份,学生都还没有放假,张成总在家待着也没什么意思，于是想出去旅游。妈妈说要和他一起去，张成不想被妈妈管着，没同意。他去沈阳报了个云南5日游，行程是先到昆明，然后经楚雄，到大理，最后到达目的地丽江。张成之前翻司徒电脑的时候看到过丽江和香格里拉的照片，简直美极了，很美，他也想亲自去体验一下。

张成搭上了沈阳飞往昆明的小飞机。国内空姐真是太好看了，国人已经见怪不怪了，但对于从加拿大回来的人来说，跟加航的外国空姊比起来，国内航空公司的空姐太养眼了。飞机中途在湖南长沙降落了，所有的旅客必须下飞机在休息大厅里待着。大厅里的温度明显比东北高很多，张成在飞机上已经坐了两个小时，所以四处走走转转。

对于长沙，他的印象也就是何炅、李湘还有还珠格格，其他一无所知。他走到一个小店前面，店里卖的是一些袋装熟食，鸭脖、鸡爪之类的，都红彤彤的，于是买了一小袋拿上了飞机。飞机再次起飞，张成闲来无事，便打开包装，咬了两口熟食。第一口下去，味道又咸又香。没想到咬到第二口时，一种热辣的感觉在口腔舌尖中燃烧起来。张成的第一反应就是找水，但是没有水，飞机在上升中，空乘和旅客都不许走动。张成没办法，只好大口地喘着粗气。旁边的大妈看着满脸通红的他，用眼神嘲笑他："这小伙儿挺傻，不能吃辣还敢尝试我们湖南的小吃。"湖南的辣和四川的麻辣完全是两个概念，以前张成对此有所耳闻，现在亲自体会才知道所言不虚。

飞机降落在昆明机场后，导游先带游客们去了石林，然后又去了溶洞，张成觉得没什么意思。这个团儿是个老年团，总共14个人，有10个是沈阳的老太太。大都是两三个人结伴而来，只有张成一人是单独出来的。

第二天，旅行团先路过了楚雄，这是一座典型的三线工业小城市，并不像名字叫得那么牛。不过这一马平川的城市西边倒是有座山，山上有观景台，可以看到城市的全貌。客车继续向西行驶，到达了经常在明信片或者杂志里出现的大理。导游先带大家来到大理古城的城楼上观景，大理的空气很好，天空也很蓝。城楼里还有3位白族姑娘表演舞蹈，大妈们坐下来观赏。主持人说让男士上台配合舞蹈，大妈们喊着让张成快上。张成尽管不是很情愿，但为了取悦各位大妈还是登台和白族姑娘跳舞，张成的舞步比较生硬，台下传来了大妈们的爆笑声，张成脸都红了。下午游览了传说中的洱海和三塔后，旅行团就掉转车头，向北驶向丽江。

张成太喜欢丽江古城的风格了，民居，小桥流水，咖啡馆，小酒吧，一切都是那么和谐。于是张成对导游说他要脱团，不去西双版纳了。导游就帮张成在古城里找了一家新装修的古宅宾馆，给的是指导价，60元/日。张成留下来不只是想在丽江多待几天，他还想去玉龙雪山看看。电视剧《一米阳光》取景地的酒吧对面有个咖啡馆，门口小黑板上写着驴友自组拼车去玉龙雪山，星期二出发。张成报了名。这次的向导是个藏族青年，年纪比张成还小，皮肤黝黑，长得挺帅，就是头发乱糟糟的。他腰间别了把藏刀，张成看着心里还有点害怕。司机是本地汉族人，又瘦又矮，显得很精干。

一行人先经过香格里拉，一幅天高草低见牛羊的景色。之后往北进入山区，车越开越高，路很窄，司机师傅不时地把头探向窗外看路况，张成不敢往下看风景，因为公路一边根本就没有护栏，时不时还能看到山间有翻下去的汽车，如果不是本地有经验的司机驾驶，还真是危险。

车越开，气温也越来越冷，张成一天之内就体会了从夏季进入冬季的穿越感，晚上就见到了冰雪。仅用一天时间还开不到可以观玉龙雪山的地方。他们晚上要在途中住一晚，第二天继续出发。和张成拼房的是个台湾老头，家住基隆，原来在船舶公司上班，现在退休了，每年都来大陆到处旅游。

　　第二天下午，大家终于来到玉龙雪山对面的藏族人开的客栈。雪山上云雾环绕，时不时地有光束穿过快速移动的云层，照在张成的脸上，他顺着光束的方向望去，好像感觉到有神仙在看他一样……

　　在客栈住了一夜后，次日开始返程。到了丽江之后，张成买了大巴票回昆明，并在昆明买了机票，不过终点不是沈阳，而是上海。

38

从新浦东机场下飞机后,张成戴上云南买的草帽,拎着装满衣服的麻布行李包,登上了磁悬浮列车,此时的磁悬浮刚刚开始运营不久,车厢里零星有几个老外,基本没有中国人乘坐。磁悬浮最高时速300公里,造价是天文数字。张成在张江高科下了磁悬浮,上了地铁。地铁里人满为患,再加上上海湿热的天气,让他有些不适应。

张成在人民广场站下了车,走出地铁站,刺眼的阳光照在脸上,他看见马路对面不远处有家名叫来福士的购物广场,下面有家星巴克,于是便走过去买了杯咖啡,找了个两人圆桌,坐了下来。这家星巴克面积不大,桌和桌之间的距离很近,张成坐下才发现对面一位男士正斜眼看着他。这位男士年龄和张成相仿,穿着白色上衣、白色裤子、白色皮鞋,在室内还戴着顶白色棒球帽,棒球帽下边架着一副金边眼镜,这身行头看起来价值不菲,可能是张成在云南晒得黝黑的皮肤和脖子上挂着的大草帽扫了他喝咖啡的雅兴,所以此人斜眼看着张成。此时张成发现这人在读报纸,报纸的上方用英文写着China Daily(《中国日报》)。张成心里默默感叹:"我晕!看你也不像ABC(美国出生的中国人）或者CBC（加拿大出生的中国人），你一个中国人在中国看什么英文报纸啊？真能装！"于是白了他一眼。

"哎呀我去！"一个熟悉的声音从门口传过来。张成转头一看，牛威龙向自己大步走来。牛威龙是张成高中时最铁的哥们儿，也是他的同桌。他比张成高4厘米，张成最开始觉得牛威龙长得有点儿像上世纪90年代初《正大综艺》播放的《侠胆雄狮》里的狮面人，但后来看他时间长了，觉得他也挺帅的。他俩高中时一起做过很多荒诞的事，而且每个周六放学后会去韩都烧烤大吃一顿。牛威龙上高中时就比较花心，张成曾破解过他的邮箱密码，其实也是猜的，就是他的生日，看到他和班级一个女生偷偷发情书。张成实在憋不住，告诉牛威龙，自己把他的密码破了，于是牛威龙改了密码。不过张成没过5分钟又把他的密码给破了，牛威龙只是在他生日前面加了年份，又被张成猜中了。高二的时候，牛家给他办加拿大留学申请，牛威龙对张成说："和我一起去多伦多吧，咱们兄弟俩去那边杀出一片天地！"张成说："出国可是大事，我决定不了，得家里面做决定。"后来，牛威龙被加拿大大使馆拒签，理由是有移民倾向。后来他家给他改了新名字，换了户口，重新申请，但还是被拒签了。高考结束后，他超常发挥，考了班级状元，孤身一人去了上海水产大学，而张成则拿到签证去了蒙特利尔。

他俩还是第一次在上海碰面，这种相逢于异地的感觉让二人都很激动。他俩互相敬给对方一句"我×"。张成想礼节性地给他一个拥抱，他回了张成一句："滚，别来这套！"俩人嬉笑打闹在一起。此时张成用余光发现，斜对面那位白衣先生已经拿着他的China Daily静静地离开了。

张成特地来上海看他，牛威龙很开心，中午就拽着张成去城隍庙吃他觉得特别好吃的南翔小笼包。城隍庙游客非常多，二人等了半天才占到一个座位，蟹粉小笼包上来后，张成一看，这小包子也太小了，一口就吞了一个。当他咬破汤包的时候，滚烫的汤汁浸满了他的口腔。张成挺了一挺，把汤汁咽下，喘着粗气说："烫死我了。"牛威龙嘿嘿笑了起来："我就知道你肯定一口吞下，所以故意不告诉你烫的。"尽管张成舌头很痛，但是也跟着笑了起来，只有真朋友才会开这种玩笑。

二人吃过午饭，来到外滩溜达，对面的浦东区高楼林立，张成顺着黄浦江向南望去，新建的高层住宅楼在江水两岸一排排地耸立着，没有尽头。张成不禁感叹，上海怎么忽然之间就这么繁华了啊。

他问牛威龙："你还去加拿大吗？"

牛威龙说："不去了，我觉得上海挺好的，以后一定有发展。你知道吗，上海已经拿到了2010年世博会的举办权，这不亚于北京拿到2008年奥运会举办权。我妈会帮我在上海买房，明年毕业我就准备在上海工作。"

张成说："你那年不是说要和我一起去加拿大打拼吗？"

牛威龙叹了口气："不去了，加拿大不欢迎我啊。再说上海也挺好。"

张成望着黄黄的黄浦江水，觉得这可能就是命运吧。

晚上，牛威龙带张成去了新天地，他说他也没来过这里的酒吧，但是张成来了，两人就一起去转悠转悠。二人先进了一家，可能是时间还早，人不是很多。二人觉得这家人气好像没有对面那家的人气足，于是换到对面那家。这家酒吧音乐声巨大，女的比男的多，都是白领打扮，二人在吧台买了两瓶啤酒坐下，这时只见一位妙龄女郎挤到牛威龙身旁，背对着牛威龙，随着音乐的节奏，扭动着她的身体，她离牛威龙越来越近，臀部已经蹭到牛威龙的身体，张成抬头看看牛威龙的脸，只见一滴豆大的汗珠滑过他的前额，从他的眉毛上滴了下来。张成心里笑死了，二人把酒干了便回了酒店。

第二天，张成和牛威龙回了他们的大学，因为牛威龙还有课要上。张成没有在国内上过大学，所以也想通过牛威龙看看国内的大学寝室生活是什么样子。听牛威龙说，下午，他们学院要举办联欢会，牛威龙的女朋友要和她们系里的三朵系花上台表演歌舞《honey》。张成是第一次见到牛威龙的女朋友陈枝，她是上海本地人，很爽朗，也很有礼貌，和张成在蒙城遇见的上海女生不太一样。张成对陈枝的第一印象很好。

联欢会并没有如期举行，因为有一个女生从五层高的学生宿舍跳楼自杀了。牛威龙听到这个消息后，大感惊讶，对张成说："我在这3年都没出过事，怎么你一来就出了这事。"女生寻死的心早已确定，因为她如果从寝室的窗户直接跳出去的话会落到楼下的草坪上，不一定能死，所以她选择先爬出寝室窗外，然后沿着楼外面的侧沿儿，贴着墙面慢慢移到这栋楼的侧面，然后一跃而下，摔在了楼侧面的水泥地上，离开了这个世界。只有死者自己知道为什么要这样，为什么会有这种勇气。

张成在牛的寝室睡了一夜，圆了他一个大学寝室生活的梦想。牛的同学相对张成蒙城身边的人来说非常质朴，他们的大学生活就是上课，食堂，寝室，小树林什么的。不缺人气，不会孤单。

告别牛威龙之后，张成在福州路上找到一家青年旅馆待了几天，见了另外几个在上海的朋友，闲来无事时就吃吃早饭，喝喝咖啡，看看上海西装笔挺的人们。

Vincent正好也回上海过假期，他打电话请张成吃饭，让张成去淮海路的达加马烤肉。张成一到场才发现还有另外3个客人，也是从蒙特利尔回来的上海学生,一男两女,是Vincent他们上海圈的,张成心想Vincent够大方啊,请他吃饭还多叫了3个人。他们说的上海话张成听不太懂。最后付钱的环节,他们纷纷掏钱包,张成此刻想:哎哟,怎么还抢着买单啊,他不假装做下掏钱的动作是不是不太好啊?这时候只听Vincent说了句他付两人的账,原来是AA制呀,张成的餐费由Vincent负责,其他人各付各的。

    张成从上海回家后歇了几天便和父母一同去北京看望爷爷奶奶。石野也从蒙特利尔回了北京,于是张成去找他。石野告诉张成正好他们高中同学聚会,在什刹海划船,让张成一起过去。张成来到后海找到他们,石野给张成介绍他的另外三个同学,其中最厉害的当属在渥太华上学的男生李笑笑。李笑笑的爷爷以前是南方某经济大省的老领导,他父亲做生意也很厉害,后来办了投资移民到加拿大。

    游船结束后,一行5人来到工体北门的Mix Club。5人中有一个女同学,但是女生长得很黑,短发,穿着大T恤,如果她不讲话,没人能看得出她是女生。Mix的保安个个高大威猛,几人过了安检后,让服务员安排了桌位。李笑笑点了瓶芝华士,大家便坐下。他们旁边一桌有4个帅哥,个个身高都超过一米八五。时不时地有女生到他们那桌儿搭讪。张成和石野看到此情此景只好面面相觑。

    张成实在憋不住,就拍拍旁边那桌一个人的肩膀问:"你们是哪儿的呀?"

    那哥们儿很礼貌地对张成说:"我们是清华大学划艇队的。"

    张成心想,怪不得这么受欢迎呢,都那么帅,还都是高学历。

    晚上的消费是李笑笑买的单,张成心里很奇怪,他是奔着石野来的,为什么他不买单,而是让不太熟的李笑笑买单。

39

　　这次假期，张成过得挺开心，去了不少地方，特别是去上海待的那段时间，他切身体会到国内经济的快速发展。

　　6月末，张成坐上从大连飞往东京的飞机。由于要在东京停留24小时，所以他这次没有入住成田市的日航宾馆，而是坐机场快轨去东京市内逛逛。

　　出机场时已经是下午4点，他来到车站买票，售票员问他去哪儿，张成看看地图，新宿这个地方似乎非常眼熟，就买了去往新宿的车票。令张成万万没有想到的是列车居然那么慢，坐了两个多小时才到达，而且路上经常会有列车停下来给其他车让路的情况。

　　下了列车，天空飘着毛毛雨。正值日本人下班高峰，路上白领很多，都是三五成群去吃饭的年轻人。夜色慢慢降临，张成想先找个旅馆，他看看交通图，发现附近有个旅游观光的地方，他相信那里肯定有中餐馆，于是便奔那里去了。不出所料，他发现一家中华料理，进门后，老板用日语打着招呼，张成看得出老板和老板娘是台湾同胞。他点了份晚餐，吃过后买了单，然后跟老板说明情况，想找个旅馆。

老板很热心，让店里打工的一个上海人带他去。这个上海人很年轻，他推了辆自行车出来，把张成送到宾馆后好快点骑车回餐馆工作。张成在路上和他聊了两句，他是来东京打工的，他还询问张成在加拿大留学的费用状况。张成以前就听说东京有很多上海人，就像上世纪90年代有许多北京人去纽约一样。

老板推荐的是一家韩国人承包下来的宾馆，一个单人间的价格不高也不低，大概100美金。以前总听说东京的物价很高，所以这个价格张成还是可以接受的。房间很小，真的只能容下一个人，日本人的生活空间真是狭小。张成在洗手间里整理了一下，便出去转转。出去时，宾馆前台比比画画，问他要不要看节目，张成听了半天才明白他是问自己要不要看桌上舞，张成可不想在夜总会里出什么状况，第二天赶不上飞机，便回绝了他。

张成出门往人多的地方逛，不知不觉来到了一个路口，上面的大牌子写着"歌舞伎厅一番街"，他忽然觉得这场面在哪个日本黑帮电影里见过。他走入这个街道，街上满是穿着西装革履的年轻男生在用日文拉客，这种情况张成还真不敢回应。突然间，浓重的沈阳口音传来"帅哥儿，要看美女吗"，果然东北人也很多，东北人真是遍布世界各地，张成没敢回应，三步并为两步回了宾馆。第二天早起在东京的细雨中吃了早饭，回到机场搭飞机回了蒙城。

蒙特利尔阳光明媚，张成回来后赶上了7月2日的国庆和省庆游行，天气也不像国内那么热，他和曼丽上课学习，过着悠闲的生活。

张成去学校开了在读证明，给张妈写了邀请信，准备了些材料，邀请妈妈在秋天来蒙特利尔游玩。妈妈早在半年前就先参加旅行团去欧洲游玩了一圈，护照上多了些欧盟国家的盖章，这有助于加拿大使馆给她签证。

因为妈妈要来，张成觉得住在市中心，朋友太多，好多朋友之前都是神兵天降，破门而入，也不提前打招呼，所以他决定找个离学校不是很近的公寓，最后在 Westmont 区 St-Catherine 大街上找到个公寓搬了进去，周边环境非常好。

身边的好多朋友都在七八月回国过暑假了，张成过上了非常规律的生活，每天早上9点就出门，他先在家吃个早餐，然后到 Guy 和 St-Catherine 街角的咖啡店 Second Cup 买杯咖啡度过一个上午。咖啡店里有单人沙发，也有学习座椅和桌子。每天早上来这边喝咖啡的人有一半是固定的，有来读报的老人，有带着笔记本电脑来学习的学生，也有来买杯咖啡带走的上班族。每天上午，店里面播放的音乐风格是以爵士乐为主，下午则是流行乐，因为上午来这喝咖啡的人不多，不像下午那么爆满，所以聊天说话的声音不嘈杂，大家可以沉浸在爵士乐中阅读、学习。张成最喜欢在雨天的上午在这里阅读或望风，雨点撞击在咖啡厅玻璃幕墙，室内游走着爵士乐悠闲舒缓的音符，他看着窗外过往的人们，时而思考，时而畅想，这就是他最享受的加拿大日常生活。

2005年7月21日对中国来说是个有历史意义的一天。中国人民银行宣布中国开始实行有管理的浮动汇率制度，并让人民币对美元升值2%。从此美元兑换人民币结束了1∶8.31的时代。这对国内的人没什么影响，但是对出国的人影响还是挺大的。前不久，星星就说过人民币要升值，如果手里有美金的，赶快先换成人民币。张成以为她这是小道消息，所以并没有理会。早知道中国银行一夜之间就升了2%，那就应该晚点换外币的，换早了，损失还不少呢。

7月份还有一件大事，17日到31日，世界游泳锦标赛在蒙特利尔举行。这对生活在蒙特利尔的中国新移民和留学生来说可是件大事，因为中国跳水队派出了最强阵容来蒙城。2004年的雅典奥运会上，中国跳水队包揽全部金牌。大家都期盼着亲眼看看郭晶晶的风采。于是张成约了Jason、星星与曼丽一起去看两场跳水比赛。蒙特利尔的跳水比赛安排在赌场所在岛上的露天场地举行。4人提前了两个小时到达赛场。张成在赛场的外墙溜达，运动员在做着练习和热身。张成四处张望，看看有没有郭晶晶的踪影。他发现有几个长发男留学生围聚在一处铁丝网护栏处，他走过去一看，原来护栏里的塑料挡板露出了一人宽的缝隙，可以看到里面的运动员。张成也趴在他们后面看了会儿。没过多久，郭晶晶就从跳台跃下，并从离他们不远的泳池里爬了上来，这几位大声呼喊着她的名字："郭晶晶，帮我们签个名吧！"没想到郭晶晶还真过来了。有一位长发男生用方言说他是河北保定的，跟郭晶晶是老乡，这次是专门从渥太华赶来看她比赛的。郭晶晶完全没架子，一个劲儿地笑，给他们签过名后轻声细语地跟他们打招呼。

女子跳水比赛简直就成了中国队的主场，现场四分之三的观众都是中国人。放眼望去，到处都是五星红旗。尽管现场安排了英法双语的主持人，但比赛结束后，中国跳水队的领队完全放弃了英文，直接用中文对现场的观众说："感谢这两天同胞们对中国队的摇旗呐喊，特别是今天还下起了雨，但是现场还有这么多的同胞为我们加油！"世界游泳锦标赛俨然成为蒙城华人的盛大聚会。

由于大多数朋友都回国了，所以张成觉得这个夏天整体是有些无聊的，除了喝咖啡学习，他有时也会去St-Catherine街上的Chapter书店里转转。Chapter一共有三层，一层是收银、畅销书和杂志区。书店里面空调很足，他无聊时也会去看两小时杂志。二楼是小说区，大部分都是美国人写的小说，他时而会去翻翻关于中国的书籍，但是老外的字印刷得很小，他不是很喜欢看。

张成这天闲来无事，正好碰见星星，就和她一起去喝咖啡聊天。他们聊天的时候，曼丽在大学上课。等曼丽下课了，张成和星星也喝完咖啡了。曼丽和星星的关系一直就不是很好。但张成和星星的关系还行，所以他和星星喝咖啡聊天的事没打算告诉曼丽，曼丽打电话过来，张成说他在Chapter看书，让她来找自己，星星则起身准备坐地铁回家。

张成站在Chapter门口，远远地望见曼丽手里捧着书朝这边走来。但是令他吃惊的一幕发生了，星星不知道怎么又从东边走了过来，曼丽正好和她不期而遇，俩人说了几句话，因为距离有些远，张成也没听见她俩说了什么，心里一下子紧张起来。

星星走后，曼丽非常生气地走过来："你是不是骗我了？"

张成深知自己根本不会演戏，也肯定糊弄不过去，于是就把真实情况老实交代了："我正好遇到她了，就请她喝了杯咖啡。"

"那你为什么骗我说你在书店？"这句话问得张成哑口无言。二人走了一路，沉默了一路。俩人走到曼丽家楼下的时候，曼丽说："我们分手吧。我以后很难再相信你了。"

张成知道现在说什么也无济于事，毕竟自己对她撒了谎，自己是过错方。在张成自己看来，这事是根本无法得到原谅的，况且他也没有颜面去求她忘记这件事情。两人在一起也已经一年多了，从来也没想过要有未来什么的，可能分手是一个好的选择吧。

张成一个人走回家。本来晴朗的天空刮了一阵风之后下起了小雨。尽管还是夏天，瑟瑟冷风让张成感到，秋天不远了。他一个人走在大街上，想起张学友有一首歌的歌词写的是分手总是在雨天。张成自言自语道："是啊，为什么分手总要在雨天呢？"

和曼丽分开后的几天，张成总感觉心里很不舒服，他特地问星星："你不是说你坐地铁走吗，怎么又出现了呢？害得我和曼丽分了手。"

星星也是一脸无奈："我以为你走了呢，于是改变了主意，溜达回家。没想到你还在那儿。"

过了几天，老王从国内回来，张成把他和曼丽分手的事讲给他听，因为老王在社会上混了多年，经验丰富，张成想听听他的建议。老王叼起根烟，吸了一口吐了出来，冷冷地笑了一下，说："这还用问吗？星星摆明了是故意的。她肯定和曼丽关系不好，女人之间的事。你呀，太傻了。"张成觉得老王说得肯定是有道理的，毕竟当事者迷，旁观者清，更何况曼丽和星星的关系的确不好。但是星星的小心机可把自己害惨了。

老王看张成9月份上学之前没什么事，而且也分手了，就叫他和天津的胖子陪他一起去多伦多办事。胖子是从埃德蒙顿来蒙特利尔的，他有朋友想办假结婚移民，找到老王，老王的上线在多伦多，所以叫那个要办假结婚的人飞到多伦多集合。

多伦多市中心唐人街有一家东北人开的饺子馆特别有名。蒙特利尔当时还没有饺子馆，所以几人在那吃了两天。老王一面对那个要办假结婚移民的人就千叮咛万嘱咐，让他住好一点儿的宾馆，现金可别被人抢了，一面让胖子提防着点儿，别让那人和老王的上线联系上，避免以后埃德蒙顿有生意跳过他和胖子，怕人家私自联系。办完了事，几人就开车回了蒙城。

胖子做事情比较靠谱，朋友们都爱找他办事，他有两个朋友从渥太华过来玩，一个叫大军，来自内蒙古，另一个叫海子，来自青海。

两个人都比张成小两岁，在渥太华卡尔顿大学上学。他俩来蒙特利尔主要是让胖子带他们看看车，他们每人想在蒙特利尔买一辆二手车回渥太华，这样上学方便一些。海子的父亲原来在辽阳工作过，所以他也可以算是半个东北人。他和张成聊了两句，之后每次见到张成都叫成哥。张成觉得他这人挺实在的，如果在同一个城市生活的话，一定能成为铁哥们儿。

终于等到9月开学，张成收到了学校的一封警告信，他在第二学年的平均成绩低于学校毕业要求的GPA 2.0一点点，所以学校要求张成在第三学年一定要在这个成绩以上，这引起了他的重视，因为如果连续两年的GPA成绩低于2.0的话，学校就会做出停学一年的处罚。而他这学期就要接触专业课了，传言专业课比之前的商科基础课程要难很多，所以张成心里蛮忐忑的，他可不想在加拿大浪费了几年时间还没拿到学位，于是觉得之前搬离市中心的决定太正确了，这学期正好可以在安静的环境下学习。

在经历了第一年收到学校表扬信，第二年收到学校警告信之后，张成对加拿大的大学有了进一步的了解。加拿大的大学属于宽进严出，录取和毕业的比例大概是2∶1，也就是说，两个学生里只有一个会毕业，每年都在淘汰读不下去的学生。所以张成只好静下心来认真学习。

商学院有一个政策就是只要被商学院录取了的话，院内是可以转专业的。张成刚到加拿大的时候，稀里糊涂地报了国际商务这个专业，后来才发现身边的男生大多选择金融专业，女生大多选择会计专业，据说都很好找工作。于是张成也在思考要不要换专业。张成准备先把第一门专业课上了之后再做定夺，第一是看看这个专业适不适合自己，二来即使要换的话，也来得及。

第一门专业课是Global Thinking（全球思维），主要就是让所有本专业的学生有一个思想上的跳跃，宏观上把整个地球看作一个整体，透视一个成功商业案例在全球的制造和销售分布。陶小凯读的是金融专业，他说国际商务专业很空，但是张成上了两堂课发现，他对这个专业这些很"空"的理论反倒很感兴趣。第一位专业课教授Laura是位中年女性，人很好，她既是商学院的教授，同时也兼任麦吉尔大学的教授。她找张成谈过一次话，张成跟她讲了作为一个中国留学生所面对的困难，比如说语言困难，加元相对美金升值带来的学习成本问题和身边的朋友纷纷回国给张成带来的失落感。她给予张成一些鼓励，并且问张成的生日是哪天，告诉她之后，她说："你的生日是加拿大的荣军日啊。"教授挺照顾张成的，为了让张成能够更加高效地学习，教授还给他推荐了一本美国专栏作家弗里德曼写的书叫《世界是平的》，这本书把这个专业将要学的知识揉开了，碾碎了，讲了一遍。这门专业课要做一个贯穿整个学期的课题项目，小组因为有张成，所以选择的是中国石油公司的哈萨克斯坦项目。

40

9月末,妈妈终于来加拿大了。妈妈启程这一天,张成的心一直悬着,他担心妈妈不懂英文,在温哥华找不到飞往蒙特利尔的飞机,担心她出现问题没办法跟人交流。其实他的担心完全是多余的,因为英文并不是在加拿大唯一的交流方式。比如说她在温哥华的时候,被安排的签证官就是华人;入境之后找登机口的时候得到了一个黑人工作人员的帮助,尽管语言无法交流,但是黑人工作人员主动看了张妈的登机牌,一路把张妈送到了登机口;等到了登机口,张妈又主动认识了要飞来蒙特利尔的华人,所以一路上没遇到什么困难。

妈妈晚上12点到达蒙特利尔,老王开车带他来接。张成站在接机口焦急地等待着妈妈的出现。终于,一个熟悉的身影从电梯口里走了出来。张妈穿着红色的耐克小毛外套,微笑着向张成走来。张成简直不敢相信,仿佛时空穿越了一样。他真的不敢相信自己能和母亲在蒙城相聚,因为他早已经习惯了孤独地生活在这个城市,从没期盼过有亲人出现在身边,简直就像做梦一样。

第二天,张成带着妈妈开始深度体验蒙特利尔的生活,他们沿着

St-Catherine往东边逛，穿过市中心，在唐人街吃了饭，来到了老港，张成和妈妈在圣劳伦斯河边的草坪上坐下。秋天的阳光照在张成和妈妈的脸上，很舒服。海鸥和鸽子在母子俩身边踱步、觅食。张成看着妈妈，说道："我还是不敢相信你就在我身边，这么真切，我真是太开心了。"妈妈望着四周晒太阳的加拿大人和宽阔的圣劳伦斯河，感叹加拿大人的生活太慢、太悠闲了。

张成那天和妈妈聊了许多。自从他懂事后就没和妈妈聊过太多。妈妈给张成讲了很多他没听过的家里的事，鼓励张成要认真学习。她说："爸爸妈妈给你创造了条件让你学习，我们很爱你，以后还会无私地给予你许多，但是我们终究会老，有一天就不能给予你更多了。只有你自己学到的知识，才是真正属于自己的。"张成从来都没有想过妈妈会说出这么有哲理的话，心里很是感激。

妈妈来了之后，张成的生活，规律多了，每天早上8点之前就起床，起来之后就有妈妈做好的早饭吃，他感觉好几年都没这么有规律地吃早饭了。每一件衣服，妈妈也都帮他洗好叠好，穿在身上，有一股洗衣粉的清香。因为妈妈在，张成的学习效率也有很大提高。晚上放学也不像以前那样在外面转悠，而是马上回家，到家就有饭吃。

周末的时候，张成喊朋友来家吃饭，石野、老王、胖子这拨儿人吃得那叫一个风卷残云、狼吞虎咽。妈妈做了一桌菜，他们没过半小时就把盘子吃个底朝天，就像好几年没吃过饭似的。其实并不是张妈做的菜比饭店好吃，而是因为大家很久都没吃过家人做的北方家常菜了。最受欢迎的居然不是海鲜，而是张妈拌的凉菜——五彩拉皮儿。这几位吃饱喝足，嘴都很甜，一边儿抹着嘴上的油一边儿称赞："好吃，太好吃了！"

Jason和张成是室友,他每天也得到了和张成一样的待遇,他不善表达,但是会买很多水果回来,放到张妈能看到的位置。张妈来了几天后,连楼下的门卫也认识她了。楼下有个黑人门卫是值晚班的,看出她是张成母亲之后,每天都会用他的大粗嗓子跟张妈喊:"MaMa!"然后从他座位跑出来帮张妈按电梯。一开始可把张妈吓了一跳。

张妈回来笑着跟张成说:"他长得那么黑那么壮,居然还当着其他老外的面儿跟我叫妈妈。"

"人家是开玩笑,也是表示礼貌。没人会认为你是他妈妈。"

妈妈这次来确实挺累的,不光伺候张成,顺便伺候了好几个大小伙子。张成期中考试考完后,便带妈妈去多伦多、大瀑布、魁北克城旅游了一圈儿。

一个月很快就过去了,真没有想到,只会讲hello和thank you的张妈在加拿大过得还挺好,时不时地就会在大街上得到老外的帮助,还有很多加拿大老太太对她行注目礼,以示友好。这一定是得益于张妈的亲和力。有一次张成让她到大学附近的奶茶店等他,老板娘觉得张妈很有眼缘,拽着她聊了一下午,还非要给张妈免单,被张妈拒绝了。华人圈都知道这老板娘对打工的吝啬得很,也时常追着客人要小费,竟然可以对张妈这么慷慨,简直不敢相信。

老王开车和张成一起去送张妈去机场。张成很是不舍得,母子俩在机场深情相拥,张成也总算体会到了在机场接他送他时,爸爸妈妈当时的情感。

张成又恢复了日常生活,妈妈回国了,感情上有缺失,曼丽自己也感觉两个月前分手的原因也不是什么事,所以俩人就和好了。一切照旧。

这学期，张成可以和桃花岛（崇明岛）岛主刘宇走得更近一些。俩人其实早在2003年的时候就经李敏介绍而相识，而且还是专业同学。张成觉得刘宇谈吐特别温文尔雅，穿衣也精致考究，是一个非常有品位的男生。关键是两个人性格非常合得来，相互也非常欣赏，本该是非常好的朋友。但是这两年一直没有什么来往，原因是刘宇在这两年找了个苏州女朋友，同居在一起。他俩每天都形影不离，上学在一起，放学也在一起。曼丽曾跟张成讲过："即使两个人在一起，每个人也要有一定的自我空间。"一开始张成还觉得既然在一起了，还要什么自我空间。后来他明白了，比如张成自己，他是需要些时间和他的朋友出去玩的，如果带女朋友的话，很多话题就不能聊了。所以，过去两年里，张成没叫刘宇出来玩过。有一次，两人在绿房子下面的星巴克遇见了。

张成说："呦，怎么有时间喝咖啡了，你那位呢?"

"在国内分手了。"

"怎么分的?"

"家里觉得不合适。"

"那你现在可自由啦，可以再找一个。"

刘宇微微一笑："我在国内又找了一个。"

"够可以的啊，你不会是因为新女朋友而和她分的吧……"

刘宇苦笑了一下："大家都这样以为，但我是和她分手之后，然后朋友问我喜欢什么样的，要给我介绍。我说纤瘦的，个子要高一点儿的。没想到朋友一介绍，还真的是我喜欢的那种，于是就在一起了。"

"那你之前那位不会气疯了吧?"

他又苦笑了一下:"嗯,她现在可能受了些刺激,到处跟我的朋友说我的不好,可以理解。"

"你也够狠的,蒙特利尔市中心这么小,大家上学抬头不见低头见的。不过倒是我俩以后有时间可以多喝喝咖啡了。你以前天天和她形影不离的,我都不想叫你。现在这样也好。那你女朋友来这儿吗?"

刘宇眼睛看着窗外说:"不来,她已经工作了,在汤臣集团。"

张成惊讶地喊道:"哇哦,如雷贯耳啊。刘兄,够可以!"

41

2005年11月11日,张成上完专业课,教授Laura看张成要走出教室,大声把他喊了回来。张成心里寻思着教授要跟他谈什么呢,最近课上得不瘟不火,自己也没发言,教授可能是要批评自己。

Laura开心地说道:"Zhang, happy birthday!"(张,生日快乐!)

张成很震惊,这个教授在康大和麦大带好几个班级的课,这学期应该有200个学生要教,怎么会记住他的生日啊?

张成惊讶地看着她,说:"Thank you, but why do you remember my birthday?"(谢谢,但你怎么记得我的生日?)

Laura笑道:"Because your birthday is remembrance day in Canada."(因为你的生日是加拿大荣军日。)

张成这才想起来之前和老师聊过这件事情,教授问过他的生日是哪天,张成告诉她后,她还惊讶地表示张成的生日和加拿大的荣军纪念日是同一天。张成非常感动这位教授能在这么多学生之中记住他的生日,还亲口对他讲生日快乐。

加拿大的Remembrance day是为了纪念在一战和二战期间死去的

士兵而设立的。很多加拿大人在11月份会在上衣领子附近佩戴红色十字小花以示纪念。中国移民一般都不会戴这种小花。有一次张成和Bob在街上溜达的时候看到一个中国移民戴了这个小花，Bob说中国人是不应该戴的，因为加拿大参加过朝鲜战争，和中国人民志愿军交过战。张成心里感叹，Bob懂得真多。

张成在北京见过的石野的同学李笑笑也从渥太华搬到了蒙特利尔，他总和石野说在北京没喝到位，叫嚣着要把张成在酒吧里喝趴下。张成的确不能喝洋酒，干一杯洋酒，张成是要吐的。但是论喝啤酒，他可不怕李笑笑，他身体好着呢，年轻气盛，根本就不把李笑笑放在眼里，于是应邀，周末一起去Provigo对面的酒吧喝酒。

星期五晚上，张成如约到场，同来的还有老王、胖子、石野、Jason等。李笑笑跟张成叫嚣着单挑，张成回应："来，开始吧。"二人讲好了就单挑，石野不许帮李笑笑，Jason也不帮张成，老王和胖子就在一边看热闹。酒吧里的啤酒杯是细长的。一杯大概能装330毫升。张成和李笑笑都想一开始就在气势上压倒对方，迅速让对方认输，所以不一会儿就连干了七八杯，张成没想到，棋逢对手，谁也没压制住对方。李笑笑说他要去洗手间，张成坐着等他，半天也没见他出来，于是就进洗手间找他，推开门看他光着上身在洗衬衣。

张成一惊，说："你干吗呢？"

"刚刚吐的时候不小心粘到衬衣上了，所以洗一下。"李笑笑把花衬衣拧干水又穿在了身上，走出了洗手间。张成看到此景心里暗想：我真是服了你了，头一次看到穿湿衣服跟我拼酒的。

从洗手间出来后，二人不知道又喝了多少杯，反正最后是胖子打车把张成抬回家的，而李笑笑是自己走着回家的，但是张成抓住李笑笑吐在了衬衣上这个低级失误的细节，所以两人算是打了个平手。

第二天张成起早了，8点多就来到学校附近的Second cup喝咖啡，坐了没多久看见窗外停下了一辆奔驰C230，觉得很眼熟。海子和大军从车上下来走进来买咖啡。张成向他们招手，海子乐呵呵地走了过来。

"成哥。"海子老远就跟张成打招呼。

"你俩怎么这么早就来蒙特利尔啦？"渥太华开过来要两个小时呢。

海子回答道："送一个朋友来蒙特利尔办美国签证，开得快，160迈开过来的。"

"行啊，路上没遇到警察啊？"

"没有。"

"这么早，一起去唐人街喝个早茶吧。"

于是三人去金丰吃了个早茶，但是张成万万没有想到这居然是和他们的最后一次见面。

12月8日上午，张成在平时经常浏览的网站文学城上看到一条新闻《两留学生命丧渥太华市中心》，张成的第一反应就是不会是海子和大军吧。但张成回过神儿一想，哪会那么巧啊。下午，陆续有相关新闻曝出，但是警方并没有公布受害者的名字，只是说受害者是被黑帮枪杀。直到晚上，警方公布了死者的身份，当张成看到海子和大军的名字和照片的时候，他身上打起了冷战。他心里慌极了，躺在床上不能动弹。那一夜，张成在恐惧中入睡，早上起来的时候他心里很难受，海子和大军还那么年轻，他们的人生才刚刚开始啊。上天怎么会这么无情，夺去他们的生命。他俩才来加拿大一年多，他们的父母要怎么面对这悲痛的事实啊。海子之前主动加了张成的MSN，张成无法表达自己的悲痛，给海子发去一条信息：兄弟，走好！

这起事件迅速引爆了加拿大的华人媒体，而且也上升到了加拿大和中国的外交高度。尽管皇家骑警迅速把嫌疑人定为十大通缉犯的第一位，但是过了很多年，也没有这个嫌疑人的音讯。至于枪杀案是怎么发生的以及这个嫌疑人的下落，张成自己倒是得到一些小道消息。

12月7日那天晚上，海子和大军和其他4个朋友一起去渥太华市中心的一家华人KTV唱歌。因为渥太华城市小，华人总数也不多，所以这家KTV也不大，只有一个卫生间。海子和大军喝了不少酒，大军想吐，海子就扶大军去洗手间了。之后隔壁包房的一个小青年也要用洗手间，他看里面的人迟迟不出来，于是就用力敲门。大军和海子过了半天出来后，就和这个小青年吵了起来，之后推搡了几下。两伙人分开后，大军和海子回到了包间继续喝酒。那个小青年也回到了自己的包间。

大军和海子哪里知道这个小青年是越裔帮派的人。他回到包房后带了几个人进入海子他们的包房。两伙人说着又起了冲突。越裔帮派这边有一个中年人，是个头目，他走到中间本想调和一下，但是两伙人都很激动，大军和海子喝多了，也没想那么多，上去就把这个中年人打了。看到这一幕，那个越裔小青年不干了，径直走出了KTV到自己车里拿出了手枪。他回到海子的包房，把枪口先对准了大军，"咣咣"两枪，大军倒下了，然后他又把枪口对准了旁边的海子，可能是杀红了眼，他朝海子连开5枪，然后转身就跑了。海子当场就离开了这个世界。大军被急救人员抬到救护车上，但是还没到医院，也离开了这个世界。

渥太华中国大使馆通知了大军和海子的父母，他们的家人没过几天就来到加拿大料理后事。张成无法想象他们的家人在踏上加拿大的土地时是什么样的心情。在加拿大的所有留学生能做的就是为他们祈祷，愿天堂不再有枪声。

　　这件事给张成的触动很大，也给身边所有的人都敲响了安全的警钟。透过这起事件，华人社区也对留学生的人身安全问题提出了质疑，这事到底归谁管？是归学校管、警方管，还是归中国驻加拿大大使馆管？来自国内的舆论更是让大家有些伤感。因为海子和大军之前每人花两万多加元买了二手车。海子的奔驰C230家用小型车还被国内一些媒体和网友解读为豪华车，所以好多网友说出了很难听且伤人心的话。2005年的时候，花十几万人民币买辆车不能算作豪华车。他们的家人已经承受了这么大的打击，却还要被网络霸凌，在伤口上撒盐，人性真是冷漠。

42

张成因为大军和海子的不幸离世,心情一直很低落。周三夜间,他去 Lachine 的室内场地踢球,调剂一下悲伤的情绪。在争顶头球的时候,他的左脚落地时没有处理好,扭伤了,很痛,并且不能着地,脚踝迅速地肿了起来,因为是夜间,张成不想去医院,让朋友给他送回了家。

早上醒来,脚踝依然很痛,张成打电话给曼丽,让她给送饭,曼丽说学校有事,来不了,张成感到凄凉,女朋友关键时刻还真是靠不住啊。于是打电话给石野,石野不上学了,所以没什么事,听说张成负伤了,在电话里大声取笑。笑归笑,不过石野还是过来了,他搀着张成去医院照了X光,医生说骨头没事,是扭伤,养一养就好了,只给张成缠了个绷带。加拿大医生一般对病人都是说养一养,大病小病都养一养。石野曾经在北京做半月板手术就是因为在加拿大的时候医生说没有问题,回北京才查出来问题。

看完病,张成觉得石野陪了他大半天,得犒劳犒劳他,于是请他去中餐馆吃饭。石野这次也不知道怎么回事,也不抠搜了,竟然说请张成去吃牛扒，让张成付打车钱就好了。于是张成拄着双拐跟石野去Place des art音乐厅对面的Baton Houge吃牛排。这家法式餐厅是著名歌手席琳·迪翁的老公控股的连锁高级餐厅。牛扒的味道自然不错。石野很会点菜，除了沙拉和芝士烤土豆之外还有煎蘑菇。张成想了想，有时候，兄弟还是比女朋友靠谱。

由于脚有伤，张成在家养了两天，没有去学校。第四天感觉好了一些，于是拄着双拐来到市中心，刚刚坐在星巴克和刘宇聊了会儿天，就接到了一个电话。电话中传来了一个中年女性的声音，说的是带粤语口音的普通话。张成本来以为是有人打错电话呢，后来发现是Bob的越南华裔老板。

Bob原本在大学附近的一所大专学习旅游专业，这学期毕业后，在林肯街上的寰亚旅行社实习，老板每个月给他发1000多加元的工资。尽管赚的钱并不多，但是身边好多人都投来了羡慕的眼光。原因是别人大多是在饭店里打工，很少有人能找到这种文员的工作。当时加拿大移民部规定，大学或者大专毕业的同学只有拿到相关专业的工作offer之后才可以申请一年期的工作签证，而在饭店打工多是现金工，也不是相关专业，所以是拿不到工签的。而当时大家毕业了都没有工作经验，加拿大的公司多不愿为留学生办工签，除非你是个比本地学生还优秀几倍的人才。所以大家那时候基本是两条路，一是再报班，继续读书，二就是打包回国。而Bob作为一个大专生能拿到相关专业的工作合同而申请工签，的确值得大部分人羡慕。

Bob老板在电话里支支吾吾的，张成也没听懂她说的什么，就对她说：" 反正我就在附近，我来你们公司说吧。"张成来到他们公司，公司里一共只有4个人，他们说今天早上上班的时候，来了移民局的人，把Bob带走了，居然还给他戴上了手铐，好像说Bob的学习签证过期了。Bob的老板说Bob打来电话说需要帮助，但是他们怕移民局抓住公司雇佣没有工作签证的员工的把柄，所以不想出面。老板知道张成是Bob的好朋友，所以想让张成去移民局帮帮他。Bob有事，张成当然义不容辞，他打车直接去了移民局。

移民局在市中心商业区往南一点儿的地方，是一栋六层的老式办公楼，那天是阴天，刮着风，移民局显得阴森森的。张成按照纸条上的信息，来到了五层。一个移民官先接待了张成，移民官先盘查了张成的身份，问了他几个问题，还特别问了张成和Bob的关系，然后让他在一个房间里等着。过了好长一会儿，那个移民官拿着Bob的手机和钥匙回到了房间，对张成说："你朋友让你到他家的壁橱里把他的护照和学习许可证拿过来，如果一切顺利的话，他5点就能放出来，你如果拿不回来的话，今天是星期五，明天是周末，我们都休息，所以他可能就得在我们这儿多住几天啦。"张成这时候才意识到Bob和外界已经被切断了联系，并且失去了人身自由。

张成拿到钥匙就去Bob家找到了他的护照，然后又返回移民局。没想到那天运气太差了，他进地铁站的时候遇见了地铁警察，警察看他用的是学生票，于是查他有没有学生地铁证，学生地铁证每年都要去交通局办一次。张成那天没带，警察就给他开了张220加元的罚单。张成心想救Bob要紧啊，就拿了罚单赶到了移民局。

因为张成是拄着双拐的中国人，所以移民局的人对他有印象。有两个移民官在楼下抽烟，看见张成还笑呵呵地喊道："你真是一个值得信赖的朋友。"张成也笑着对他俩点头。张成上楼把护照和学习签证递给了移民官，又等了半个多小时，Bob终于放了出来。张成看看他，已经没有了之前趾高气扬的神气，在走回家的路上，他对张成说："我以为我会被直接送上飞机遣返回国呢。"

张成看看他："你怎么啦？"

他叹了口气："我拿我们旅行社的offer和我的毕业证申请工作签证，今天移民官说没有批下来，而且我的学习签证昨日到期。所以今天公司一开门，移民官就来旅行社把我带走了，他们说给我一个半月的时间离开加拿大。"

张成问："那移民官怎么知道你今天就在旅行社上班和你们旅行社地址的？"张成觉得这件事定有蹊跷，应该有人在暗中作梗。

张成从Bob闪烁的眼神中看出他有什么事情隐瞒。张成先陪Bob回了他们旅行社。旅行社的人见到Bob回来了，每个人都很热心地帮忙分析出主意，完全不像上午时那样冷漠。张成觉得这些人真够虚伪的，上午没有一个人站出来帮Bob，现在又扮出一副关心的样子。

Bob的老板给他推荐了一个移民律师，是个越南人。Bob让张成陪他一起去见一见。夜色已经降临，二人开着车来到了St-Laurent大街。这条街位于皇家山的东侧，是南北走向，往南一直通到唐人街，往北是蒙城比较老的商业街，有酒吧和饭店，一直能到达小意大利社区。

二人来到越南河粉餐馆比较集中的一个地方把车停好，然后按照名片上的地址找到了律师所在的房子，是栋三层小楼。进了屋，这里并不像办公室，更像个住家。

Bob把他的情况从头到尾讲了一遍，律师就问了一句："你说的这些都是真实的？"

Bob迟疑了一下，说："都是真的。"

律师讲："这样吧，我帮你重新申请工作签证，至于这里申请的诀窍，我不会跟你讲，你也不要问我。我一共收两千，你今天先付一千，另外一千等你的签证下来，你再付给我。如果你被拒签了，你今天交的一千我也不会退给你,因为我帮你申请也是需要花时间和精力的。"

Bob想都没想,一口答应。他转身出门就奔向距离最近的TD银行,准备取出一千加元。张成见他一副病急乱投医的样子,已经失去了独立思考的能力,便把他拦了下来。对Bob说:"你是不是急疯了?人家也不告诉你怎么帮你办,你就先把钱交了。这钱也太好赚了吧。我如果是那个律师我就随便帮你填填表,反正不管你签证是否成功都可以赚到一千元钱。"Bob听了张成的话,感觉很有道理,冷静了下来,决定先回家想一想再说。

张成晚上把今天发生的事跟老王说了,问问他的意见,因为他就是干这行儿的。蒙特利尔的华人圈不大,干这行儿的圈儿更小。果然冤家路窄,老王得知Bob的学业背景后把真相告诉给了张成。Bob的大专学分并没有修完,他通过其他人找到了之前和老王翻脸的老韩。老韩让Bob付几千元,许诺能从Bob的学校把他的毕业证搞出来。Bob信以为真,于是便没有把课程修完,但是他不知道老韩帮他搞的这张毕业证其实是张假证。他居然用假证去申请工作签证。移民局一查,当然能发现他的毕业证是假的,于是等他学习签证到期这天就把他拉到移民局盘问。老王对张成说道:"Bob已经在移民局有了案底,乖乖地回国吧,别再花冤枉钱了。"

"就没有其他办法了?"

老王沉思了一下,意味深长地说:"其实我完全可以像老韩或者那个律师一样从Bob身上赚一笔钱的,他会吃大亏。但是,你和我是朋友,他和你也是朋友。如果我做了他的生意,我其实根本不在乎我和他以后能怎么样,但是我不想因为这事让你觉得我这个人不地道,做不成兄弟。所以这个钱我宁可不赚。"

张成明白了老王的意思，知道Bob留在加拿大是绝无可能了，便把他和老王的谈话一五一十地告诉了Bob。但是Bob非但不领情，还和张成疏远了。Bob太在乎移民这件事了，这时候不管是谁，只要能跟他打包票把这事办了，他肯定都会相信，让他做什么他都愿意。

Bob再次跑去找老韩。老韩见这块肥肉又主动送到自己嘴边儿，怎么有不吃掉的道理。张成不知道老韩又和Bob许诺了什么，但是Bob对他简直是言听计从。Bob问张成可不可以让他爸往张成的账户里汇3万加元。张成一听，惊了一身冷汗，直觉告诉张成，Bob又上当了。

张成问Bob："你要做什么？"

Bob说："你别管了，你就跟我说行还是不行？"

张成看他那副一根筋的德行，很生气："你想要被骗，我肯定是拦不住的，但是我不能成为你被骗的助力，这个忙我帮不了你。"张成拒绝了他的请求。Bob对张成充满怨气，最后借用司徒的账户帮他收的款。

老韩到底骗了Bob多少钱，张成也不清楚，反正光司徒账户那边就是3万加元。Bob没多久就回国了。临走前，张成请他吃了顿饭。Bob自己没提起这件事，但是张成敢肯定他被老韩骗了钱，要不然，他也不用回国了。

43

曼丽的朋友小涵，就是那个交际花，周末过生日。她在唐人街的火锅店东方之珠请了两桌，一桌是曼丽她们一帮女的，另外一桌是男生。张成、陶小凯、Vincent这些人由于跟着曼丽混，所以和小涵还算熟悉。另外两位嘉宾可就搞笑了，一个是石野，另一个是Jason。石野和小涵都是北京人，他俩通过张成认识之后还私下去滑过雪。Jason总去KTV玩，通过小涵前男友那帮人认识的小涵，俩人一聊，小涵得知Jason是张成的室友之后，有种相见恨晚的感觉。张成没去赴宴之前就知道石野和Jason两人当日的心情肯定是一样的，都认为自己肯定是当晚的男主角，因为他们之前就感受到了小涵对他们的好感。张成本想提醒他俩小涵对每个男生都是这副德行。但是经过Bob那件事后，张成也懂得"看透不点透，还是好朋友"的道理。况且，以他俩那股心劲儿，即使告诉他俩这些，他们也不会相信张成，就跟Bob一样，所以还是让他俩亲眼所见，然后死心吧。

石野平日对兄弟很抠，这是出了名的。老王、李笑笑和张成都这样认为。但是他对女人可是一点儿也不抠。小涵生日这天，他到施华洛世奇水晶店，花了一百多加元给小涵买了条水晶项链。这阵子就流行这个，搞笑的是，Jason也去买了条水晶手链。他俩当时都是哼哼着"你和我的爱情，好像水晶"去的火锅店。

等到了火锅店，他俩发现小涵并不和他俩坐一桌，但是她们那桌全都是女的，所以他俩也没在意。陶小凯、Vincent他们都是南方人，聊起天来觉得石野、Jason和张成这些北方人比较逗，所以大家有说有笑，还挺开心。大家都有些奇怪，怎么还不开始吃啊？曼丽说有位神秘嘉宾即将赴宴。

果真，一个年龄和大家相仿，偏瘦带有明显书生气的男生来了。只见小涵殷勤地过去拉住书生的手，直接坐在了女生那桌。石野和Jason的脸部表情顿时僵化，变化大到张成都不忍心看，张成情愿他俩还活在自我感觉良好的状态中。

石野还算有些城府，暂时没吱声，Jason比较实在一些，憋不住了，问张成："那小子是谁啊？"

张成声音很小，但是也能让在座的人都听到："我听曼丽说，他是在美国读研究生的，这次特意从底特律开车过来为小涵庆生。小涵叫他'叔叔'，但其实是小涵的新男朋友。"

张成的这席话对Vincent和陶小凯没起什么作用，但是石野和Jason听了就特别无语。他俩来之前都以为自己是当晚的最佳男主角呢，现在一下都变成了男配角，落差还是挺大的，男生这桌的嘻哈气氛由于此二人的瞬间沉默而荡然无存。

张成一看大家不说话有些尴尬，于是开开玩笑缓和一下气氛。石野和Jason心中隐藏的愤恨无处发泄，只好调侃张成发泄一下，张成也能理解。他俩把张成的糗事从头到尾说了一遍，一旁的Vincent和陶小凯听得嘿嘿直乐。而张成从那之后理所当然对小涵就没有好脸色了，因为她居然过一次生日同时耍了自己两个朋友。

曼丽这学期就把大学规定的学分都修完了，可以毕业了。而张成还得再读两年才能毕业。曼丽的二姨帮她联系了摩托罗拉蒙特尔公司的人让她过去面试。

在一个阴冷的上午，张成陪着曼丽坐地铁到Victoria站下车。别看曼丽在学校时挺牛的，但是一到校外遇到什么事总得让张成陪着。二人沿着University大街往南，朝摩托罗拉公司的方向走去。天空飘起了小雪，曼丽对张成说："如果这次面试不成功的话，我就去美国或者回国啦。"张成心里一颤，想：是啊，我都过糊涂了。曼丽要毕业了啊。她不在的话，我该怎么办？张成心里虽然这么想，但是嘴上却没说，他拉着曼丽的手说："放心吧，面试一定能通过的。第一你成绩这么优秀，第二是你二姨找人介绍你去面试的。一定没问题，放心吧。"曼丽听了张成的话，仿佛有了些信心。

曼丽去公司面试，张成找到附近一个咖啡馆坐下等她。

过了一个小时，曼丽出来了。张成急忙问："怎么样啊？"

曼丽苦着脸说："好像不怎么样，那人说，尽管工作上的交流都是用英文，但是同事间平时私下都是用法语的，他说怕我受不了。"这时张成突然强烈地意识到，两人可能快要分开了。

时间过得很快，没过几天期末考试就结束了。不知不觉中，曼丽和鲁西西这几个2002年秋季来蒙城的学习成绩和学习进度都非常牛的同学已经把学校规定的学分修完了，张成不敢跟他们相比，123个学分，他只修完了大概70个，主要是因为这些同学学习起来简直像机器一样，夏天都不放假地连续修学分。这种学习强度如果没有些功底肯定是吃不消的。

曼丽她们这帮毕业的女生里，两个准备回上海找工作，曼丽准备先去美国待一阵子，顺便把CPA（加拿大注册会计师证）考了，这是几种会计师证里相对较容易拿到的一个。陶小凯也准备趁半个月的寒假回趟国，让家里人帮忙找找看有没有好的工作机会，因为他再学半年多也可以毕业了。

曼丽订了12月24日晚上7点飞往旧金山的航班，这天是西方的平安夜，相当于中国的大年三十。西方人跟中国人一样，也遵循有钱没钱回家过年的说法，平安夜之前一定要回家，得赶上火鸡大餐和圣诞老人。所以之前的航班很难订，机票也很贵，只有平安夜进行时刻，机票才容易订，曼丽按照家里的安排，自然是要和她二姨四姨表弟表妹一起过圣诞节。至于她什么时候再回蒙城，或者说还回不回来，都不好说。

她走之前的两天，二人并没有像想象中那样依依不舍，张成每天都在帮她办各种离开蒙城之前的事，比如说银行销户、手机销户，最累的就是帮她处理她这三年多在蒙城买的东西，什么衣服啊，书啊，带又带不走，丢掉又舍不得。于是曼丽买了几个大箱子，把东西都搬到晴晴家。几人就这样忙了几天，直到来送她去机场的车已经停到了楼下。张成帮她把行李抬上车，她就这么走了，从蒙城消失了。张成不知道以后还能不能再见到她。

夜色已近，张成来到St-Catherine街上最熟悉的星巴克点了杯咖啡，叫刘宇从楼上下来陪他聊了一会儿。刘宇知道曼丽走了，先安慰了他一下，然后说："走了好啊，我俩以后多喝咖啡。"刘宇待了一会儿就走了，他们上海圈子今天晚上要去唐人街聚餐。张成想了想：是啊，我这两天忙坏了，都忘了安排今晚跟哪些朋友过平安夜了，曼丽这个圈儿算是散伙了。但是他又没提前跟其他朋友打招呼要参加谁的party，于是张成自己回了家，此时用陈奕迅的lonely Christmas形容他的心情再贴切不过了。

曼丽坐上了蒙特利尔飞往旧金山上的航班。蒙特利尔的机场就在岛上，当飞机起飞时，坐在靠窗位置的曼丽，看着窗外密密麻麻的万家灯火，在蒙特利尔三年多的点点滴滴像幻灯片一样一张张地在她的脑海中闪现。她再也控制不住情绪，泪水涌了出来。"别了，蒙特利尔，别了，张成。"

圣诞节日里不乏愉快的时光，张成和Jason在家吃了几顿大餐，也去老王家吃了川菜。但是每当他一个人静下来的时候，都有一种剧烈的孤独感侵袭着他。他开始想念曼丽了。他刚刚来加拿大的时候就和曼丽成了最要好的朋友，后来又成了男女朋友，曼丽在这边等于就是张成的亲人，占据了张成加拿大生活的半个空间。曼丽这么一走，张成就像没了依靠一样。特别是在学习上，张成有什么想法或者疑问都会跟她沟通一下，现在心理上的靠山没了，一切都得靠自己了，还真有点忐忑。

新学期很快就开始了，上学期的成绩也出来了，经过张成的努力，上学期的平均成绩是B-，他很受鼓舞，因为如果这学期还能继续保持这个成绩，那么这个学年，他就不会再收到学校的警告了，他的警报就解除了。所以张成坚定信心，决定再接再厉。

这学期他报的专业课是Intercultural Communication（不同文化间的交流）。教授是个东欧人，第一天上课张成就挨了当头一棒。教授用英文说了一个名词，突然说"让来自中国的张成来解释一下他是怎样理解的"，这句话吓了坐在最后面的张成一大跳，张成迅速在文曲星上查了一下这个单词的意思，原来是独裁者的意思。张成瞬间明白教授想给他挖坑。但是他却不了解张成是幸福的80后一代，所以张成的回答让教授大失所望，相当于什么都没讲。

班上一共有40多人，四分之三是白人青年，家庭条件很好，从穿着上就能看出来，当然这样的白人也比较傲慢。班上只有一个长得像美国说唱歌手50 cent的黑人男性，可以看出来他在白人堆儿里不是很自在。还有一个伊拉克裔男子，他很强壮，是打小就来的加拿大，他经常迟到，跟教授关系挺紧张。印象深刻的是有一次教授把话题扯到了伊拉克战争上，班级里的白人同学纷纷表示美国出兵是为了解放伊拉克人民，是为了自由，为了民主出战。而伊拉克青年强烈表示不满，舌战群雄，说美国就是为了石油而侵略，大量的没有法律保护序号的石油被运往美国。课堂上关于政治讨论的火药味渐浓，仿佛随时就要有人掀桌子。张成作为课堂上的少数族裔当然倾向于相信伊拉克同学说的话，但他还是没吱声，因为他的口语水平不足以和白人同学辩论。

2006年已经过了一个多月，张成才从曼丽离开蒙城的失落心态中正式走了出来。这学期选的几门课都还可以，只有那门文化交流课让张成十分头痛，东欧教授每讲到一个概念，就会习惯性地问问来自东方的张成的看法，搞得他每一天都心惊胆战的，因为像宗教这样的东西中国学生接触得并不多，况且让他用英文说个一二三，他就更说不出来了。所以每次要上这门课前，张成都会哼一哼成龙那首歌："拍拍身上的灰尘，振作疲惫的精神，远方也许尽是坎坷路，也许要孤孤单单走一程。莫笑我是多情种，莫以成败论英雄。人的遭遇本不同，但有豪情壮志在我胸！"然后才能鼓足勇气去上课。

44

2月末春假,眼看一年期的美国签证就要过期了,司徒问张成要不要和他们一起去纽约玩儿。张成只在前一年在芝加哥转机过,还真不算去过美国,于是便答应。司徒租了一辆面包车,同去的还有司徒的女朋友林雨杉、陶小凯,以及林雨杉的室友晓晓。这里面只有张成和晓晓是第一次去纽约,另外3个之前都去过了。

车沿着15号公路往南开了一个小时就来到了美加边境,15号公路进入美国境内就是87号公路了。去美国的车辆还挺多,尽管有10个通行口,但是几人还是等了快一个小时才进入移民局。美国移民官的声音大而有力,简直就是美国电影中的美语口音。不知道为什么,张成进了移民局就感到一种紧张的气氛,可能是因为美国边境警察的阵势很大,另一种原因也可能是移民官的提问语气好像在审恐怖分子一样。顺利通关之后,张成终于舒了口气,心里还是蛮兴奋的,毕竟第一次去美国。

经过7个小时的车程,车停在了纽约曼哈顿的帝国大厦下面。时间已经很晚了,令张成大吃一惊的是帝国大厦下边居然是韩国城,围着帝国大厦一圈都是韩国餐厅。吃过一顿韩国料理后,为了省钱,司徒开车来到城外的汽车旅馆住。由于旅途劳累,张成和陶小凯没聊两句就呼呼睡着了。

第二天,大家起得挺晚的,10点多才出发,道儿上开了一个多小时,到达布鲁克林大桥,此时曼哈顿的全景出现在张成眼前,用一个词来形容再贴切不过了——城市森林。由于曼哈顿的城市规划早在一个世纪前就做好了,所以高楼之间的距离很近。张成手扶着车窗,张着嘴感叹着纽约的繁华景象,心里嘀咕着纽约不愧是全世界的中心啊。司徒和陶小凯都是金融专业的,所以第一站就是华尔街,几人在美国证券交易所前面拍了张照片留作纪念。由于张成和晓晓是第一次来纽约,所以二人想去时代广场看看,司徒他们三个之前去过,时代广场又不好停车,于是司徒就把张成和晓晓扔在附近,开车去唐人街吃饭了。

晓晓是上海女生。她说普通话带一些上海口音,给张成的第一印象是有点小轻狂。二人没什么话题,就朝时代广场那边走去。路上人不知道比蒙特利尔多多少倍,一片繁荣景象。当时代广场出现在眼前的时候,张成惊得几乎说不出话来,巨大的电子广告牌占据了广场四周高楼的每一个墙面,两只眼睛已经不够装下这么多的信息。

张成和晓晓穿过时代广场,来到一条小巷。尽管这些眼花缭乱的大楼尽显繁华,但是这里人太多了,交通也非常混乱,黄色的出租车按着喇叭呼啸而过。大马路中间的井盖往外冒着蒸汽。一阵寒风吹过,卷起了好多白色塑料袋螺旋飞升。

二人路过一个剧院门口,门口排了一条长队,全是青壮年黑人,他们穿着很差,一个个冻得发抖,张成心里感叹道:这美国贫富差距也挺大,看这帮人可怜的。可能是张成在看这些黑人时有些目不转睛，居然被这几个黑人发现了，其中一个小黑人用他们特有的俚语冲他俩喊道："小黄人你看个屁呢？"其余黑人哄然大笑。此地不宜久留，张成叫上晓晓快走两步，迅速离开。

　　司徒他们吃过午饭过来接上张成和晓晓，汽车沿着曼哈顿的西岸向北驶去，途中路过了联合国大厦。因为这楼比较薄，张成一眼就认出来了。纽约就是这样，走三两步就是美国电影里的经典景点。从纽约沿着87号公路向北行驶一个小时就来到了Woodbury Outlet，北美东部华人圈里非常有名的购物胜地——奥特莱斯。之所以敢说这里是华人的购物胜地，是因为这里云集了几乎所有名牌的直营店，而且价格都是白菜价，基本是北美专卖店的半价，跟国内的店比起来，折扣非常高，所以这里云集了大量的华人、韩国人和日本人。所有人都是大包小包地拎着。5个人每人都买了几样。他们返程开到美加边境的时候是夜里。为了避免补税，他们把商品的包装和标签提前扔掉了。因为一旦超过了200美元的购物额度，就要补很多税，有时候，甚至高达商品价格的一倍。

45

回到蒙特利尔后,张成感觉生活节奏又慢了下来,跟美国完全是两个节奏。蒙特利尔的冬季真是又长又难熬,还好有紧张的课程和期末考试,这能让张成感觉时间过得快一点儿。

终于,在春暖花开的5月,张成的期末成绩出来了,和预期的一样好,尽管今年没有学校的表扬信,但是也没有警告信,张成通过自己的努力看到了毕业的希望,也证明没有曼丽,他自己完全有能力学好。张成又报了两门课,等修完这两门课,他准备7月份回国休假。

张成没事的时候会去陶小凯家转悠,陶小凯的室友老李比张成大3岁,和陶小凯一样也是学金融专业的,他俩马上都要学完回国了。陶小凯的家里人给他联系好了中国银行的工作,等他爸妈来蒙特利尔玩两个月后,他就彻底卷铺盖回国。老李则很有可能去澳门的中国银行工作。蒙特利尔就是这样一座留学城市,来一拨儿,走一拨儿,又来一拨儿。因为工作机会少,总是留不住人。老李特别喜欢打台球,没事就和张成去语言学校楼下的Sharks酒吧打台球,老李的球技很高,他是那种给他一个机会,就有很大可能清台的选手。

5月的蒙城已经很炎热了,老李在家做了一次地道的重庆火锅。北方人吃火锅就是到超市买好火锅底料回家一煮,大家围成一桌涮肉涮菜吃。但是老李是自己炒底料,他买了辣椒、花椒、小茴香和大块黄油等各种调味料,在锅里翻炒,炒出来一大锅底料。张成涮肉的时候一吃,太香啦,他从来没吃到过这么地道的重庆火锅,这个底料真不是超市里那种包装的能比的。

Vincent知道张成无聊,便找周五晚上的时间约张成吃晚饭,吃完之后,Vincent说:"晚上St-danis街那边的Club Urban俱乐部有亚裔聚会,要不要陪我一起去?"Vincent在Angranion区有名的华人自助餐东方皇宫打工,所以能接触到当地的亚裔,这些聚会消息他总能第一时间知道。反正晚上没事,天气这么好,也应该出去散散心,张成便答应了他。

星期五晚上,蒙特利尔整个市中心街头都布满了去酒吧和club消遣的人。张成和Vincent 11点多来到东边的Club Urban。大门就在St-Catherine街上,门口有保安和很多排队的年轻人。二人排了半天才进去,上了二层的楼梯,每人花了20加元买了张入场券。张成进入场地一下就傻眼了,在震耳欲聋的音乐声中挤满了非常high的黑人,足有好几百个黑人。这哪里是亚裔聚会呀,这明明是黑人聚会呀。张成看着Vincent,表示很无语,但是20加元的门票都花了,也不能转身就走,那就去找找有没有相同族裔的朋友吧。

这个club有两个舞池和4个分区包厢,地方不大,但是人很多,所以在这里走动很困难。张成和Vincent挤着溜达了一圈,没发现所谓的亚裔聚会,只在一个角落发现零星的几个广东人,但是明显和张成不是一路人,所以他又溜达回舞池附近。舞池中的黑人们玩得太high了,不得不赞叹,黑人的节奏感特别强,简直是与生俱来的天赋。喜欢听嘻哈音乐的都知道黑人乐手是说唱音乐中的主流，所以看着舞池里随音乐节奏舞动的黑人们也是蛮特别的一件事。

突然，张成隐约发现舞池里好像有两个亚洲女孩的面孔。他踮起脚尖望了望，的确是两个亚洲女生。并且，他发现这两个女生附近还分散地潜伏着4个亚裔男生，可以看出来，他们几个也不认识这两个女生，所以保持了一定的距离。张成分析了一下，这几个亚裔男生跟他的心情应该是一样的，今天来这个club的亚洲女生太少了，总不能贴着黑人女性跳舞吧，再说，黑人女性也不喜欢亚洲男生，觉得亚洲男人太瘦弱了。

Vincent也看见了，说："那两个女的好像是韩国人，没戏呀。"

张成当然明白Vincent的意思，就算他俩挤到人家身边，估计人家也不会理。二人面面相觑，张成说："上吧，来都来了。"

Vincent睁大了眼睛，一副随你便的表情。张成挤到吧台对女服务生喊道："2 Molson dry, please."服务生起开了两瓶还冒着凉气的Molson啤酒，递给张成说："15 dollars！"张成递给他一张20元的钞票，服务生找回5元，张成留给她两元钱的硬币做小费，她说了声谢谢。张成递给Vincent一瓶，二人碰了一下杯，然后把啤酒干了，就为了一会儿酒壮怂人胆。

二人慢慢潜了过去，人很多，想借一个身位还挺难的，张成接近了那两个女生。尽管灯光不是很亮，但他还是看清楚了，的确是韩国女生，一个长得普通，另一个长得很漂亮，个子都不矮。漂亮的那个化了妆，盘了个韩式的"老道"发型，穿着条白色长裙，看起来还有些淡雅，与这里嘈杂的氛围还有些不协调。果然和他俩预料的一样，人家根本就没有理他俩，Vincent有些泄气，不一会儿就出了舞池，到墙边待着去了。张成继续留在那儿。不过令他心理平衡的是这两个韩国女生也没搭理其他几个亚裔男生。张成心想：就算我跟Vincent一样退回墙边儿，也是在那儿站着，还不如就在这俩韩国女生旁边待着呢。与韩国女生跳舞跳得开心的是个身高将近一米九的黑人型男，型男看张成就在旁边站着，于心不忍，还让出位置对张成说："要不，你来跳会儿。"张成笑了笑，婉拒了他的好意。

过了大概一个小时，club里的大灯亮了，音乐也停了，原来是时间到了，要散场了。大家都停下来，喘着气。张成看看那个韩国女生，灯光下还真是很漂亮。也不知道哪来的勇气，张成看着她说："我在这里陪你站了一整晚，你可以给我一个离别之吻吗？"

其实张成是半开玩笑说的，他心里99%肯定这位漂亮的韩国姑娘会甩头而去，根本不会理他。但是电影里的一幕居然在现实生活中发生了，她看了下张成的眼睛，若有所思，她的眼神中，没有要骂人的意思。她身子向前挪了半步，脚尖一立，在张成的侧脸上轻轻地吻了一下，然后又看了他一眼，转身拉着她的朋友离开了。整个过程，张成就像一个木头人一样站在那儿，双脚无法移动，他完全惊呆了，还没缓过神儿来，这时Vincent跑了过来，拍了张成："你太牛了，怎么回事？"张成还没缓过神儿来，只是对Vincent淡淡地讲道："不知道啊。"

张成回到家，试图躺下赶快睡觉，但是怎么也睡不着，那个韩国女生的眼神止不住地浮现在他的脑海中。他感觉到原本心底的一潭死水被搅得难以平静。这种强烈的感觉好多年都没有过了。张成问自己，这难道就是传说中的一吻定情吗？怎么就没跟人家要电话号码呢？蒙特利尔说大不大，但是说小也不小，现在连这个女生叫什么名字，在哪个学校上学都不知道。张成感到有些失落，会不会再也见不到她了呢？

次日醒来，感觉这一切就像梦一样，张成整理了一下情绪，就去市中心喝咖啡去了，他这一天都在敏锐地观察着周围的环境，希望遇到那个韩国女生。天黑了，他也回到了现实中，嘲笑自己还真是天真，茫茫人海，萍水相逢，怎么可能再次相遇呢？过了几天，韩国女生依旧没有踪影，张成的心情也慢慢平复，他不再幻想了。

46

张成的夏季课程选修的是统计学，教科书里有一个统计学的实例应用是赌场中大小点的举例：在100次猜大猜小中，大和小一定是各50次左右，偏差的比率不超过5%。张成正好闲来无事，于是准备去赌场试试。他坐地铁绿线到Barrie Uqum站，然后转黄线来到小岛上的赌场。因为那年与Steven和石野来过几次，所以他很快就找到了三楼的大小点机。赌场里只有一桌大小点，因为专业赌徒是不会玩这个的，没有技术含量，纯凭运气。这是一台自动筛子大小点机器，筛盅里有3个筛子，所以每次开的时候9点以下是小，10点以上是大。张成拿着笔和纸记录了一百次大小点的结果，让他吃惊的是根本不是统计学教科书上的50∶50左右的比率，居然是27∶73。张成可以肯定这机器一定是有问题的，央视的反赌纪录片中也曝光过这种机器，庄家想开几就是几。但同时，张成也发明了一种不输的方法。大小点机器最小一注是5元，最大封顶的一注是200元。张成的方法是如果以5元压小，输了的话，第二次以10元继续压小，如果赢了就赚5元，如果输了，就输15元，那么下次压20元，如果赢了就还是赚5元，如果输了下次就压40元，以此类推，只要在6次之内出一次小，那他就能赢5元。但如果6次之内都没出小的话，那就输300多，他觉得不可能运气会差到连出6次大。于是他准备第二天来做实验。

　　第一次压小，筛子一开就是小，赢了5元。第二次还是压小，筛子开大，于是他按照既定计划压10元，还是大，输了。他压20，还是大。他压40，还是大，他压上80，三筛子都是1，那就是3啦。张成紧张的心情一下缓解了，觉得这应该是小。但牌桌管理员并没有给他赢的筹码，而是把张成的80拿走了，张成说："这不是小吗？怎么不给我钱？"管理员笑了一下，说："这3个1是爆子，既不是大，也不是小，所以你输了。"张成心里感叹：这骗钱的赌场！回家！

　　张成总结了一下，人在赌博过程中心态变化会很大，很难会按照既定计划去执行。人性是贪婪的，一般都是赢了之后还想赢，输了想翻盘。身边想靠赌博赚钱的人结果都很差。所以在赌场里笑到最后的永远都是庄家。张成也不再研究什么统计学了，因为教科书上的东西根本抵抗不过现实中的因素。

　　陶小凯推荐了一部新出的电视连续剧叫《与青春有关的日子》，是叶京导演的新作，张成两天就在家看完了，讲的是王朔、冯小刚他们20岁时发生的事，语言比较幽默，而且内容很真实，跟张成身边发生的事有非常大的契合度。

　　海外生活有大把的空闲时间，所以看电视剧也是非常重要的一项娱乐。每当过年的时候，国内好多人在批评央视春晚，争论还要不要继续办下去的时候，他们没有想到的是海外华人都在满心期待着这台晚会，海外的生活相对国内的生活来说，实在是太单调了，看春晚就是海外华人庆祝春节最重要的一项活动。

除了看电视，无聊的张成也开始看报纸，咖啡馆里每天都会有当日的报纸看，加拿大最重要的报纸就是The globe and mail（《环球邮报》），张成翻到商业板块的时候，发现自己阅读商业版新闻会比时政或者生活版的新闻容易许多。原来他在不知不觉日积月累中已经掌握了大量的商务英文。商业新闻头版每天都会公布4个数据，就是道琼斯指数、多伦多股票交易所指数、原油价格和黄金价格。张成连续多日都发现黄金的价格在一个劲地向上蹿。他开始关注黄金的价格走势。

就1个多月的光景，黄金价格已经从400多美元一盎司涨到了500多美元一盎司，而且有5个连续交易日都是绿的。中国和西方是相反的。中国股市中绿是跌，红是涨。而西方股市红是跌，绿是涨。这个真的是文化差异。中国人认为红代表红红火火，绿相对不怎么好，就连康大商学院的各国商业文化课的教科书上都写着在中国千万不要送中国人一顶绿色的帽子。上课的时候，教授没好意思说为什么，让张成站起来解释，张成解释之后，同学们都大为诧异。连声感叹中国还有这种说法。而红色对于西方人来说也并不是什么吉祥的颜色，所以好多西方人对中国新年里的中国红也有些不适应。

黄金价格的连续上涨不仅引起张成的注意，好多财经媒体也在关注。这个时候，原量子基金的合伙人吉姆·罗杰斯站了出来，他是资本大鳄索罗斯以前的合作搭档，他说："看！涨了吧？我早就跟你们说过。我预言金价一定会涨至1000美金一盎司的！"

张成一听，吓了一跳。他查了黄金的历史价格走势。1980年，石油价格暴涨的时候，黄金价格涨到过700多美金一盎司，是那时候的天价，也是历史最高价。后来就一路下跌到2002年的200多美金一盎司。这几年一直是涨，这次一个月涨100美金，正式宣布了黄金牛市的到来。这些信息看得张成心里汹涌澎湃的，于是开始研究怎么买黄金。加拿大金融市场就不用想了，一是产品少，二是不管做什么都效率低。张成直接研究国内市场，国内有实物黄金交易，但是黄金纯度和交易规则都有漏洞，对于投机者来说有些麻烦。此时工商银行已经开设了网上纸黄金的业务，但是只限上海地区，其他地区的工行不开。张成正好6月末要回国，于是直接订了飞上海的机票。

47

时间终于来到了6月末,还有一个多星期张成就可以回国了,他还有一门商科理论课的期末考试要考。考试前一天一大早他就去了图书馆,在三楼的小包间里一气儿从上午10点看书看到下午4点多,他把厚厚的理论教科书看了一遍,看完后,张成头昏脑涨的,脑子里全是英文的公司运营理论。人在高强度大量阅读之后,大脑是处于兴奋状态的,几乎跟喝多了没什么区别,平日在乎的条条框框已经完全抛诸脑后。

张成下到二楼,向出口走去。这时迎面走过来一个亚洲美女,张成隐隐约约觉得眼熟,但是有些想不起来。当张成和她擦肩而过之后,他突然意识到,这不就是一个多月前跟他吻别的那位韩国美女吗?张成赶紧停下,转过身。出现在张成面前的并不是一个离去的背影,那个韩国女生也认出了张成,已经回头看着他。她笑着,传递出的信息就是她也很惊讶能在这里遇见张成。张成本该腼腆一下,找些话寒暄几句缓和一下尴尬的气氛,但是他并没有那样做,因为大脑正处于高度亢奋的状态,他不想再次错过,开口说:"把你电话号码给我!"这绝对是世界上最直接要电话号码的方式。女生笑了笑,对张成这么直接也很无语,但是依旧欣然地把电话号码写给了张成。由于次日还有考试,张成没有和她多说,一边转身离去,一边喊了句:"我会打给你的。"

考试之后,张成反倒有点不敢给她打电话了,因为他平静下来之后觉得自己要电话的方式太粗鲁了。等到还有三天就要回国的时候,张成拨通了她的电话。

对面是女生的韩语问好。

张成用英语支支吾吾地说道:"你好,我是图书馆里管你要电话那个人。"

女生也用英文回应:"嗨,你好啊。"

"我可以请你出去喝一杯吗?"

"那我可以带我的朋友吗?就是你在酒吧见过的那个女孩。"

"当然可以,我也带我的朋友过来,我们明天在Concordia地铁站见面。"

张成打算叫上Vincent一起参加这次的中韩联谊会。

4个人约在Concordia地铁站口见面,碰面之后大家商量了一下,一起去Peel Pub喝酒。Peel Pub以前是蒙特利尔很有名的一间酒吧,原因是最早的时候他们家在星期日有一项特别大的优惠:1毛钱一个烤鸡翅,点100个鸡翅才要10加元。所以当时一到星期日就爆满,大家一边喝啤酒吃鸡翅,一边看球。后来酒吧搬了家,但依然在peel街上,鸡翅也涨价到两毛钱一块。所以没有以前那么火了。

Peel Pub离康大这边有一站地,几人顺着St-Catherine大街就能溜达过去。走到半路,真是冤家路窄,居然遇见了语言学校时李敏的韩国前男友Minsu。张成四年前就认识他，但是二人从来不打招呼，因为Minsu总摆出一副很拽的样子，张成挺烦他的，Minsu也烦张成，所以之后几年遇到都互相装没看见。张成没想到Minsu居然认识韩国美女。Minsu叫住了她，叽里呱啦地说了一堆韩语，估计没有什么好话。相比中国人，韩国人的圈子更小，所以可能大家都认识谁是谁。他们大概讲了两三分钟，韩国美女回来跟张成一起往前走。

她问："你认识他？"

张成说："是的，他是我以前一个朋友的前男友。"

她说："你猜他跟我说什么啦？"

张成想了想："不知道，说什么啦？"

她笑了一下，说："他说让我不要和你们一起出去。说我根本不了解你。"

张成想果然不出所料："那你怎么回应的？"

她说："我告诉他，不关他的事。"

张成对女生的信任非常感激。

到了Peel Pub，4人要了一大扎啤酒，喝过酒后大家就不那么尴尬了。她叫Chongmi，来自韩国釜山，是首尔师范大学的一名本科生。她们在大三的时候有一年的时间可以出国游学，主要学习英文，所以来了蒙城。韩国整容业很发达，张成就问她的脸是假的吗，她很坦诚地告诉张成她的眼睛和鼻子做过简单的整形。大家第一次出来，聊得都很开心，张成觉得Chongmi是个很直爽的女生，他对Chongmi说等他回国回来再找她一起出来玩。

放暑假后，张成坐飞机直接到了上海。正好赶上牛威龙刚刚毕业，牛妈帮他买了房子，但是是期房，还没有建好，所以张成住在他租的房子里，白天牛威龙去上班，张成拿着身份证找了一家工商银行开了纸黄金的账户。

和牛威龙告别之后，张成回了东北。他发现东北的天空比以前蓝，张成上高中的时候，东北环境污染很严重，通过这几年政府做的努力，环境改善了许多。这年张成爷爷奶奶觉得身体还可以，所以坐火车来东北过夏天，东北的夏天比北京凉爽很多。

全家人在饭店聚餐，爷爷一如既往地在饭桌上发表演讲。爷爷是张家的绝对权威，张成父辈们都很怕他。他没讲完的时候，谁也不敢动筷子。正好沈阳的表妹乐乐从英国回来度假。乐乐很聪明，从小学习成绩就非常好，后来去了英国，在伦敦政治经济学院读书。一桌只有张成和乐乐两个小辈。奶奶为了迎接2008年的北京奥运会，在社区学习了几年英文，只能听说，看不懂。奶奶说社区的英文老师表扬她是学得最认真的老太太。大伯和张爸提议让张成和乐乐用英文对话给大家听听。张家是等级森严的家庭，长辈提出来的要求，小辈是不可以反对的。之前张成的表哥表姐们都有过抗争的实例，基本成为炮灰，所以像张成和乐乐这样情商较高的人是不会抗拒这些可笑的要求的，于是就用英文开始闲扯。尽管十多个长辈里没有人能听懂英文，但是大家最后总结出来的结果是乐乐的英文说得比张成好听。

国内的同学今年都已经结束了4年的大学生活，有的选择读研究生，有的准备出国，有的直接工作了。在张成家那个三线城市，据说安排个国企或者事业单位的好工作，要花5万到10万，他对这些都没有概念。

张成的大姨家换了新房，是沈阳浑河边上的高层。她家在30层，风景很好。因为爷爷奶奶来张成家住，家里住不下，所以张成姥姥就去大姨家住上一段日子。张成回加拿大之前和父母一起去看姥姥。他发现姥姥的右手背皮肤下面布满了淤血。张成拉着姥姥的手问她是怎么弄的。原来姥姥搭乘电梯下楼，不知怎么就到了地下一层，新楼盘的地下一层是没有灯光的，姥姥出了电梯就什么也看不见了，找不到出口，摸到了一个铁门，就用手敲铁门弄出声响求救，就这样把手弄伤了。张成特别心疼，心里感叹姥姥是真的老了。离开的时候张成回到车里就掉眼泪，妈妈没搞清楚他为什么哭，还笑他："这么大的人了，还哭呢？"张成有一种不祥的预感，他感觉这次回加拿大，可能就再也见不到姥姥了。

48

9月开学，张成回到了蒙城，由于前一年的成绩还不错，他对自己能顺利毕业有了很大的信心，于是这学期报了5门课。之前的房子在8月份到期了，张成当时在国内，所以Jason帮他搬了家。张成心存感激，Jason也没白帮他搬，Jason和他的朋友开了张成的一瓶茅台酒喝了。

2006年9月13日，这天是星期三，张成上午上完课回家吃午饭，由于刚刚回蒙城不久，时差并没有倒过来，他就在家昏昏沉沉地睡觉。在睡梦中，张成听见外面很吵，直升机在市中心的上空盘旋，发出隆隆的声音，这显然是不正常的，但他困得很，所以也没有起来看看外面到底发生了什么。

晚上6点多，晴晴的妈妈从沈阳打电话给张成，说打不通晴晴的手机，她语速很快地告诉张成，蒙特利尔刚刚发生了校园枪击案，她十分担心晴晴的安全。张成一听，吓了一跳，赶快一边打开电视，一边给晴晴打电话。还好，晴晴接了电话，说她在康大图书馆，自己没事。

发生校园枪击案的是道森学院。

道森学院离康大不远，从张成这栋楼往西走一站地就到了，在AMC电影院的斜对面。

25岁的印度裔青年吉尔制造了这起惨案，震惊了世界。吉尔生在蒙特利尔，长在蒙特利尔。他的父母是在1980年移民到加拿大的，1981年生了他。过了几年，吉尔的父母又生了两个双胞胎弟弟。吉尔从小就很乖，上学之后给别人的印象是很内向。成人后，他在蒙特利尔大学读了本科，已经毕业多年。他没有工作，喜欢玩网络游戏。他还合法地持有好几支枪。

吉尔住在蒙特利尔北部的Laval市，周末，他把两侧的头发全剃光了，但是上方的头发却留着，他的妈妈看见这个发型，说不好看。吉尔穿着一身黑衣，开着黑色的庞蒂亚克车来到了蒙特利尔市中心，把车停在道森学院的门口，之后从后备厢拿出了武器。他把手枪别在腰间，背上一支霰弹枪，然后手持一把冲锋枪从正门走进了道森学院。他来到二楼的咖啡厅和食堂对素不相识的学生进行扫射。学生们惊慌失措，纷纷逃离。5分钟后，附近巡逻的两名警察闻讯赶到，进入学校，听着枪声找到了吉尔。吉尔开始和警察交战。

此时学校外面有大批警察赶到，学生们从学校里纷纷大哭着跑了出来，从电视画面上看，还有很多中国学生的面孔。室内的激战还在继续，因为有遮掩物，所以在室内对射很难击中对方。吉尔可能早已经厌倦了这个世界，所以他从腰间拔出了手枪，对准自己的太阳穴，扣动了扳机。在这场枪战中，总共死了两个人，一个是吉尔自己，另一个是19岁的白人女孩，刚刚入学不久，金发碧眼，特别漂亮，不输电影明星。还有19名学生和工作人员受了枪伤。

吉尔的妈妈这天5点下班，6点左右到了家。她回到家的时候，吉尔的爸爸和吉尔的两个弟弟正在客厅看电视。他们都听说今天市中心发生了枪战，但是他们谁都没有想到制造这场枪战的人是自己的儿子吉尔。吉尔的妈妈戴好围裙准备做饭。此时有新闻记者开始聚集在吉尔家门口照相。吉尔的妈妈看到此情景，双腿开始发抖，有些站不住了，她预感到了什么，但是不敢去想。过了一会儿，3名调查人员走进了他们家，其中一个对吉尔的父母说："我很抱歉，我们没能把你的儿子带回来。"

张成如果没搬家的话，道森学院门口是他每天回家的必经之路，他那天只有上午有课，所以11点半下课，12点会走过道森学院门口，而那个时间正好是吉尔从车上下来的时候。所以张成想想都后怕。张成问自己，这个世界上发生的任何事是不是上天都安排好了呢？

此后，加拿大媒体想探求吉尔的内心世界，媒体把问题引到了枪支管理和暴力视频游戏上。但是多伦多《环球邮报》的华裔记者Jan Wang写了一篇文章指出，综观蒙特利尔出现过的3次校园袭击案，3个不同背景的嫌犯都是移民或者二代移民，而没有出现魁北克法裔白人，可不可以猜测，魁北克对待少数族裔有偏颇，致使少数族裔出现心理问题？

Jan Wang的言论一出，整个加拿大都轰动了，从政客包括总理到种族主义者都开始用唾沫围剿Jan Wang，甚至波及了华人社区。张成的感受是她的假设可能说出了最刺耳的事实，但是加拿大人都不愿意认为这是真的。

这次校园枪击案虽然在加拿大掀起了轩然大波，但是对张成的生活其实没有太大的影响。对于西方世界的命案、恐怖袭击什么的，张成早已见怪不怪。联想起前一年海子和大军的命案没有任何进展，张成已经对加拿大警方对留学生群体安全的不重视而感到非常失望，所以也有了事不关己高高挂起的心态。自己的安全还得靠自己保证。

入学管理办公室那个中年女人三年前对张成说过,这里没人会在乎你的,除了你自己。当时听起来那么刺耳,现在张成却体会得那样真切与残酷。

49

  为了能早日毕业，张成这学期又报满了5门课，有一门课是要分组做课题。第一周的时候，张成坐在后排，自己建了一个组，邀请坐在身边不远的两个中国南方同学加入。第二周再上课的时候，张成来得早，坐到了前排。放学之前，教授要统计分组的情况，轮到他们组时，之前两个南方同学又允许两个老外加入了本组，但是每组最多4个组员。张成今天坐到了前排，他们几个坐在后排，所以看起来张成好像被孤立了一样。张成心里挺窝火，这两个南方同学应该在那两个老外要求加入的时候告诉他们这组已经3个人了，只可以再进一个人。教授看张成离他们这么远，继续说道："每个小组最多4个人，看来你得再找个组了。"张成只能找别的同学重新组一个组。

  这时坐在前排的一个女生体会到了张成的尴尬，回头用半生不熟的中文对他说："要不，你加入我们组吧。"张成感动得一时没有说出话。他认识这个女生，名字叫楚楚，是International Business专业的同学。她是来自美国的ABC，是在美国土生土长的华裔。张成之前和她上过同一门课，但是二人一句话也没有说过。楚楚是班级上最棒的学生，不仅人长得非常漂亮，而且因为从小在美国长大，说得一口地道的英文，和西方女生不同的是，她说话的时候很有条理，又具有东方女性的温柔，所以深得教授和同学们的喜欢。和她这样优秀的学生相比，英文说得不是很好的张成会有些自卑，况且张成记得她在课堂上说过她是美国人不是中国人，所以张成每次见到她也不打招呼，他觉得与楚楚沟通不了。张成最后与另外两个同学组成了小组，但是楚楚主动帮张成解围，张成还是挺感动的。楚楚读完这个学期就毕业了，她对张成说她是美加双重国籍，她的父母都在美国生活，而且美国有更多的就业机会，所以她会回到美国寻找工作。

张成本学期还报了一门法语课，前一年他在大学里已经修了一门法语初级课程，感觉挺难的。他这次选法语中级课程，尽管也抱着多学一门语言的美好意愿，但主要原因还是为了省些学费，因为魁省政府为了鼓励留学生学法语，规定留学生的法语课学费和本地人是相同的，才300加元一门。不过上过两次课后，张成就痛苦得不行了。原因是这位法语课教授在课堂上不讲英文，只讲法语。尽管她的初衷是为了避免大家说英文，但是她一句英文不讲，做得有点太绝了。对于中国留学生来说，跟他们根本就不是一个语系的，用英文学法文已经不容易了，她再一句英文也不说，张成就更迷糊了，完全不知道她在说什么，好多东西都得靠猜。不过法语课虽然很痛苦，但是张成多少也有些收获。

有一天张成去上课，由于出门着急就没带钱包。那时候他早已经养成了每天必须喝一杯咖啡的习惯，不然整天都难受。于是他跟之前就认识的一对北方夫妻借两元钱，去买杯咖啡。他俩摸摸兜，说没有钱，要不借张成一张信用卡。张成当时很无语，真不懂他俩是不想借还是怕他不还，于是说算了，不喝了。这时坐在一旁的一个哥们儿说："我这有。"他递给张成两块钱的硬币，又补了一句："不用还了。"与之前认识的那对夫妻形成了鲜明的对比。张成非常感激，留了他的电话，约好下课后请他去奶茶店喝饮料，这个男生叫梁思桐，是张成认识的第一个来自投资移民家庭的人。

梁思桐的父亲是杭州一家房地产公司的董事长，做房地产之前是杭州一家能源公司的总经理，所以在上世纪90年代末至本世纪初，伴随着中国房价的暴涨，梁家积累了大量的财富。梁思桐的父亲办理了魁北克投资移民，全家于2004年底登陆蒙城。由于国内还有公司要打理，所以梁爸做了太空人，常年往返于蒙特利尔和杭州之间，而梁思桐的妈妈则留在蒙特利尔陪着他完成商学院的课程。他们家来蒙城的第二年就在亚裔新投资移民相对集中的南岸Brossard市买了一栋两户一体的别墅。这和留学生的市中心生活是完全不同的。

法语课是在星期六上午，梁思桐邀请张成下课后去他家做客，看他一副认真诚恳的样子，张成就上了他的克莱斯勒小轿车。他们从市中心顺着Atwater大街往南开，穿过运河下面的隧道之后拐个弯上了15号公路，路过修女岛之后就上了横跨圣劳伦斯河连接蒙特利尔和南岸Brossard市的香槟大桥。香槟大桥是双向六车道，钢架结构，因为从蒙特利尔去美国也必须通过这座大桥，所以车流量很大。自北向南开，可以看到南岸广阔的土地，自南向北看，可以看到皇家山下繁华喧闹的蒙特利尔市中心。

尽管张成之前也来过南岸，但是没留下什么印象。梁思桐带张成先去了金发超市。由于南岸聚集了大量的华人华侨，所以这里的华人超市商品琳琅满目，从时蔬到鲜活海鲜应有尽有。值得一提的是，随着这几年中国移民的大量涌入，在香槟大桥旁的一个新商业地块上兴建了由金发超市、金丰餐馆、南岸华人服务中心和小肥羊组成的华人生活商业中心。每到周末，这里都人满为患。

梁思桐买好菜，开车带张成来到了位于圣劳伦斯河边的家。张成的感受是这里太安静了，静得有些冷清。街上除了一个推着婴儿车散步的华人妇女，放眼望去二三百米再也看不见一个行人，这对于与同学朋友群居在市中心还觉得寂寞无聊的张成来说简直是难以想象的。

进屋后，家里很整洁，一层是大客厅和开放式的厨房，楼上是三间卧室，地下是车库和思桐的活动室。梁妈很热情，简单与张成聊了几句之后便去做饭了。他家安装了卫星电视，所以可以收到中国大陆以及港台地区的电视节目，梁妈只会说简单的英文，所以她在加拿大最大的娱乐方式就是看中文电视和连续剧了。张成在思桐家美餐了一顿江南风味的美食后，思桐又开了半个小时的车把张成送回了市中心，然后再返回南岸。之前抱怨生活无聊的张成，在经历过南岸之旅之后才明白其实自己有这么多同学和朋友，真的挺幸福的。

张成从国内回蒙城之后给Chongmi打过一次电话，告诉她回来了，当时Chongmi正在美国旅游。韩国学生在毕业之前可以申请美国签证，而且一签就可以签很多年，所以很多韩国学生都会赶在毕业前去一次美国。

Chongmi回来之后约好和张成一起吃饭，那天二人从图书馆到饭店走了不远的距离，就碰见两三拨儿韩国男生。这几个韩国男生倒是都会与张成打招呼握手以示礼貌。张成认真观察了一下他们的眼睛，大家都是男生，可以看出来他们是怎么想的，每次当他们发现张成是中国人之后，都会和Chongmi窃窃私语几句，无非就是问她张成是不是她男朋友。他们的心理就是韩国男生找中国女生做女朋友是可以的，但是女生不可以找其他国家的男生做男朋友。张成问Chongmi：

"你不怕这些男生会说你闲话吗?"Chongmi笑着说道:"其实我是那种不太在乎别人怎么说的人,我会做我自己喜欢的事。"

后来张成和Chongmi又一起出去过几次,包括带她去KTV参加朋友的party,李笑笑他们也记不住Chongmi的名字,大家统一叫她"大长今"。张成也没有认真想过要不要和她发展,因为她还得回韩国读她的大学四年级。张成自己又因为五门课要期中考试太忙,所以没有太联系她。Chongmi身边又不缺乏追求者,一个人在异国他乡总还是会感到孤独寂寞无聊的,她就跟一个学美术的韩国男生好了,这个男生来自一个韩国移民家庭。

11月的一天,Chongmi找到张成,说有事情,二人约在Second Cup咖啡店见面,他们已经很久没有见面了。深秋的蒙城已经很冷,她走进咖啡厅,坐到了张成的面前,张成赶快帮她买了杯热的红茶。Chongmi穿着棕色针织毛衣,双手捂着玻璃茶杯取暖,阳光打在她的头发上,就像在演韩剧一样。

张成开口问她:"好久没见啊,怎么样啦?有什么事?"

她顿了一下,说:"Zhang,我能跟你借点钱吗?"

张成一愣,借钱倒是想起他了,不过他还是问道:"多少?"

她脸上有些尴尬,说:"能跟你借两千吗?"

张成心里的石头顿时落了地,心想才两千,若是借个一万两万的,风险可就大了。但是张成没有直接答应,说:"你看,我借给你两千,可以。但是如果你人消失了怎么办?我又不会为了这点钱去韩国找你啊。要不你把你的护照押我这儿,我就借你,你看如何?"

她脸上露出一丝愉悦说:"好的,我把我的护照押给你,过几天我爸汇钱给我之后,我就还给你。"

原来她的CSQ(魁省学习许可证)到期了,需要再补办两个月的。Chongmi听朋友说存款证明最好是五千以上，她自己账户里有三千多，跟张成又凑了两千。张成奇怪她为什么不跟她男朋友借，但他也没有问。

张成拿到Chongmi的护照后就在咖啡店对面的TD银行里提了两千，并约好明天陪她一起去魁省移民局。张成回家后打开她的护照，上面明显是几年前一个高中生的照片，Chongmi当时还是单眼皮，但是五官长得非常周正，和现在一样，仍然是个美女，这和她之前说的眼睛和鼻梁做过微整形是一致的，Chongmi真的是个很诚实的女孩子。

次日，二人相约一起去了位于老港的魁省移民局。事情办得很顺利，Chongmi情不自禁地露出了轻松的表情，看来她对这件事确实紧张的。两人从老港的坡上下来，穿过唐人街，顺着St-Catherine大街往康大那边走。路过Gap，张成看到T恤都在打折，便宜到5元10元就能买一件，于是就随口对她说："你不给你男朋友买一件啊？"她撇了一下嘴说："No！他什么也不给我买，那我为什么要给他买？"走到一个路口，一个魁北克流浪汉对二人喊道："嗨，小情侣，施舍点零钱吧。"张成看看Chongmi，再看看自己，二人都穿着黑色大衣，的确很像一对，他非常开心地给了流浪汉零钱。

暑假的时候，张成从国内带了几本书，其中一本就是宋鸿兵撰写的《货币战争》，他以极为通俗而又戏剧化的方式把华尔街背后的复杂犹太人家族史写了出来，而且形象地介绍了资本家是如何用剪羊毛的方式把人民的财富归为己有的。该书还大胆地预言美元将贬值，黄金将成为硬通货。张成看过他的《货币战争》之后，结合自己在商学院所学的知识，想想刚刚在回国时买入的纸黄金，内心汹涌澎湃，感觉自己好像很有预知，判断力很准确，也忽然觉得资本市场是如此巨大，又富有吸引力。这年秋天，黄金的走势没有上半年那么给力，一直停滞不前。11月末，上证指数一举击穿2000点，尽管这不是上证指数的最高纪录，但是距离上次上证指数站在2000点之上，已经过了5年。这是否是一个新纪元的开始呢？答案是肯定的。国内的股票、基金每天都在涨，股市也吸引了大批新人开户。张成拿着上证指数的数据和股票上涨的幅度给来自法国的同学看，法国同学当时只说出了一个词："难以置信。"这也是当时整个中国经济的缩影，一切都欣欣向荣。

一个星期四的晚上，张成正在家看电视，这时Chongmi打来电话，张成看看表，已经10点多了。她说她心情不太好，想让张成陪她到楼下白求恩广场边的Tim Hortons喝一杯咖啡。于是张成又穿好衣服出门了。来到咖啡厅，他看到Chongmi表情显出一丝忧郁。张成关心地说："你看起来心情好像不太好。"

Chongmi开始了长时间的诉苦。她和男朋友闹了些小别扭，她男朋友是全家移民，还有个怀孕的姐姐，家里烂事很多，Chongmi去他家做客感到这不是个很快乐的家庭，因为她过段时间就要回韩国了，她对和男友的关系有些隐忧。张成就有一搭没一搭地听着，因为书上说聆听就是最好的交流。Chongmi倾诉之后心情好像好了许多，于是张成和她聊了些欢快的话题，气氛变轻松之后张成问她："你男朋友做什么去了，怎么不陪你？"Chongmi说他是学绘画专业的，今天他的老师在家里举办一个聚会，一会儿才会过来找她。

果然，Chongmi的男友打来电话，问她在哪儿。张成对Chongmi说："你男朋友来了，那我就回避下，回家了。"Chongmi说不用。张成看看表都半夜12点了,她男朋友看到她这时候和张成喝咖啡岂不得气疯了?张成断定Chongmi想拿他气气她男朋友。张成如果现在就走的话,那不是显得他怕他们韩国男人,于是张成也就不怕事大,留了下来。不一会儿,男朋友背着画板来了,在玻璃窗外看到Chongmi和张成在聊天,顿时就气急败坏,手机往地上一摔,然后叫Chongmi出去。Chongmi也是个勇者,她要的就是这效果,起身准备出去和她男朋友吵架。

张成问她:"要我出去吗?"

她说:"你还是留在咖啡厅里面吧。"

韩国男生遇见生人一般都不爱说话,她男朋友今天没控制住情绪是因为在他老师家喝了些酒。Chongmi出去后两人就开始用韩语吵了起来。情急之下,韩国男友做着手势让张成出来,估计他就是想装装,以为张成不敢出来,好在他女朋友面前得到点面子,得到些心理满足。

但问题是他这样做手势,张成不出去,那他真是太屄了吧。张成起身就推门出去了。韩国男生看到张成个子比他高,心里有些发虚。用他的韩式英文口音喊道:"她是我的!"张成顿时就笑晕了,也挺坏,回了他一句:"她是她自己的。"他被张成气到了,身体贴过来,做出一副要动手的架势。张成自小在东北长大,这种场面见多了,所以心里没什么畏惧。但今天这事他也不占什么理,自己也是被当枪使了一下,所以张成自然不会先动手。如果韩国男生真的想打架,完全可以直接冲着张成的脸来,但是他只是抓住了张成的衣服,看来只是做做姿态,张成也就陪他做做姿态,推搡两下。旁边的流浪汉发出喝彩,期待着一场大战。Chongmi看到她男朋友这样出格,拉他走,但他还在那装,不依不饶,Chongmi转身离开,她男朋友这时才装够了,而且也丝毫不占优势,于是放开手,张成也就放手让他走了。张成快走两步回家,毕竟这是市中心,一会儿警察来了,大家就都麻烦了。

次日,张成和老王喝咖啡的时候讲了这事。老王说:"要不我帮你找几个人修理他。"

"不用了,换成谁半夜看见自己女朋友和别的男人喝咖啡都会急的。"

后来Chongmi打来电话说替她男朋友道歉,一切都是误会,让张成别放在心上。张成当然对这种事情毫不在意。

再过不久,Chongmi就要回韩国了。张成想在她走之前送个礼物以示纪念,于是便花了50加元买了个水晶手链准备送给她。

那天上午,张成在星巴克看书。10点多,Chongmi利用课间时间,下楼来找他。张成把礼物拿出来给她。她看见是施华洛世奇的包装盒,就说太贵重了,不能要。其实东西挺便宜的,主要是韩国男朋友太抠了,所以显得东西在Chongmi心里有些贵重。

"你总得打开看看再做决定啊。"张成笑道。

她缓缓地把盒子打开,并没有发现张成正在观察着她的面部表情。当她看到水晶的时候,眼睛情不自禁地闪了一下,透露出些许欣喜。张成从她这个细微的变化看出她特别喜欢这份礼物,便问道:"喜欢吗?"她欲言又止,默不作声,张成于是说:"喜欢就收下吧,如果你还拿我当朋友的话。"她想了想,收下了礼物。没过几天便买了机票回了韩国。

回国的不仅仅是"大长今"。石野妈妈来了趟蒙城,把石野拽回了国。老王的签证也到期了,加上和女友之间出现了芥蒂,也选择告别蒙城,回青岛了。张成在蒙城的朋友越来越少了。但是张成已经完全适应了这种离别,他已经在故人回国后建立了一个新的圈子,对寂寞和孤单也不再畏惧了,因为蒙城本身就是个来一拨儿走一拨儿的城市……

50

圣诞节过后,司徒搬了新家,让张成去做客。张成拎了两瓶啤酒去他家。司徒在大学生涯里一直住在图书馆对面,现在快毕业了,他搬到了Atwater那边的儿童医院对面,是个两室一厅。他并没有和林雨杉住到一起,张成并不奇怪。让张成感到惊讶的是,司徒的新室友居然是个女生,而且张成还认识。

女生叫Amanda,北方人。张成当年和司徒做室友的时候,Amanda的男友三彪子还来家里哭诉过,说Amanda要和他分手,他不想活了。张成他们当时还请三彪子出去借酒浇愁。后来,三彪子就回了国,但当时张成就感觉司徒和Amanda有点儿暧昧。没想到现在他俩居然住在了一起,按理说张成不该这么八卦,但是他很不理解就是林雨杉怎么这么大度,默许男朋友和一个女性朋友做室友。

后来张成又去了司徒家几次,发现了一个规律:Amanda在的时候,林雨杉肯定不来。Amanda不在的时候,林雨杉一定在司徒家。张成心里不禁感叹司徒统筹分配得"不错"啊。细细想来,张成也就明白了。尽管林雨杉的美貌是校花级别的,惹得康大好多男生羡慕嫉妒，但是司徒也和她在一起两年多了，早就看腻了，没了新鲜感。Amanda尽管缺少了林雨杉的文艺范儿，但是她是学市场专业的，刚刚毕业，在一个犹太老板的贸易公司里打工，在找工作非常困难的蒙特利尔来说，Amanda绝对是个很有能力的女人。这无疑可以帮到司徒许多。司徒是内心活动非常强烈而又好面子的那种人，所以张成也不好问他这些事。

2006年的最后一天，司徒叫张成去St-Catherine大街上的德国啤酒酒吧喝酒，一起跨年。张成去了后发现，除了林雨杉之外，还有林雨杉的两个朋友，一个南京女孩儿，另一个是上海女孩儿。作为东北人，张成讲讲笑话逗一逗南方女孩儿是非常简单的事。而江浙沪一带的人说话都比较认真，且都是成绩优秀的乖乖女，觉得张成这种简单粗暴的表达方式非常吸引人。可能是她们平时的圈子里没有痞气的男生，像张成这样的，非常稀缺，很受欢迎。

除了要开车的司徒，大家都喝了好几轮啤酒，明显都有了醉意。三个女生都含情脉脉地看着逗她们笑的张成。张成酒量比较好，感知到几个女生的信号后，反而有了些羞涩。

跨完年，司徒说开车送张成回家。

"谁的车？"张成问。

"Amanda的。"司徒回答。

"Amanda人呢？"

"她去参加大连留学生的跨年party了，车就给我开了。"

张成正住在一个朋友临时借给他的高层公寓，林雨杉和另外一个女生也合租在那个公寓，在12层。张成住在25层。

张成坐在后面的座位，想着：司徒开车送我和林雨杉回家。这种感觉真是太怪了。

下车后，林雨杉跟司徒告别后与张成一起走进了公寓。

电梯开门，张成先走了进去站在后面。林雨杉背对着张成站在前面。电梯门关上，此时空气仿佛都静止了。

由于酒精的作用，张成有一种冲动想从后面抱住林雨杉，而理智告诉张成不能这样做。电梯显示的层数一直在变，每一秒既漫长又转瞬即逝。终于，电梯定格在12层，电梯门打开。林雨杉头也没回，径直走了出去。电梯门关上了。张成有些怅然若失。

元旦过后，司徒的大学课程也修完了，他也面临着抉择，不知道该何去何从。张成想，不管以前怎么说，大家也室友一场，去找他喝个酒告别一下，说不准司徒突然之间就会离开蒙特利尔，可能就再也见不到了。张成这天晚上买了些啤酒来到司徒家。

Amanda没在家，倒是林雨杉在司徒的房间里待着。司徒和张成并排坐在客厅的沙发上喝着酒，看着电视。

"怎么着，毕业了你是找班儿上，还是回国？"

"我没想好呢，一天天烦死了。"

"烦什么啊，顺利毕业不是挺好的嘛，我还有一年呢。"

"来来来，喝酒。"

"也不知道陶小凯他们回去怎么样了。"

"陶小凯嘛，厉害得很，他爸已经在南京给他找好工作了。"

"他不回加拿大啦？"

"他爸在南京关系硬得很，已经给他找好银行的工作，回去就上班。"

"我去，这厮，动作真快。"

两人又喝了一会儿，林雨杉从卧室里出来，一屁股坐在了司徒和张成的中间。由于距离实在太近，本来"葛优躺"在沙发上的张成一下坐直了身子。司徒也被林雨杉这举动吓了一跳。

"来吧，一起喝一杯吧。"

"来呀。"

三个人举杯撞了一下，喝了这最后一杯，仿佛是一种告别。喝完酒后，林雨杉就被司徒拉回了房间。张成看得出两人吵架了。

新学期开始前，张成也搬了家。他在网上看见康大附近的公寓有人招室友，于是便联系了一下。这个室友是康大毕业的上海女生，她已经办好了移民，回国度假去了，得过完春节才回来。室友是个细心的人，在国内的时候没事就遥控张成，催他去交房租什么的，干这个干那个。张成感觉她有点磨叽，所以在MSN上不太理她。

张成自己一个人住了好长时间，也没人监督他，所以家里打理得也不是很干净。有时他吃过饭就把碟子盘子堆到水池里，等到第二天再洗。也不知道哪天，室友忽然从国内回来了。她进屋时张成还在睡觉。等他从房间里出来时，看到她放下行李之后做的第一件事居然是帮自己洗碗。张成很不好意思，连忙过去说："别刷啦，我自己来吧。"她倒是笑呵呵地说道："你好，我叫潘玉瑶，大家都叫我小潘潘。"张成感觉她应该不太好对付，早已经做好了不好相处的心理准备，但没想到这个小潘潘倒还比较好相处。

小潘潘是金融专业毕业，CFA（金融分析师）一级。这次从国内回来就得开始重新找工作了。和金融专业对口的工作当然是银行，但由于蒙特利尔是双语城市，所以银行业招的人必须会法语，仅仅这么一条就把绝大多数优秀的中国毕业生拒之门外。金融专业的毕业生想在银行工作，最佳途径就是回国，留在加拿大的同学只能找保险相关的行业。而保险业利用这一点招了大批的优秀毕业生，但是又不给他们发固定工资，只在前两个月发一些补助，之后就要用业绩来拿提成。可想而知，在这样一个以法语为主的华人稀缺城市，卖保险是多么悲催的一件事。小潘潘和大多数中国金融专业毕业生一样，先在保险公司积累了些工作经验，然后再去银行找工作。

慢慢地，小潘潘这类同学发现，想进加拿大的银行工作，如果没有认识的人介绍，几乎是不可能的。小潘潘是个比较聪明的女人，她看清形势之后，把重点放在了社交上，她认识了一个35岁的广东籍魁省本地人萨莫埃尔，这个人在Scotia银行工作，总约小潘潘出去吃饭，后来帮小潘潘介绍了一下，于是小潘潘手握萨莫埃尔的介绍信去Scotia银行在蒙城的几家分行面试。上海女人的语言能力超强，小潘潘在办移民的时候学了法语，尽管不精通，但简单对话在面试时还是派上了用场。终于有一家分行录用了小潘潘。她得到录用合同那天请张成和刘宇吃了饭庆祝。大家都为她高兴，尽管工资不高，但是商科毕业的同学里能找到这样工作的人屈指可数。不过麻烦事也随之而来。萨莫埃尔开始对小潘潘展开了爱情的攻势，张成看了照片，萨莫埃尔长得比较显老，而且由于从小就在蒙城长大，脑子有些一根筋，对中国文化一窍不通，感觉就像上个世纪的人一样，有些固执迂腐。小潘潘问张成的意见。

"我觉得你也是来自国际大都市上海的优秀人才，跟他过日子，你有些亏。"

小潘潘入职之后在NDG区的Scotia银行站柜台。因为蒙特利尔市区以西是英语区，所以NDG区里说英文的人比说法文的人多，这样小潘潘的工作压力就不那么大了，很快适应了工作，每天还负责分行里的结算工作。

银行里有时会来些零星的中国新移民客人。他们发现小潘潘是中国人后都会像遇见亲人一样聊个没完。尽管工作上比较顺利,但是由于小潘潘拒绝了萨莫埃尔的追求,萨莫埃尔感觉自己被利用了,大怒,打电话威胁小潘潘的人身安全。小潘潘吓坏了,问张成怎么办。张成告诉她,萨莫埃尔只是发发火吓唬她一下,不用怕。

梁思桐的父亲从国内过来看望梁思桐和他妈妈,于是思桐邀请张成去他家吃饭。梁爸在饭桌上侃侃而谈,把国际形势、政府政策从头到尾分析一遍。正好张成那阵子也在研究金融,对国际形势也有关注,就陪着梁爸聊了一会儿。梁思桐跟张成说,他们家人都和他爸没什么话讲,真没想到张成还能和他爸聊起来。

梁思桐尽管家里条件很好,但是和他妈妈住在南岸,社交圈子比较窄,再加上他人比较内向,在男生明显多过女生的蒙城很难结识到情投意合的女生。于是梁爸帮梁思桐在国内找了个对象,两人去年也见过面了,觉得不错,思桐准备夏天回国结婚。

已经4月初,蒙特利尔漫长的冬季依然寒冷。梁思桐听说张成租车去过美国,便想让张成带他一起去纽约玩两天。梁思桐说不用租车,他爸回国之前买了辆奥迪,蛮好的。加拿大的奥迪车并不像国内这么多,豪华车里,宝马和奔驰比较多一些,开奥迪的大多也是A4什么的。张成以为他说的不是A4就是A6。

第二天一大早,梁思桐开车到张成家楼下的 Tim Hortons 等他。张成下来一看,一辆崭新的奥迪大Q7停在张成楼前。2007年,奥迪Q7刚出产不久,大部分人都还没见过Q7是什么样子,更何况这辆还是4.2升排量的豪华顶配。张成缓步上了副驾驶,在咖啡厅前众多加拿大老外的羡慕眼神中摆了几个pose，其实男人也是有虚荣心的，特别是在汽车上。

梁思桐开着车拉张成过了海关。这个长途，张成坐得太舒服了，一点儿也没有往日坐长途的劳累。张成在车上给上学期就毕业了的美女同学楚楚发了短信，她毕业后就在时代广场附近找了一份文员的工作。

下午，张成和思桐开车到达了曼哈顿，此时的纽约已经有了春天的气息，城市里的桃树、梨树都开了花，阳光明媚，气温也比寒冷的蒙城暖和多了。两人商量了一下，享受一下，今天先在曼哈顿住一夜希尔顿，然后第二天再去法拉盛住普通酒店。曼哈顿的酒店价格很贵，基本是300美元每晚起，出了曼哈顿岛，酒店价格就在150到200美元之间了。

二人停好车，就出来溜达。楚楚已经下班，张成按照她给的地址，在48街和第六大道交界的写字楼下等她。不一会儿，她穿着春装从下班的人群中走了出来，显得还是那样青春活力。三个人商量好去曼哈顿岛上的唐人街吃饭，于是便步行一路向南。三人一边走一边聊，由于没坐地铁，走了一个小时才到达下城的布鲁克林大桥牌坊斜对面的重庆火锅。三人选了鸳鸯锅，点了一些肉和鱼丸。这家餐馆的味道可是够古老的，鱼丸是小时候吃的面丸的味道。楚楚说她在纽约亲戚家住，每天要坐一个多小时的地铁才能到达上班的地点。工资也跟刚毕业的大学生一样，不高。曼哈顿寸土寸金，一般人是付不起这里的房租的。她打算过一阵子搬到皇后区的法拉盛，那边房租低一些，到曼哈顿的交通也比较方便。

吃过饭后，三人又到布鲁克林那边回看曼哈顿迷人的夜色。到后来，张成和思桐实在是走不动了，便回了酒店。希尔顿酒店的房间除了价格贵，也看不出来有什么好的，床倒是很舒服。张成和思桐也没劲儿聊了，躺下便睡着了。那一夜张成睡得很死，一气儿睡了11个小时，直到第二天9点才起来，二人感觉还是太累了，睡醒还是有些走不动。

他俩先去华尔街和世贸遗址转了转，下午去中央公园和大都会博物馆逛，博物馆只逛了一半，俩人又走不动了，商量了一下，也别装文艺继续逛了，直接去法拉盛吃饭吧。

法拉盛是纽约的中国新移民和华人聚集的地方，除了警察是美国人，剩下的全是华人面孔。二人找了一家粤菜馆美餐了一顿，然后又去宾馆睡了。第三天返程时又在奥特莱斯买了些东西，然后便一气儿开回了依然活在冬季里的蒙城。

51

期末成绩出来了,张成应付考试已经游刃有余,能够毕业已经大局已定。这样也不枉他在加拿大这几年,对自己和家人都有了交代。

刘宇这几天跟张成喝咖啡时总是愁眉苦脸的,张成问他才知道,他在上海的女朋友家里发生重大的变动,女方父亲突然因病去世,刘宇觉得这个时候是应该站在女友身旁帮她度过困难的重要时刻,于是他想暂放康大的学业,回国与女友把证领了,但是他的父母并不同意他在未完成学业的情况下就草率地回国结婚。所以他和父母有了些分歧。他给张成看他给爸妈写的一封长信家书,意思是要暂时脱离他们的管辖。刘宇这次是真的动了情,而且明显内心有些委屈,于是张成在家做了几道菜,开了两瓶红酒以示支持。

5月,张成登上了回家的飞机。在抚顺待了几天之后,张成先去北京爷爷家住一阵子。曼丽正好也回北京工作了。张成好久没有见她了,就约了跟她见面。张成打算先去使馆取一下签证,他进入使馆时天空已经下起了小雨。他跟曼丽约在加拿大使馆外面碰头。没有想到,今天使馆的办事效率这么慢,张成总共等了两个小时才拿到签证。他通过玻璃看到外面的雨,感觉曼丽肯定没来或者已经走了。张成失落地走出大使馆,竟然看到曼丽在使馆外面玩她新买的game box。加拿大使馆外面只有个台阶,没有遮挡物,更没有座位,曼丽就夹着伞坐台阶上玩game box,张成心里暖暖的,有些感动,又觉曼丽够二的,还真在这里等了两个小时。两个人已经多久未见,彼此见面竟然还有一丝羞怯。

在曼丽的强力推荐下,俩人去世贸天阶吃金钱豹,张成请客。

"现在工作怎么样呀?"张成关心地问。

"不怎么样。"

"为什么这么说?"

"你知道我一直想去'四大'的。鲁西西和王晔都去了上海毕马威。小涵去了普华永道,不过小涵是通过她爸的关系。"

"我听陶小凯说过,小涵她爸是银行系统的。"

"对。"

"那她那个不算啥。"

"关键是她们都进了'四大',只有我没进去。"

"我觉得没啥,你别不开心。"

"我也不知道我比她们差哪儿啦?"

"你不差,你最棒。"

"你什么时候毕业?"

"最后一学期了。"

"你可真慢。"

"我能毕业就已经不错啦。"

"那你回北京吗?"

"不一定,看看情况。"

张成不知道曼丽的话是什么意思，是随口一问，还是在考虑他俩的未来。

买假学历被骗的Bob也在北京。他女朋友在北京的小学里当英文老师，有一次她女朋友换工作，参加人才招聘会。Bob陪着一起去，在人才市场里面溜达的时候发现一家旅行社在招人，他跟人家一交流，人家发现他竟然会使用国际机票操作系统，于是就把他招进去了。Bob请张成吃了一个火锅自助，傍晚时分，两人到后海找了个酒吧坐坐，叙了叙旧。这是张成最后一次见到Bob。

张成这次回国还有一件最重要的事情是去杭州参加梁思桐的婚礼，思桐还邀请张成做他的伴郎。飞机降落在杭州萧山机场后，梁思桐开车来接张成，去他自己家开的酒店入住。梁爸知道张成能喝酒，就开了瓶茅台。喝开心后，梁爸又派司机带着张成和梁思桐出去玩。二人来到一家club，由于喝多了，和隔壁桌的顾客发生了摩擦，人家约张成出去谈谈，张成还跟着去，怎知他们都是练家子，张成看寡不敌众，拔腿想逃，可惜头有些晕，跑不快，被一拳打在脸上，痛了好几天。自此，张成终于明白以后要注意自己的言行，不能再继续嘚瑟了，不然会出事的。几天后，梁爸在西湖边的高档酒店摆了酒席，婚礼进行得非常顺利。张成完成使命之后，应刘宇之邀去了上海。

刘宇在上海已经领了证，吃饭时叫他老婆过来露了面。他老婆人很瘦，可能因为工作的关系，显得比较成熟，是张成想象中的上海女人的感觉。然后张成跟着刘宇回了崇明岛，住在他家承包的酒店里。刘宇的父母都很热情，看来他们跟刘宇的矛盾已经缓和，刘宇那封发自肺腑的长信应该打动了他们。张成早上起来在宾馆饭店里吃到了一种油炸主食叫茄饼，两片茄子之间夹上韭菜肉馅，再裹上面粉炸至金黄香脆，张成连连称赞好吃。刘宇自豪地说："那是当然，这茄饼可获得过岛上的食品大赛金奖。"他俩大笑起来。俩人还去了位于崇明岛上的根宝足球基地，还真遇见了喝咖啡的徐根宝。临分别之时，俩人相约蒙城再会。

告别上海后，张成又去了南京，他想去看看陶小凯怎么样了。陶小凯开着他爸给买的豪华SUV来接张成。他在中国银行工作，工作并不忙碌，张成调侃他："你就开着这车去上班？"

"当然不，上班骑自行车，不然领导看到我开的车比他的还好，岂不是要给我脸色看？"

张成笑了笑，心想陶小凯还是那样精明。第二天，二人登上中山陵，中山陵庄严肃穆，旁边的紫霞湖温婉秀丽。一个城市的中央有一座山是非常好的事，可以增添整座城市的内涵和灵气，就像蒙城的皇家山。

52

7月,张成从国内返回蒙城,这次回国之行是最充实的一次。张成打算好好珍惜自己的最后一个学期。

蒙特利尔的夏天比较凉爽,就热几天,所以世界各地的游客都爱来蒙城避暑,夏天的活动也特别多。蒙城没有沙滩,但是往西开车一个小时有个著名的Oka公园,里面的湖边有沙滩,夏季的时候,蒙城人都会开车去那里游泳,并在湖边支起炉子烧烤。

张成、刘宇和小潘潘开一辆车,司徒和Amanda他们开一辆车,一行十人浩浩荡荡来到Oka烧烤。司徒他们支起了炉子,Amanda把前一天晚上腌好的肉串烤了起来。张成看司徒和Amanda卿卿我我,各种暧昧,于是便旁敲侧击一下:"怎么没叫林雨杉来啊?"

司徒故意叹了口气,小声说道:"唉,分手了。"

尽管他好像很惋惜的样子,但张成知道他现在心里美得很,于是也假装安慰道:"没事,旧的不去,新的不来。"

Amanda还带了个中老年人士来,和这些年轻人显得格格不入,张成问Amanda他是谁。Amanda说道:"这是曹建国先生,你就叫他老曹吧。他是我现在的老板。"

"你的老板不是个做贸易的犹太老头吗?"

"那个老头太抠了,按天给我开工资,今天让我去,明天不让我去的。曹先生是国内的生意人,要到魁省这边开公司设立工厂,所以我现在为他工作。"

张成打量了一下这位曹先生,中等个子,微胖,皮肤有些黝黑,平头,尽管头发有些短,但还是可以看到有丝丝白发。衣服穿得很普通,白色的体恤甚至有些发黄,连干净整洁都谈不上。这几年正流行山西煤老板到北京买房买奢侈品的段子,所以这样的造型更让张成觉得这个50多岁的老头真的可能大有来头。

事实上,老曹并不像他想象得那么老,他只有39岁。他和他老婆在杭州萧山有一家工厂,生产荧光屏标牌。因为有关系,所以他们工厂的大客户是银行,这些年赚了好多钱。他老婆家亲戚是浙江做填充物产品的大户,所以原材料主要集中在北美。此次他过来考察就是为了在北美建厂,把回收的塑料瓶,打成成品瓶片,作为原材料出口到香港,再转口到浙江。由于有亲戚吃货,所以他只要把工厂建起来,生产出产品,便能做到稳赚不赔。这几年中国经济发展速度飞快,对瓶片需求量不断提升,所以瓶片价格屡创新高。老曹恨不得变出一个工厂,这样便财源滚滚了。

张成来加拿大这么久,也没有遇到过老曹这样敢探索的企业家,况且是来自我们国家出了名的浙商。张成在喝了一瓶啤酒之后便拉着刘宇一起主动上前和老曹聊天,说不定毕业后可以帮老曹打工呢。老曹喝了点酒之后也很开心,并许诺让他纽约的助手把他的宝马6系跑车开到蒙城让张成和刘宇玩一玩,并夸下海口,等明年赚了钱,买一艘快艇,夏天的时候大家可以坐他的快艇到圣劳伦斯河上游玩。

party上,张成还认识了Amanda来自沈阳的一个小弟,小明。小明在大连枫叶学校上的高中,毕业后来康大读金融专业。他个子高,有些像韩国明星,和张成老乡见老乡之后,上来就干了一小瓶啤酒。自从张成原来那帮东北和北京的朋友离开蒙城之后,他好久没遇到这么豪爽的朋友了。刘宇他们一瓶啤酒能喝100口,所以张成和小明有种相见恨晚的感觉。次日二人又相约去打桌球。小张成3岁的小明显然不知道张成是高手,说输一盘就干一杯啤酒,结果,张成开局就赢了两盘。小明在连干两杯之后哪还能瞄得准啊,又连输5盘。这一役,连喝7杯的小明彻底服了张成,从此改口叫张成"成哥"。

这学期,张成选修了一门金融基础课,教授是个香港人,叫Steven Wang,本以为同为国人能给张成个高分,但是却给了张成非常低的分数。刘宇说:"马上就要毕业了,别在最后几门上出差错,跟我一起选些简单的,比如化学、地理什么的,别挑战难度。"而张成觉得既然每门课都花一万多人民币,为何不学些有用的知识呢?于是,他选了物流专业的基础课和一门英文写作。

2007年,加拿大移民局出台了一个对留学生意义重大的政策:凡是大专或本科以上的留学生在毕业以后可以申请长达3年的工作许可证。之前要申请一年的工作许可证都需要有企业提供职位和录用合同,并且还得是相关行业的,比如说会计专业,就必须从事会计或审计职业,才能发工签。新政策是不管你有没有工作,只要毕业就发3年工签。这对留学生来说无疑是个好消息。如果曼丽、陶小凯他们毕业时赶上这个政策,大家肯定不会走得那么决绝,所以看来读得慢了些也不一定是什么坏事,至少能赶上点好政策。真的应了中国那句老话,塞翁失马,焉知非福。

这学期张成也没什么压力了，因为只有3门课，所以比较轻松，只是物流专业这门课的教授是个印度人，说话有些口音，张成需要先习惯他的思维方式才能理解他说的话。到期中考试的时候，张成发现物流专业课尽管和高中时候解方程的题目有些相似，但是这位印度教授可不像白人教授那样出一些简单的题目。他的题目让他回忆起中学时国内老师出的那些拐弯抹角的题目。所以，他一连三天都在图书馆里苦读。选了简单的化学课的刘宇看到张成这样费劲地学，笑笑说："张兄，早就跟你说过不要挑战难度，你看你累的。"

　　期中考试过后已经是11月份。张成想想这有可能是他在蒙城的最后一年了，于是在唐人街有名的强记摆了一桌生日宴。朋友们自然都来了，刘宇、梁思桐、小明、司徒、小潘潘、晴晴和Jason。张成已经有两年没见到Jason，他结婚之后跟他老婆在东区买了个小超市，起早贪黑的，每天都要守在超市里。张成点了些海鲜和大鱼大肉，大家吃得都很开心。之后一行人又去了KTV唱歌，Jason可能太久没看见张成了，也因为身边没什么朋友，所以没一会儿就把自己喝多了，嘴里反反复复就说一句话，大概意思就是张成如果毕业也回国了，他就没朋友了。人是群居动物，需要有自己的一个社交圈。在加拿大的华人都会多多少少地感觉到孤独，生活得越久，就会越感到身边的人越来越少。所以中国人在加拿大一定要不停地经营自己的圈子，不然就一定会感到孤单。

　　期末考试结束后，张成和刘宇准备过圣诞节的时候组织朋友们去翠湖山庄玩一下。他俩在网上订了个木屋别墅，600多加元一晚上，然后想尽了办法找人去，免得最后去的人少，每个人分摊得多。最后还真的动员出十多号人一起去。连雪怡都被张成叫去了，还有Amanda的老板老曹也开着他的宝马跑车来了。

中国人过西方的圣诞节，没有人去吃火鸡，火鸡的肉又老又硬，口感跟草差不多，大家聚餐还是选择了最受欢迎的火锅。圣诞节那天，大家把东西放到别墅之后先去滑雪。大部分朋友都不会，所以在山脚下的练习道滑。而张成由于当年和石野没少滑，一个人坐缆车去了山顶，颇有些独孤求败的感觉。

晚上火锅开始，大家有说有笑，吃吃喝喝，玩得很高兴。吃到11点多，开始玩狼人杀游戏。张成尽管是第一次和这么多人玩，但是很快就掌握了规则和大家的心理。由于他演技太好，在一局里居然把所有人都杀死了，真相大白后，大家都说张成好阴险。大家一直玩到天亮，次日回蒙城。老曹来北美也有一年了，他说在翠湖山庄玩的这两天，是他这半年来最快乐的一段时光。

老曹这样讲当然事出有因。他是持商务访问签证去的美国，在美国把公司设立好后，准备在宾夕法尼亚州设厂加工瓶片，但是美国塑料瓶回收被大企业垄断，不卖给他，所以他只好来加拿大买原料，寻找供应商。有一次，他开着宝马6系从加拿大回美国的时候太招摇，打开了敞篷，拿苹果电脑听音乐，被美国移民局警察拦了下来，他英文不好，没表达好，移民局认定他是要去美国工作，而不是商务考察，取消了他的商务签证，他只好在加拿大待着，什么时候申请好美国工签才可以回去，所以最近郁闷得很，翠湖山庄之行舒缓了他的消极情绪。他对张成和刘宇说："反正你们也毕业了，要不先给我帮帮忙。"

老曹在唐人街附近租了一个两室一厅的商务公寓，最里面的房间他自己住，中间的房间给Amanda做办公室，厅里摆了4张写字台以备后用。此时老曹把司徒也招进了他公司，他计划让司徒去美国帮他建厂并在那边看着。老曹在来加拿大之前在纽约法拉盛租了个公寓做办公室，现在他人不在那边，又想把工厂设在宾州，所以想让司徒和Amanda过去把家具等东西从纽约搬到宾州，很显然，一男一女是搬不太动的，于是老曹想让张成和刘宇也过去帮忙，一切费用都由他出。

张成、司徒、Amanda和刘宇一行4人开着老曹新租的福特吉普开往美国。过了边境，几人一路开往纽约，到达法拉盛的时候已是下午。由于老曹在法拉盛待过一段时间，所以他对这里的餐馆有很深的了解。他指定几人去吃鹿鸣春的蟹粉小笼包，据说这是华人聚集的法拉盛最负盛名的餐馆。这家餐馆的小笼包是全北美最正宗、口味最好的。

餐馆面积并不大，4人先在餐馆门口排了一会儿位子。张成看到马路对面有一家超市，上面有四个大字：香港超市。这家超市非常有名气，因为它的老板娘是香港一位非常知名的明星。

4人等到座位后被服务员迎进去，餐馆门口的墙上贴满了港台明星来此餐馆就餐的照片。由此可见法拉盛在上世纪90年代就是香港和台湾同胞聚集的地方，而现在，本地区的华人已经大部分来自中国大陆。

小笼包8美元一屉，第一口吃下去，的确很赞，比张成在上海城隍庙吃到的南翔小笼好吃多了。饱餐一顿之后，几人开始干活。Amanda去办会计的事，司徒在附近租了一辆搬家车，3人去老曹的公寓把他的东西搬到了货车上。司徒为了节省时间以便在一天之内就可以还车，决定晚上就直接开车去宾州。于是司徒和Amanda两人开着货车，张成和刘宇开着福特吉普在一片漆黑的夜晚来到了宾州。

和人潮涌动的纽约不同，宾州非常寂静。由于是冬季，所以到处显得十分凄凉。4人把东西卸了，找个地方休息了一晚，第二天便开回了纽约,下午稍作休整,晚上开始往回开。

晚上9点左右,公路上开始下起大雪,不一会儿,路上便被大雪覆盖,由于纽约到蒙特利尔的87号公路上车很少,又是夜间,加上积雪覆盖,所以很难看清路上的白色指示线,司徒只好放慢行驶速度。到了11点,司徒累得不行了,还在那把着方向盘。张成不是心疼他,而是为了顾及大家的人身安全,跟他换了位置。在这么厚的雪地上开车真的不能快也不能急踩刹车,张成谨慎地开了3个多小时,终于在半夜两点多开到家。

张成和刘宇在纽约的这两天,老曹居然也没闲着。雪怡和张成出去喝咖啡的时候告诉张成,张成和刘宇离开的那天老曹约她出来吃饭。张成这时有些恍然大悟,圣诞节去翠湖山庄时,老曹认识了同乡雪怡,之后老曹把张成和刘宇支走就是为了单独和雪怡出去,这真有点调虎离山的感觉。张成心想这老男人还挺多花花肠子。他回过神儿来的时候马上问雪怡:"那你去了吗?"

雪怡说:"既然都是杭州人,我也没多想,就跟他吃饭去了,我们先在唐人街吃的饭,吃完饭他说要去赌场,让我陪着他去,我就去了,他给我100元筹码让我自己玩,我也没玩都还给他了。他玩了很长时间,我自己也回不去市中心。后来4点多才回来,然后他说让我跟他去他的办公室坐坐。我当时特别害怕,我不知道他是什么意思。"

"那你上去了吗?"

她说:"当然没有,我疯了吗?我很严肃地跟他说赶快送我回家。"雪怡带有怨气紧接着说:"你们认识的这是什么老板啊?"

张成看着她认真的样子,笑了笑:"我也没想到这老头把我们支走是为了泡妞。"

张成把这事告诉刘宇,刘宇也笑了,感叹老曹还挺色。他的宝马车倒是可以骗到小姑娘,但是他自己太不注重衣着和卫生了。正常女生心里都很难接受这么邋遢的老男人,即使他再有钱。

53

张成的大学课程全修完了,毕业典礼会在6月份举行。所以张成准备先回家过个年,于是订了1月末回国的机票。回国前的大半个月也没什么事情做,于是张成就和刘宇一起到老曹那里去帮帮忙。

二人白天去办公室帮忙,老曹也不给他俩发工资,但是每天晚上会请张成和刘宇在唐人街吃顿好的,并不是老曹爽快,可能是老曹自己比较馋。张成想,反正离回国也没多久了,就先帮他干干活吧。但是由于二人每天晚上都陪老曹出去转,引得Amanda非常不快。老曹把他的公司起名叫杭塑北美分公司,名义上让Amanda做分公司经理,当然,Amanda只管一个人,就是司徒。老曹又以公司名义租了一辆丰田凯美瑞给Amanda开,作为公司福利。Amanda不开心的原因是担心自己的地位受到威胁。

张成和刘宇这段时间开着老曹的福特吉普出去找货源,问价格。张成在网络上收罗了大量的环保回收公司的信息,然后便挨个打电话过去,预约面谈。几天下来二人还真的去了不少地方。

蒙特利尔本地的回收公司规模都很大,所以都不屑于接见他俩。

况且老曹开的本就是家皮包公司，最多也就算个办事处，老外一听连名字都没听过，所以根本就懒得理他俩，甚至连门都不让他俩进。有趣的是，有一次二人开车来到了南岸 Brossard 后面的 3W 回收公司，他俩也没打电话预约，直接进去看看有没有什么收获。当天公司里只有一个前台。令二人没有想到的是这个金发碧眼的前台太漂亮了，犹如好莱坞电影明星一样，非常少见，而且举止也温文尔雅。二人出来后没有收获，但是很感叹，大公司就是不一样，尽管干着收破烂的活，但是却可以有这么漂亮的前台。

　　张成觉得在蒙特利尔岛内很难有收获，于是二人只好走"农村包围城市"的路线。二人找了几个魁北克稍具规模的城市。第一站，三河城。三河城是一座港口城市，位于蒙特利尔和魁北克城之间，也在圣劳伦斯河边上。小城不大，但是也有华人在这开小超市和餐馆。第二站是圣布鲁克市，这是魁北克南部一座重要的城市，城市建在坡上，市内有一所大学，这个城市的 GDP 也主要靠这所法语大学。市里有一家寿司店，两人的午饭就是在那儿吃的。令他俩惊奇的就是这家寿司店还真是日本人开的，因为蒙城有名的寿司店差不多都是广东华侨或者中国移民开的。第三站是德拉蒙市，这座小城在蒙特利尔东部，就像一个小镇一样，好像没有华人在这里居住。一向抱怨蒙城寂寞无聊的张成也被这小镇的寂静给惊到了。

　　扫遍周围的城市之后，张成把报价和这些回收公司每个月的供应量和原料的质量照片都发给了老曹。老曹在计算成本后，发现不赚什么钱，而且原料的供应量也无法保证。所以他悄悄地打消了在魁省建厂的念头。不过他在张成和刘宇回国过年之前抛出了要不要入他公司些股份的想法，每人入 15 万美金。张成突然感觉到这老曹真不是什么好东西，让刚刚大学毕业的二人跟家里要这么一大笔钱，还不给他俩发工资,这也太不靠谱了。他决定即使回来后老曹给他发工资,他也不干了。刘宇反倒觉得有可能赚钱,他准备春节回家跟家里说说。

1月末,张成坐飞机经纽约飞北京回家过年,这个季节不是航空公司的旺季,所以飞机票特别便宜。如果坐美国航空的话,往返机票的价格能低到1000美元以下。纽约飞北京的航班上满是国人,张成遇到了个东北老太太,登机时她让张成帮她搬搬行李,既然是同乡,张成就帮帮她。老太太的行李特别多,张成问她怎么这么多东西。她说她和她老头都是下岗工人,来美国新泽西打工打了七八年。今年美国金融危机,经济不好了,所以他俩也告老还乡,回东北养老,不打算回来了。此时张成才意识到,美国这次的金融危机是实实在在的。

张成已经有5个春节没在家过了,想想都有些悲壮。他和同学朋友开始了各种聚会。高中同学们打着张成回来的旗号办了个人比较齐的同学会,在一个同学兑下来的饭店里摆了两大桌。由于是打着张成的名义办的,张成也不好提出AA,同学开饭馆也不容易,张成就私下里问服务员多少钱,服务员说500。张成想想,500元请20个人吃个饭,这也太划算了,于是买了单。当然,他给同窗旧友留下了他依然豪爽大方的形象。遥想高三那年冬天,他们看完狮子座流星雨,他请8个同学吃烤串才花了80元。

东北的过年气氛还是很浓的,亲戚朋友都会互相拜访一下,不管是有钱人还是没钱的人,都会相互"表示"一下,赠送些礼品或者食品,哪怕仅是一只烧鸡或者一箱牛奶。可能是出国久了的缘故,张成感觉国内特别有人情味,不像国外的华人,好多事都算得特别清楚,谁也不想欠谁的。还有就是国内的人都很热情,哪怕你没什么事,也会有人嘘寒问暖,国外的情况是你就算有事,也无人过问。

吃过年夜饭,大家出去放鞭放炮,然后在家等着看春节联欢晚会。不过张成也发现了自己对春节联欢晚会的态度上的微妙变化。在加拿大的时候,他对春节联欢晚会非常期待,好多同学都是早上7点起床,就为了看直播。反倒是回到国内之后,他感觉这春晚看或者不看都行,看了还得说不好看。这也间接反映出海外生活比较单调无聊,所以在国人看来已经有些鸡肋的节目在海外华人看来却是一场盛宴,这其中蕴含着他们浓浓的思乡之情。

张成奶奶的阴历生日是大年初三。张成坐动车去北京给奶奶过生日,这也是张成第一次坐动车。沈阳到北京的动车只要4个半小时。动车内部干净明亮,座椅整洁舒适。这让张成十分震惊。这和几年前的绿皮火车的12小时车程相比,实在是太快了。再想想加拿大可怜的几条铁路,张成感叹中国的发展真的太快了。

爷爷奶奶询问张成毕业之后的打算。张成本来是打算回国的,特别是天津出了个滨海新区,有好多优待政策,媒体说滨海新区将来会打造得跟上海浦东一样牛。奶奶说最好在国外积累两年工作经验再回来,可能更好一些。爷爷奶奶每天都读书看报,吸收的信息量很大,肯定是看了报道说海归没有海外工作经验回国不好找工作,张成觉得老人说的话肯定有一定的道理。

带着一堆2008年北京奥运会吉祥物,张成回到了依然是漫天大雪的蒙特利尔。他回来第一件事就是到学校申请毕业。没想到,状况出现了,学校的工作人员在复查了张成的成绩单后对他说,张成还没有满足毕业的成绩要求。

张成非常惊讶:"不可能啊,学分够了,平均成绩(GPA)也达标了,为什么不能毕业?"

工作人员说:"你上一学期的平均分没有达到2.0。"

此时的张成才恍然大悟,尽管他总的平均成绩有2.5,但是上个学期只修了3门课，也就是他最后一年的成绩平均下来是1.88。

张成问工作人员："那我该怎么办？"

工作人员看了看电脑，想了一会儿。张成看他真的是在帮忙想办法，所以也没有吭声，怕打断了他的思路。他好像突然发现了解决办法一样，说道："这样，你再修一门课，成绩只要达到B，本学年可以再加3.0分，这样4门课平均一下肯定在2.0分以上了。但是这学期报不上了，只能在5月份报名为期两个月的夏季学期。"

张成听了之后很不开心。自己本来123个学分已经修够了，这怎么又多一门课？一万多人民币呢。况且如果再修一门课，他就错过了6月份的毕业典礼，只能参加11月份的了。他希望工作人员想想别的办法。工作人员说道："不然你就得让之前的教授给你改成绩，当然这是不可能发生的事。"

张成说："我会试试。"然后就走了。

如果要达到毕业要求，他只需要0.6分的GPA。张成回家之后认真地分析了一下之前的3位教授：去年夏季选的金融课是香港教授Steven Wong。由于对股市期市感兴趣，张成选修了他的金融基础课，没想到他真是一视同仁，给了张成一个很低的分。让张成很失望，教授也不好说话，找他改分应该不太可能。张成觉得找老外教授可能更好说话一些。第二位是上学期物流课的印度教授，他好像是这个系的系主任，说话都比较直接，人也比较牛。张成准备先从印度教授下手。第三位是英文课的白人教授，他之前上课老是故意提问张成，对张成很有印象，但是白人照章办事，希望不大。

每个教授每个星期都有固定的两小时的office hour（办公室时间），有问题的同学可以在这两个小时里来教授的办公室问问题。张成查到了印度老教授的办公室和问问题时间。中国人都有送见面礼的习惯，张成带上了国内带来的2008年北京奥运会吉祥物。印度教授在office hour的前一个小时根本没来办公室，这种无视校规的行为正应了他的作风。张成下楼溜达了一圈，喝了杯咖啡，过了一个半小时再回到办公室，印度老教授正在给一个学生解答问题。等那个学生出来，张成看两个小时的office hour都已经结束了，他赶快进去给教授介绍了一下他的情况和来意。教授直接对张成说："分数已定，改不了了。"张成又卖着笑脸跟教授磨叽了一会儿，并且把吉祥物给了教授。多亏是不值钱的东西，如果是有价值的礼物，教授肯定不收。教授说道："你回去吧，我查一下你上学期的成绩，你下个星期再来。"张成觉得肯定没戏，打算找找白人英文教授。

张成去白人教授那里解释了一下他的情况，说得那是声泪俱下，白人教授想了想，先说改分数不大可能，然后问张成有没有去别的教授那里，张成说去了物流系的印度教授那里，白人教授若有所思，说道："你先看看那边的情况，然后再来找我，好吗？"张成一听，白人教授松口了，他心里顿时一喜，马上识趣地跟白人教授道别离开。

过了一个星期，张成又去找印度教授。教授说："我看了你的卷子了，你就没有错判的题，给你改不了分。"张成听了之后又声泪俱下地说了一下自己的情况，不过印度教授根本不吃他这套。没有办法，张成只好拿出绝杀，他说："白人教授已经可以给我加0.3分了，您只要给我加0.3分我就可以毕业了，求求你了。"印度教授一脸疑惑，他心里应该在想：这白人教授怎么会冒着风险帮这小子加分，如果他加了，我不给加，就显得我有些不近人情了。教授不相信，说道："你让白人教授给我发个邮件证明他要给你加分，那我们再说。"张成赶紧道谢告别。

第二天，张成来到白人教授的办公室，跟白人教授说："印度教授同意给我加0.3分了。但是需要您给他发个电子邮件证明您也要给我加这0.3分。"白人教授听了,想了一会儿,然后说:"我给你写个条吧,电子邮件我就不发了。"张成心想:也是,电子邮件是证据,这种风险就别为难白人教授了。于是千恩万谢地接过了教授手写的条子,上面写着同意和印度教授一起给张成加0.3分。

张成拿着条子找到印度教授,他看了条子,点了点头。这件事就这么成了。张成喜极而泣,这简直就是不可能完成的任务。

54

把毕业的事搞定已经是2月末了,张成忽然意识到自己再也不用每天拿着本书去星巴克泡半天了。他把工签的申请递了出去,也给母亲准备了参加他毕业典礼办签证的材料。之后他就没什么事情做了,得找点事情干。

由于对老曹的失望,张成不准备去他那里干了。在张成回国期间,司徒去美国宾州帮老曹租场地,负责工厂的筹备工作。老曹让司徒就常驻美国那边儿,但春节期间,司徒抗命,频频开着老曹给他配的吉普车回蒙特利尔,后来有一天,刘宇来张成家说,司徒不干了,现在皮包公司里只剩下他和Amanda两个了。张成说这样挺好,省着这"一对儿"合伙儿欺负他。张成分析了一下,司徒不干了可能是两个原因,一是司徒持有的是美国旅游签证,并不是工作签证,他害怕等他过境时,美国海关会询问他去过美国哪些地方,为什么待这么久,如果有一天穿帮了,以后去美国就有麻烦了。二是老曹过年回国见过司徒的父亲,按照老曹的做事方式,他应该跟司徒的父亲也提了融资的事。估计司徒父亲也觉得老曹不靠谱。

张成毕业前一年看了很多商业励志书刊，有时候看得心里汹涌澎湃的，总觉得自己是个商业人才，也觉得年轻人应该创业，还觉得自己不管做什么都一定能成功。于是他开始琢磨着自己的第一次创业。

加拿大人每年的三四月份开始报税，政府规定每个加拿大居民都需要在5月1日之前把前一年的税给报了，如果逾期而且又欠政府钱的话，是要计算利息的。中国人基本都去唐人街的会计师那里去报，移民50元一个人，留学生30元一个人。留学生因为没有收入，所以每年都会收到政府的退税，大概700到1000元不等。张成想，如果他在康大里面设个摊子报税，这样就免去留学生坐地铁去唐人街那边了。不过他学的不是会计专业，而是国际商务，所以不会给人报税。他记得有一次跟梁思桐父亲聊天的时候，张成问过梁爸一个问题："叔叔，您当年是能源公司的老总，怎么敢转身做房地产行业啊？"梁爸说："这很简单，你不懂没有关系，你找个懂的人帮你做事不就可以了？"张成一想，对啊，找个会报的不就可以了吗？于是张成想起来Amanda之前都是把老曹公司的账本送到唐人街一家叫德诚财务的公司，张成之前进去过，看起来挺正规的。老板姓谢，是个注册会计师。于是他第二天就去了德诚财务。

德诚财务在唐人街的一个南北小巷里，顺着楼梯走上二楼，右手边就是。前台是王小姐，戴着副眼镜，有些上世纪90年代知识分子的装扮，说话很和气，她让张成先等一下，过一会儿谢先生就会出来。张成心里还是挺没底儿的，一是害怕被谢先生一口回绝，二是害怕谢先生如果同意和他合作的话，给他的分成太低。但毕竟是人家出技术，所以张成把自己的心理价位定在每一单他能赚5加元。

不一会儿，谢先生出来把张成带到了会客厅。会客厅的墙上挂着加拿大前总督写给谢先生的签名信。张成心想谢先生还是挺有社会地位的呀，自己没找错人。

张成回过神儿来，准备跟谢先生讲述一下他的想法。谢先生个子不高，很瘦，皮肤很黄，眼睛大，典型的南方人，不是帅的那种类型，但是看起来头脑很清晰。张成先自我介绍了一番，然后把他的想法跟谢先生说了一下。谢先生听了之后对张成说："看来你是有自己的摊子，不是来给我打工的呀。按你说的你想每一单怎么分？"张成知道这是个有陷阱的问题，之前书上说了，不要第一个开价，如果实在不行得先开价，那就开个能让对方还价的价格，张成想不能开低了，于是硬着头皮说："一半一半怎么样？"就在他想谢先生会怎么还价的时候，谢先生说："好啊，那就你拿10元，我拿10元好了。"张成一愣，这跟他看的谈判书上相矛盾啊，上面写的是永远都要还价呀。难道谢先生经营了这么多年会计师事务所，连这个道理都不懂吗？

张成仔细琢磨了一会儿才想明白，这里有两个原因：一是谢先生没有对他有很高的预期，张成带来的单子对他的公司来说只是额外多来的，他们有稳定的客户，运营成本又是不变的，所以没太在意；二是谢先生也想帮张成一下，毕竟他是一个看起来很有朝气的有志青年。

谢先生跟张成聊了会儿，他原来是中国人民大学教国际会计的教授，后来来了加拿大。他鼓励张成好好干。张成从会计师事务所里出来，心里那叫一个美，准备赶快去大学找场地。

康大一共有两个校区，Loyala校区在NDG区，商学院和工学院的学生除了期末考试一般都不去那个校区，因为大家都在市中心的圣乔治威廉姆斯校区上课。大学的主楼叫Hall Building，对面就是图书馆，2006年之后，学校在guy街上又分别建了工学院和商学院两栋很气派的玻璃大楼，但是白色的Hall Building依然是大学生们日常学习生活最常出没的地方。

张成从Hall Building的正门进去，最先映入眼帘的是几个保安，然后是Tim Hortons咖啡店，一楼的正中央有个滚梯，几乎所有人都需要坐滚梯上二层。二层没有教室，大家得再往前走30米转弯才能上到通往三楼的滚梯，沿途会路过5张桌子，张成来想打这5张桌子的主意，但是这5张桌子是学校各个社团举办活动时用的，所以不可以用于商业盈利。但是前面的电梯口转弯处，有一个售货棚进入张成视线，这个棚子归CSU管理，是可以对外租的。CSU是Concordia Student Union的缩写，是康大最大的学生会组织。张成几经周折找到了CSU里负责管理这个棚子的老外。她跟张成说，这个棚子每天的租金是80加元，而且早在去年6月份，就已经把今年一整年的租赁日程都确定了，现在是一个老外女人在卖珠宝，下个月马上就会有一家加拿大的财务公司来做报税，他们租下了3月和4月整整两个月。张成心里顿时蒙上一层阴影，强大的对手早就已经布好局了。

滚梯口左侧往西是一条通往大学侧门的路，这条通道里有另外5个售货棚，分别归大学里的各个学院的学生会管理，于是张成走访了另外几个学院学生会。商学院的学生会最不靠谱，本来就没人租，居然还敢开出天价。文艺与科学学院的棚子相对于其他几个，位置最好，是下电梯的同学在转身前唯一一个视觉角度可以看到的棚子。不过价格较贵，也是80加元一天，如果是工学院的学生并且连续租一周的话可以半价。最靠西门的棚子是属于研究生学院学生会的，由于位置最偏，所以常年租不出去。张成找到研究生学生会的会长Kami。他问张成的第一个问题居然是："你是怎么找到工作的？"在他这个商学院研究生眼里，会计师事务所的工作对一个职场新人来说是很好的，特别是当下好多会计专业毕业的本科生都找不到这样的工作。张成只好说是朋友介绍的。Kami给他的价格是20加元一天。这个价格张成还是蛮接受的，甚至有些开心，因为即使失败了，一个月做不成一单，也就损失个400加元，不多。于是他就先交了一个星期的钱。但同时，Kami对张成做这个还有些忧虑，因为除了租了CSU售货棚的那家财务公司，还有一帮印度年轻人在康大做报税做了至少有5年了，积累了深厚的客户群，张成作为新来的，很有可能竞争不过他们。

其实张成也想好了，他对做老外客户也没有太多的信心，但毕竟大学里还有这么多中国人呢，中国人包括他自己，普遍英文口语一般，所以有中文服务时，就不会去咨询英文服务了。张成把场地定下来之后，就去谢先生那里取了收集材料时需要客人填的表格，并让谢先生给他写了一份授权。谢先生当时还看了张成一眼，意思是搞得还挺正式。

星期一早上9点钟，张成怀着紧张的心情来到大学，拿着Kami给他的钥匙打开了售货棚的拉门，搬出已经落满了灰尘的折叠长桌，把在家做好的大纸牌分别贴在了棚子两侧的折叠门上，一个大纸牌上写着TAX（报税），另一个大纸牌上写着公司名称和一个大大的$25，都是红底黄字。这时他才发现自己来早了，9点钟，大学侧门都没有人。

张成坐了一上午，无人问津，直到下午，一个白人女孩过来了，她是来自美国的留学生。她简单地询问了一下，张成用不太专业的英文回答把她打发了，但是她说明天会把她的材料带过来。张成不以为意，他觉得这是我们中国人常用的一招：说再回来，然后就没影了。

一直坐到晚上，也没有什么人来咨询。眼看就要8点了，一个高个子男人过来问报税的情况，这人梳着个大背头，年纪也有40岁了，有色人种，戴着个眼镜。张成一五一十地回答着他的问题。但是没想到他的问题特别多。后来张成才发现，此人正是租了CSU售货棚的财务公司的负责人。张成没有想到，他第一次出来练摊，自己还一头雾水没搞明白的情况下，就把大学里报税这块业务搞得一石激起千层浪，不仅是这家财务公司注意到了张成，那些印度人也得到了线报，说今年来了个中国人抢市场。此时孤零零的张成还一个人坐在侧门这里，他还没有发现静悄悄的空气中已经是暗流涌动。

晚上9点，张成收摊了。一个人拖着疲惫的身体，兴致不高地回了家。第一天的销售业绩是零，而且也看不到任何希望，张成霎时对这个生意产生了质疑，心里盘算着，读了十多年书了，是不是读傻了，反正就是各种怀疑自己。几口威士忌下肚，很快就睡了过去。

第二天醒来已经8点了，他赶快收拾了一下又去开业了。等到10点的时候，位置很好的文艺与科学学院管理的那个售货棚来了一位中国中年大哥。张成一看是同胞，马上过去搭话。这位大哥移民到蒙城已经两三年了，他跟张成说他有一个女儿。他来蒙城后在地铁绿线始发站的Angrinion购物超市里租了一个摊位卖学生书包。这次来康大卖卖，看看这里好卖不。张成问他租了几天，他说租两天试试看。大哥后来卖了两天就走了，康大学生问得多，买得少，他打算撤摊了。临走前张成还把小潘潘银行年会发的一大盒巧克力送给了这位大哥，让他带回家给他女儿吃。

中午的时候，那个美国女留学生来了，她说道："你好呀，我昨天来过的，我把我证件和材料都带过来了。"张成愣了一下，他打死也不会想到他这辈子的第一个客户居然是个美国人。张成激动地看着这个美国女孩的眼睛，心里想着：你怎么就能相信我呢？好吧，既然你一定要信我，我就做得职业一点儿。此时，张成俨然成了资深会计师，他用专业而又浓厚的声音对她讲："把这张表填了，然后把您的材料给我，我帮您检查一下。"美国留学生一边把学校的学费税单和房租单递给张成，一边低着头认真地填表，张成假惺惺地帮她看资料，其实他什么也没看进去，因为太紧张了，心里非常激动，这可是他的第一单啊。

她填完表，看着张成说："我需要现在付钱吗？"

张成这才想起来，对啊，收钱时刻到了："是的，请付25元。"收完钱张成说："您可以下周来拿回您的文件，祝您有个美好的一天。"她走后，张成心里叫一个美啊，马上来了激情，心想自己绝不能守株待兔，得主动出击，于是翻开电话本，给认识的人打了一圈电话，告诉他们，自己现在在做这个报税，可以来找他。张成还去商店买了些糖果，摆在了桌子一角，这样走来走去的老外会来拿糖，反正也不贵，一元一大袋。

第三天，张成发现其实认识人的生意并不好做，因为好多中国留学生都看他脸熟，原因是张成总在星巴克喝咖啡，而且认识他的也不大相信他能报好。不过李笑笑还是拿着他女朋友和他室友3个人的资料来了，而且每人报两年，张成收他20元一年，一下就收了一百多。张成心想，还是李笑笑这样"不学无术"的朋友比较相信自己，没有那么多顾虑。

周末之前，又有几个老外在张成这交了钱，他算了一下，第一周肯定是不赔钱的。而且他之前说得磕磕绊绊的会计师英文解释已经在他口中游刃有余。张成头一次发现自己说专业英文还不错，有那么股专业范儿。不过两拨儿竞争对手也已经入驻了。

第二周，另外两家也开始出动了，他们每天10点过来开始工作。位置最好的西人公司安排两个白人年轻人轮流坐班，金发碧眼，打亲情牌，印度人是3个人轮流上岗，里面有个主事的。印度男没过两天就找到张成说："你看我们这边两家都收30元一位，你能不能把价格改到30元啊？"由于之前他们看张成的眼神并不友好，所以张成不会答应他们的要求，况且他们的地理位置优于自己，而且已经在这里做了多年，所以张成本来就没有什么优势，如果把价格提到30元就更没有竞争力了。想到这些，他无疑有点气愤，心想：你们拿我当傻子啊。于是回复道："我老板定的价格，我改不了。"

印度人又说："那你们老板呢？"

"在唐人街的办公室呢，他是不会来这儿的。"

就这样又过了一个星期，客流被三家平分。张成发现来他这儿的主要还是老外，虽然也有些中国人来他这儿报税，但是没有他预期的那么多。于是他想该改变策略了。在给Kami交过两次租金之后，张成就向他开口了，问可不可以合作。就是他利用他们研究生学生会的电子邮箱帮张成宣传一下。Kami说："理论上说，他身为研究生学生会负责人，是不可以利用电子邮件来做有商业性质的宣传的。"不过此刻张成的小聪明又显露了出来。

"你看这样行不行，研究生们拿着你发的邮件的打印件过来找我报税，我给他们两元优惠。每有一个研究生来找我，我再给你们3元的提成。"

现实的一幕发生了，Kami同意了张成的提议。第二天张成把英文稿发给了他，着重在文稿中强调了Chinese的字样，因为张成怕研究生们来了走错了摊位，跑单可不是他想看到的结果。

就这样，一封宣传研究生学生会和德诚财务公司合作为康大研究生提供优质的报税服务的邮件发给了全校2000多名研究生。次日，一帮研究生手持打印出来的邮件找到了张成的摊位，尽管张成得招呼他们排队，填表，解释税务知识，一边还得维持秩序，但他还是往印度兄弟那边的摊位瞄了一眼。印度人在那边窃窃私语，应该在讨论张成使了什么灵丹妙药，招来了这么多客人。

连续多日的"客流高峰"一下让张成的钱包很鼓，张成感觉自己一个人做太忙碌了，是时候找个帮手了。有一天，一个中国男生坐到他的摊位前报税，个子有一米八，戴个金边眼镜，问了张成几个税务问题，张成机械式地回答了他。不过张成感到这个男生尽管年轻，但是说话谈吐不仅仅是有礼貌，而且十分优雅。张成多跟他聊了几句。他叫Andy，来自上海，在国内已经上过两年大学，是来康大读会计专业的。由于他在填写资料时留下了电话号码，张成周末的时候找他出来喝杯咖啡，问他愿不愿意帮自己做事，他显得特别愿意，还连连说害怕自己做不好。张成让他试一试。Andy在摊位上值班的时候，他的加拿大会计专业同学看到了，纷纷表示羡慕他能有这样的机会。Andy感觉这个工作机会来之不易，就在这里给张成打工了。

眼看进入4月，研究生学生会的宣传让张成尝到了甜头，他认识到了广告的重要性。于是张成着手制作校内可以贴的彩报。他召集梁思桐、晴晴、Andy出去拍摄会计团队照片。中国人本身在北美做会计职业的就多，再加上点西装革履，就更完美了。4人在老港和学院街的大玻璃楼前面都拍了照片，特别是玻璃楼前的那张照片，显得几人的会计师事务所仿佛就在这楼里似的，所以更让老外觉得他们"专业"。在学校粘贴海报还需要CSU批准，盖上印章。CSU里的一个东欧裔哥们儿天天在张成摊儿前来来回回地逛，早就跟张成打成一片了，张成又用两杯啤酒把他搞定。喝了酒，他拿着张成的海报上楼就盖了章，东欧哥们儿就是豪爽。

一天，张成接到林雨杉的电话，让张成帮她和她的朋友报税，约在 1625 楼下的星巴克。自从司徒和林雨杉分手，张成就没再见到过她，已经一年多了。

张成坐在星巴克靠窗的位置。林雨杉走了进来，后面跟着她的朋友。

"好久不见啊。"

"好久不见。"

"这是我的男朋友于乐乐。"

"噢，您好。"

"你好。"

张成看了看林雨杉这个男朋友，头发是立着的，长得有点像吴奇隆。于乐乐是上海人，也在康大读本科，比张成小两届。在小两届的女生中，有一些女生说于乐乐是校草。

张成走流程让林雨杉把该填的信息都填了。

"一共60元。"

林雨杉看看于乐乐。于乐乐掏出钱包，一张一张地抽出20加元的钞票，并不是放在桌子上的，而是飘到桌子上。这动作虽然潇洒，但是却很无礼。张成心想怎么又遇见一个这么装的。但是转念一想，他跟钱没仇，把钱整理好放入钱包，就跟林雨杉道别，转身推门走出星巴克。

林雨杉毕业后申请了UBC（不列颠哥伦比亚大学）的研究生，等于乐乐完成康大的课程，二人会一起去温哥华。

由于越来越"专业"，几人每天西装革履的，导致张成的对手也从前一个月的休闲装变成所有人都穿衬衫打领带了。最后截至4月末，张成统计了一下，两个月一共做了600多个客人。张成自己就赚了7000多加元。这也让会计师谢先生十分惊讶，他之前真没想到张成能接到这么多单,以至于他不得不多雇用一个临时会计帮忙在5月1日之前把税报完。当然,张成身边的会计专业的几个朋友也通过他在谢先生那边找到了实习机会。简直是多赢。

55

上大二的时候,张成跟爸爸提出过要买辆车的想法,主要是因为身边能打工的同学都是因为有车才有机会到远离市中心的一些自助餐馆打工,这样可以赚出生活费。但是知子莫如父,张爸了解张成,他不是那种能勤工俭学的孩子,一旦给他买车,就会四处去玩,这样是有风险的。所以张爸答应张成,等他毕了业就给钱让他买一辆车。在张成的印象里,在国内买一辆像马6这样的车大概要20万,所以他把自己想买的车锁定在这个价格范围内。

由于2007年美国出现了金融危机,经济也出现下滑。所以美元兑加元的汇率急剧下跌,到2008年上半年已经差不多出现了1:1的比率。这样就形成了加拿大人南下美国购物的风潮。张成自然而然地也把买车的目光锁定到了美国。因为美国的汽车市场相比加拿大来说大很多,汽车供应商的运营成本也比加拿大低很多,这也使得美国汽车的价格远远低于加拿大。

张成早在半年前就开始研究怎么把美国购买的汽车带回加拿大。加拿大政府是不反对公民去美国买车的,而且在政府网站上有详细的条约条款可以查到。在美国购买的汽车要在加拿大边境缴纳6%的GST（联邦消费税），如果这车是北美产的，根据NAFTA（北美贸易协定），这车就不用交6%的关税了。但是如果这车是进口的，就需要缴税。一般豪华车都是进口的，过了海关还得安检，如果不符合安检就要到指定的地点销毁，这个听起来比较吓人，但是对于张成来讲，这是不可能发生的事。买了车之后的话，在上牌照之前还需要把车灯改装一下，因为加拿大所有的车辆都要求是长明灯，就是车子一打火，灯就得亮着，不管是白天还是黑夜。而美国和中国是一样的，手动控制车灯。灯改好之后才可以去上牌照，别忘了还得把省税QST交了。这里打税不是以车价发票为基数，而是以政府的一本大书为准，这本书对每年每个品牌车的每个款式的估值进行打税。

　　张成对比了一下，普通车的话，就没有必要去美国买，越是好的车，在两国差价越大，况且之前几年汇率都是在1.25左右，现在1：1了，所以显得差价更高。每一个男生的心里都有个跑车梦，就像每个移民都有个别墅梦一样。在没拥有的时候，那种渴望真的是炙热的。但是好多人在圆了别墅梦之后才发现公寓的好，因为别墅夏天得除草，冬天得除雪。加拿大人工又不像中国那么便宜，所以大部分华人都选择亲力亲为。梁思桐就抱怨过冬季除雪的不容易。2004年的时候，游戏极品飞车里主打过一款跑车是尼桑公司的350Z，张成对这款车关注已久。新车的话，国内卖60万，加拿大这边得6万加元。但是张成在美国的汽车网站上看，3年的二手Nissan350Z只需要2.5万美金。经过网络搜索与对比，张成发现一款银色硬顶350Z跑车有最大性价比，而且这家车行位置也不远，在费城附近的一个小镇上。张成给销售打了电话，谈拢了价格。

　　张成觉得带着现金过境有些危险，万一海关卡他一下，他可负担不起，而且美国那边的治安可比加拿大差太多了，如果再被抢了，马上要到来的跑车幸福生活可就没了。

张成研究之后去TD银行花10元钱做了一张车行名头的邮政汇票。张成拿着打印好的材料来到了银行柜台，跟银行柜员说明了来意，由于张成这属于大额汇票，所以柜员从后台把经理找来做授权。柜员是个年轻女人，而经理是个50岁左右的白胡子老头儿。老头儿在审查资料的时候，女柜员还指着张成要买的车的照片给老头儿看，意思大概是说张成要买的这辆车看着真棒。老头儿抬头，透过眼镜看看张成说："你做了一个很棒的选择，而且价格也很合适。"

张成故作姿态谦虚地说："咳，回来还得缴税呢。"

等他们把汇票做好给张成之后，老头儿说："您收好，旅途愉快，祝您好运。"张成已经有些按捺不住了，既兴奋又紧张，恨不得马上就出发。

刘宇知道张成要去美国买车，赶紧告诉张成，老曹从国内找来的两个工人今天晚上就要和一个美国人一起开车去宾州，途经纽约，建议张成和他们一起出发。张成觉得是不错的建议，还省了路费。

开车的美国男生叫Ivan，年纪和张成差不多，很小的时候跟妈妈从福建移民到美国纽约。由于他从小在美国长大，所以也属于那种有什么说什么的人，张成也是比较直爽的人，所以一上车就和他聊得火热。后面的两个工人是老曹国内工厂过来的，都差不多50岁左右，这次是来美国帮老曹组装瓶片生产线的。

午夜，汽车开到了法拉盛，Ivan把张成放下，等有机会再聊。张成在法拉盛找了家旅馆住了一夜。次日一大早就乘坐小客车从法拉盛来到曼哈顿火车总站。这里人流汹涌，如果不是中国人而是土生土长的加拿大人的话，看到这个场景，还真的会被这人流吓到。中央车站以前经常在美国电影里看到，张成这回终于身临其境了。他买了张去费城的火车票，全程需要两个小时。上了火车后，张成感觉还不错，这辆车跟国内动车的结构有些相似。不一会儿，列车员开始检票。列车员戴了顶类似马戏团的帽子，身材高大，长相帅气，就是沿着帽檐可以看出有些秃顶。

火车到达了费城火车站，外面下起了小雨，而且有雾。站内全是大长木椅，估计火车站也有个100年了。张成打电话给销售，因为从费城到车行有50多公里，没有直达的汽车，所以销售要开车来接张成。销售开过来得一个多小时，张成就决定在火车站里吃午饭。Ivan之前告诉张成费城有一种食物是全美国闻名的，叫Filly Cheese Steak（费城奶酪牛扒），费城所在的宾夕法尼亚州有点像我们的内蒙古，专门产奶制品，所以奶酪比较出名。张成吃了之后发现并不像Ivan说得那么好吃。想想也是，这孩子在美国长大，哪懂得中国烹饪的博大精深啊，在饮食上没见过什么世面。

车行的销售到了，张成上了他的车，销售热情地做了自我介绍，这位哥们儿叫韦德，40岁左右，身材高大魁梧，是典型的好莱坞电影里的美国人，这辈子一直在费城附近的这个小城生活。张成问他去过中国吗？他说他只来过费城，连纽约都没去过。张成听到这些心里默默念道：我是真服了你，你对世界一点儿都不好奇？

不过从跟他的聊天中能听出来他没什么坏心眼。张成一开始跟他聊美国职业男篮，问他艾弗森还在费城吗？他说早就走了。接下来他就打开话匣子，开始讲他的生活，他说他有个女儿，还有个女朋友。张成一听，原来离异了。他说他女朋友是护士，赚得很多，他表示压力很大。

韦德先把张成送到了宾馆，等张成打理了一下，跟他来到了车行。韦德跟张成说很遗憾,张成看中的那辆银色硬顶昨天被其他销售卖了,他说不过没事,店里还有好几辆,张成跟着他去看了看,的确还有几辆,但是公里数都偏高,所以张成不是很满意。不过韦德说:"有一辆白色敞篷,你感兴趣吗?"张成看了看,的确不错,但是同一款式,敞篷要比硬顶贵几千。张成跟韦德说价钱不变的话,他晚上可以考虑一下。

张成晚上在宾馆查了一下,这个价钱买个敞篷的确还是很划算的。第二天,他跟韦德试了试车,张成一坐进去,就被征服了,这底盘真顶啊,车开起来感觉很重,方向盘很死,要用很大力,这就是为了高速行驶而设计的。张成踩了踩油门,巨大的轰鸣声震耳欲聋,此刻,一股激情像电流一样穿过全身,张成大声说:"行了,就这辆了!"于是把他带的TD银行出具的汇票拿了出来,其实韦德想多赚一些,但是张成说除了汇票上的两万四,他没有钱了,他也没有办法,韦德只好接受,二人去小镇上的一家银行兑现汇票。

银行的人认识韦德,不过一看是加拿大来的汇票,也傻眼了,银行的人也害怕这汇票不是真的。于是银行领导和财务拿着汇票回了办公室,开始给加拿大打电话来核实真伪。办公室里的财务们进进出出,持续了3个小时。他们像接班一样轮流待在电话线上。这些美国人肯定是被效率极低的加拿大人搞无奈了。最后一个女财务出来对韦德说:"终于可以了。"然后,她就开始了对加拿大人长达5分钟的吐槽:"你都不知道,这么简单的一件事,分行给我转到总行,总行给我转回分行,我都不懂他们为什么要这样做……"看到此景,张成明白了,原来不只是中国人在吐槽加拿大人的效率,原来美国人也这样觉得。

韦德拿到了钱,带张成回车行把有关的手续办一下。因为张成是要把车带回加拿大的，如果是加拿大车行和美国车行的交易的话，这车就得被拉到加拿大，这里存在一笔运费，大概需要1500美金，是笔不小的费用。如果加拿大人想自己开着车回加拿大，这里就需要满足两个条件，一是车要有牌照，二是车要上了保险才可以上路。还好张成在加拿大就做了准备，没来美国之前就跟韦德要了车的序列号，用这个号买了保险，并让保险公司把保单发了一份邮件。但是因为换了车，所以他又给保险公司打了电话，把序列号改成现在这辆，重新打印了一份，以备警察检查。牌照方面，韦德弄了张宾夕法尼亚州的临时牌照，也就是一张纸，贴在后车窗。美国每个州的法律规定都是不同的，有的州只能托运，无法搞到临时牌照。美国有一个规定，车出口到其他国家，在交易完成之后，车的手续要发到美国边境，车要在美国境内待满72小时才可以出境。韦德把车的材料快递到了边境，张成3天之后就可以到边境办理车的过境手续了。

一切搞定后，张成开心地跟韦德告别，开上350Z离开了，张成第一站先到费城市中心转了一圈，吃了顿饭。费城没什么意思，他当天就开车回了纽约，在法拉盛找了一家家庭旅馆住下，不贵，一晚才30美金。

住了一夜之后，张成想还剩3天呢，纽约都来过很多回了，去别的地方看看吧。打开地图一看，从美国通往蒙特利尔的高速公路有两条，一条是纽约这边的87号公路，另一条是波士顿那边的95号公路。那就从波士顿那条路走吧。

张成一路向西开，这车配置不错，还有车载GPS，3个小时后，到达波士顿。张成在美国的高速休息站拿了份旅游手册，上面有很多宾馆旅店的信息，他在地图上发现离波士顿不远有一个岛叫赫尔岛，有跨海桥能连接到这个岛上，岛上有几家宾馆，于是就想开车过去看看。

开车过跨海大桥的时候,张成都可以感觉到海风吹得车抖动。不过张成还是挺兴奋的,因为这是他第一次看到大西洋,海那边就是欧洲。

张成入住的这家酒店叫Conference Inn,一位中年女性大堂经理接待了他,她在查看张成的ID的时候露出惊讶的表情:"我们居然是校友!"她回办公室拿出一张报纸照片,上面是她年轻时的样子,报纸居然是康大上世纪80年代的校报。此时张成真有一点儿老乡见老乡,两眼泪汪汪的感觉,只是这"学姐"是个美国"老乡"。当然了,美国"学姐"肯定照顾张成,特意给张成安排了一间带按摩浴池的海景房。

次日,张成开始了波士顿之游,先开车去了哈佛大学。他开着小跑车穿过哈佛大学的校园,在一处停了下来。此时不远处两位中国女生看出了张成是中国人,看着张成有说有笑的。张成一惊,心想哈佛高才生就是不一样,挺放得开,他反倒是有些腼腆了,他赶紧一脚油门跑了。张成心里嘀咕着这些中国学生以后的工作肯定都超级好。看完了哈佛,张成没去麻省理工,直接开车上了高速,一路向北。

张成开了6个小时的车,来到了靠近边境的城市伯灵顿,伯灵顿是坐落在湖边的一座非常安静的小城,也是距离蒙城最近的一座美国城市。这个城市对于生活在蒙城的华人来说还是有实用价值的。比如思桐的爸爸为了逃避移民监就经常飞伯灵顿,然后让思桐开车去接他,从这里开车入境加拿大的时候很有可能不需要盖章,这样就能延长在加拿大的居住时间。这城市还有另外一个用处就是卖美国货,很多华人会来这儿买东西,因为加拿大的物价远远高过美国。张成在这里停留了一天。

次日，张成在边境缴税，整个过程非常顺利，加拿大的边境警察对这辆车也是赞叹有加。其实张成买这辆车还有另外一个打算，就是感觉加元升值这么多，导致美加两国之间豪华车价格相差巨大，张成有美国签证，可以提供代购服务。况且留学生圈里的人基本都认识他，年轻人对好车还是挺有追求的，况且这些留学生因为没有担保，都无法在蒙城分期付款，全都是一次性现金付清，这样还不如从美国买呢，张成自己已经把车从美国弄回来了，这证明他有这个能力。张成觉得这个计划非常好，报税业务已经验证了他的商业才能和头脑，但是在正式开始代购业务之前，他还有一件重要的事要办：毕业典礼。

妈妈这次来参加张成的毕业典礼，是张成和刘宇一起去接的机。3年前妈妈来的时候是秋天，正是枫叶红的时候，但其实加拿大最好的季节就是5月和6月，因为天气特别舒服，而且蒙城的活动也特别多。

妈妈来了就没闲着，先把屋子收拾了一下。小潘潘一个月前刚刚辞掉工作回了上海。她正是适婚年龄，加拿大这边合适的男士太少了，她又不太喜欢老外，为了自己的幸福，就回国了。张成给妈妈临时买了个大气床，每天都得充一下气。妈妈跟以前一样，时不时地做一桌饭菜，请朋友们来家里吃饭。

毕业典礼那天，张成和刘宇西装革履，早早来到蒙特利尔歌剧院。毕业生里的中国学生不像在学校里那么多，绝大多数还是白人。校长会把毕业的学生一个个喊上台，颁发证书。张成很高兴，在加拿大待了这么多年，总算有个结果。当校长喊到他名字的时候，张成上台可能走得有些着急，台下一片笑声，张成问刘宇："我走得有什么问题吗？"

刘宇笑着说："你走得太快了，太有气势。"

就这样，张成结束了他的校园生活。

张成开着车带妈妈出去玩一圈，除了蒙城附近的度假村，还去了多伦多，在多伦多的唐人街吃了粤菜馆的龙虾和软壳蟹。之后，又带妈妈去尼亚加拉大瀑布住了一晚。

回程的时候，他们赶上渥太华的加拿大国庆仪式，国会山前人山人海，居然还是加拿大总理哈珀致辞，张成对妈妈说："妈，你真幸运，什么都能赶上。"

妈妈在身边时挺好，张成天天有现成的饭吃，还有人帮忙洗衣服。但是这些留学生由于出国多年，自由惯了，如果天天有人管着，时间长了还是不习惯。所以妈妈这次坐飞机回国之后，张成没有了第一次妈妈回国时的那种依依不舍，反倒觉得有些轻松，又能过上自由自在的生活了。

最主要的原因是，张成已经不是上次那个还在读书的懵懂少年，他已经在报税业务中赚了一笔，证明了自己的商业才华，代购车业务将是他的人生第二桶金，很可能会让自己变成富翁。所以，在妈妈离开蒙城之后，张成就很快地投入代购车业务的筹备当中。

在加拿大做生意，需要注册公司，花300加元就可以注册一个有限责任公司，而且不需要注册资金。如果是个人小型生意，都不需要注册公司，只要到政府注册个小企业号就可以了。张成在蒙城《华人报》上登了个广告，上面还附上了自己的照片，下面给自己加了汽车销售的头衔。

等了不到一个月，就来了第一单生意。小明的高中同学怀孕了，她和她老公需要辆车代步，她老公喜欢英菲尼迪Fx35，但是加拿大这边卖得很贵。于是通过小明找到了张成。张成跟美国的 Ivan 打过招呼，让他在纽约附近帮忙找找有没有合适的。Ivan 还真给力，找到了一辆符合要求的车。Ivan 谈好了价格，张成算好税率，跟小明的朋友也谈好了价格。对方提供了汇票，但是需要张成提供抵押，张成想想也对，毕竟这么多钱，他就把自己的车押给了小明朋友。

张成带上汇票前往纽约。

张成坐着客车一路向南，看着广袤的北美大地，思绪良多，在蒙城的这几年，朋友来来去去，大部分留学生只有回国的命运，而他不一样，他现在有了宏伟的计划，而且已经有了第一单顾客，以后一定会越来越好，他一定可以凭借自己的头脑和胆识闯出一番天地出来。

远处的天空黑了下来，夜晚和大雨似乎就要同时到来，客车就这样渐渐驶入大雨和黑暗之中，仿佛在昭示着什么……